KB268627

이 시대를 사는 **따뜻한**
부모들의 이야기 │ 1

이 시대를 사는 따뜻한 부모들의 이야기 1

지은이_ 이민정

1판　1쇄　발행_ 1995. 12. 26.
3판　1쇄　발행_ 2008. 5. 15.
3판 22쇄　발행_ 2022. 9. 1.

발행처_ 김영사
발행인_ 고세규

등록번호_ 제406-2003-036호
등록일자_ 1979. 5. 17.

경기도 파주시 문발로 197(문발동) 우편번호 10881
마케팅부 031)955-3100, 편집부 031)955-3200, 팩스 031)955-3111

값은 뒤표지에 있습니다.
ISBN　978-89-349-2977-2 03810
　　　　978-89-349-2979-6 (세트)

홈페이지_ www.gimmyoung.com　　　블로그_ blog.naver.com/gybook
인스타그램_ instagram.com/gimmyoung　이메일_ bestbook@gimmyoung.com

좋은 독자가 좋은 책을 만듭니다.
김영사는 독자 여러분의 의견에 항상 귀 기울이고 있습니다.

이 시대를 사는 **따뜻한** 부모들의 이야기

이민정 지음

1

김영사

그분은 절대로 화내지 않는다.

화내지 않고도

사랑하는 방법을 알기 때문이다.

그분의 이름은

나의 어머니다.

1971년 3월. 나는 어머니가 되었다. 막연히 상상했던 어머니가 된 것이다. 그리고 어머니 노릇을 하기 시작했다. 비록 결혼하기 전, 5년 간의 교직생활을 경험했지만 처음 하는 어머니 역할은 서툴렀다. 모든 것은 시행착오로 시작되었다. 우선 내가 하라는 대로만 따라 하던 아이가 혼자서 몸을 움직여 자기 가고 싶은 데로 기어다니기 시작하자 아이와의 갈등이 시작되었다. 사소한 일에서 엉뚱하게 벌어지는 일까지 매순간 생각을 하면서 너그럽게 대처하려고 노력했다. 그러나 갈등은 여기저기에 널려 있었다. 나는 차츰 이상과 현실 사이에서 헤매기 시작했다.

그 후 세월이 흘러 나는 큰아이가 다니던 학교에서 어머니회의 임원이 되었고, 회장이라는 직책까지 맡게 되었다. 특히 회장을 맡으면서 한국지역사회교육협의회의 도움으로 부모들을 위한 교육 프로그램을 계획하고 실시하게 되었다. 그것이 계기가 되어 부모교육 강사가 되었다.

나는 강사를 하면서 나와 마찬가지로 자녀문제로 걱정하고 괴로워하는 부모들을 만나게 되었다. 학원에서 돌아와 애국가가 울릴 때까지 텔레비전 앞을 떠날 줄 모르는 재수생 아들, 인문계 고등학교 합격 여부가 불안할 정도이면서도 공부에는 관심이 없고 오락기가 구형이라고 신형을 사 달라고 졸라 대는 중학교 3학년 아들, 음악을 들어야 공부가 잘된다고 계속 헤드폰을 끼고 책상 앞에 앉아 있는 딸, 남자 친구의 전화를 받으면 방문을 닫고 30분 이상 통화하는 여고생 딸, 여러 번 깨워도 일어나지 않다가 늦게 일어나 깨워 주지 않았다고 신경질 부리는 딸, 평균 성적이 5점 이상 떨어진 성적표를 내밀면서도 미안해 하거나 기죽지 않고 당당한 아들……. 이들을 어떻게 대해야 좋을지 몰라 고민하는 부모들의 이야기는 끝이 없다.

이처럼 자녀가 성장하면서 부딪히는 크고 작은 문제들은 어디서부터 해결의 실마리를 찾아야 할지 모를 정도다. 자녀가 자신의 뜻을 따라 주지 않는다고 생각하는 부모, 자기의 마음을 전혀 이해해 주지 않는다고 생각하는 자녀, 이 둘 사이의 마음의 벽은 높기만 하다. 교육을 받는 부모들은 그동안 훌륭한 자녀로 키우기 위해 쏟아

부었던 노력이 자녀를 가둬 놓는 울타리였음을 깨닫게 된다. 자녀가 보물처럼 소중해서 눈앞에 보이지 않으면 불안해하는 자신을 되돌아보게 된다. 부모의 계획대로 성적이 오르지 않으면 자녀의 성적을 학원이나 과외 선생님 손에 맡기고, 아이가 버스를 타거나 걸어가는 것이 안타까워서 학교나 학원까지 태워다 주어야 편안해지는 자신을 발견하게 된다.

집 안에, 학교에, 학원에, 승용차에 갇힌 자녀가 텔레비전, 비디오, 컴퓨터, 오락기와 함께 성장하고 있음을 깨닫는다. 기계와 함께 지내면서 기계처럼 감성을 잃어 가고 있는 자녀를 발견한다. '이게 아닌데, 이래서는 안 되는데…….' 고민하면서도 끌려가고 있는 자신의 모습을 두려워한다.

부모들은 "결국 제가 변해야겠군요."라고 말한다.

그들은 좋은 부모가 되기 위해서 이제껏 소중히 지녀 온 자신의 틀을 깨고 쓰디쓴 인내의 잔을 조금씩 받아 마시기 시작한다. 차츰 부모와 자녀 사이에 따뜻한 사랑의 대화가 오가고 서로가 서로에게 도움을 주려고 한다는, 고통을 동반한 부모들의 체험을 들으면서 함께 눈물을 흘린다. 부모의 마음은 그런 것인가 보다. 자녀의 조그마한 행동의 변화에도 감격하고 기뻐하게 되나 보다.

나는 이러한 이야기들을 월간 〈생활성서〉에 1991년 2월호를 시작으로 2003년 8월호까지 연재했다. 1992년 9월에는 그때까지 연재했던 내용들을 모아서 〈이 시대를 사는 따뜻한 부모들의 이야기〉라는 제목으로 단행본을 펴냈다. 많은 독자들의 성원에 힘입어 9쇄까지 발간되었으나, 부득이한 사정에 의해 내용 중 일부를 수정, 보완하고 그동안 다른 지면에 발표했던 글들도 함께 모아 그 1권과 2권을 다시 내놓게 되었다.

1권에서는 문제나 갈등을 해결하는 방법을 중심으로 사례를 보태어 썼고, 2권에서는 문제가 해결되는 실제 상황에서의 사례들을 중심으로 썼다. 이 글이 자녀를 위해 걱정하고 괴로워하는 부모들에게 지혜롭고 성숙한 부모가 되는 방법을 익히는 데 작은 보탬이 된다면 더없는 기쁨이겠다.

　내가 강사가 되고 또 이 책을 세상에 내놓을 수 있도록 도와주신 모든 분들께 감사드린다. 가정에 묻혀 무뎌진 소질을 키워 강사가 되도록 이끌어 주신 한국지역사회교육중앙협의회 회장이셨던 고 정주영 이사장님, 주성민 회장님, 효과적인 부모 역할 훈련 프로그램을 한국에 도입하신 김인자 교수님, 부모에게 약이 되는 부모교육 프로그램을 개발하신 분들, 교육에 참가하고 또 사례를 제공해 주신 분들, 월간 〈생활성서〉의 모든 분들, 본문 삽화를 그려 주신 구분선 선생님, 이 책을 정성껏 만들어 주신 (주)김영사 여러분, 사랑으로 키워 주신 부모님과 가족들, 그리고 나에게 삶의 진정한 의미를 깨닫게 해준 사랑하는 나의 소중한 두 아들과 며느리, 남편에게도 감사의 마음을 전한다.

　이번에, 김영사로부터 내용을 수정 보완할 수 있는 기회를 받고 새롭게 개정쇄를 내게 되었다. 이 기회에 올해로 19년째 하고 있는 부모교육 강사의 역할을 되돌아본다.

　교육을 하면서 더욱 확고해지는 것은 행동주의 심리학자 왓슨의 말이다.

"나에게 갓 태어난 열 명의 아이들을 맡겨 달라.

나는 이 중에서 유명한 과학자, 사상가를 배출할 수도 있는 반면,

극악무도한 폭력범, 살인범도 길러낼 수 있다."

이 말은 평생교육의 필요성을 절절하게 하며 또한 서글픔이기도 하다. '나에게'의 '나'에 따라 상대방을 달라지게 할 수 있기 때문이다.

그러므로

더 큰 책임감을 느끼는 나는 오늘도 이 책을 통하여 따뜻한 부모들이 많아지고, 사람들이 모이는 곳마다 가족들의 사랑 이야기가 꽃피게 되기를 기도드린다.

2008년 오월

산이 보이는 나의 집에서

이민정

차례

부모 역할도 배워야 한다

내 기억 속의 부모님은 따뜻한 분이시다. 이미 돌아가신 지 오래 되었지만 따뜻한 부모님의 모습은 지금도 평화로운 고향이 되어 일상의 어렵고 아픈 상처들을 편안하게 치료해 준다. 부모가 된 나 또한 따뜻한 부모가 되려고 노력하지만 결코 쉬운 일은 아니었다. 그런 걸 알면서도 훗날 내 아이들은 나 이상으로 따뜻한 부모가 되기를 진심으로 원한다.

모든 부모들이 좋은 부모가 되기를 원하듯이 자녀들도 부모님을 기쁘게 해드리기를 원한다. 그러나, 우리는 때때로 서로가 서로에게 상처를 주면서 살아간다. 그러기에 '무자식 상팔자' 라는 말을 진실처럼 받아들일 때가 있다. 자녀들은 과연 '애물단지' 인가? 그렇지 않다면 우리는 어떻게 '유자식 상팔자' 의 관계를 만들 수 있을까?

부모교육에 참가한 수강자들은 부모로서의 고민을 털어놓는다.

"고등학교 3학년인 제 아들은요, 지각할 것 같아서 서너 번씩 흔들어 깨우면 뭐라고 하는지 아세요? 엄마 목소리만 들어도 머리칼이 한꺼번에 곤두선대요. 아니, 제가 무슨 말을 했길래 제 어미 목소리에 머리칼이 곤두섭니까? 머리칼은 귀신 얘기할 때나 서는 건데요. 제가 어떻게 말해야 머리칼이 내려앉습니까? 저는 이름만 불렀는데요."

"결혼한 제 아들은요, 밤중에 아기가 울길래 무슨 일인가 해서 아들 방으로 들어갔더니 뭐라고 한 줄 아세요? 어머니가 있으면 될 일도 안 된다고 나가래요. 아들의 그 말에 잠 한숨 못 자고 눈물로 그 밤을 지새웠어요."

"초등학교 4학년인 제 딸은 제가 자기 동생과 얘기하다가 큰 소리로 다투자 '엄마는 잘 나가다가 또 실패하네. 제가 얘기해 볼까요?' 하면서 동생을 자기 방으로 데리고 들어가는 거예요. 그러고는 3분도 안 되어 다소곳해진 동생이 제게 와서 잘못했다고 사과하도록 하더라고요. 딸은 선생님께서 쓰신 책을 열 번 이상 독파했대요. 실제로 연습하고 배우는 저보다 책만 읽은 제 딸이 더 잘하니 어떻게 된 일입니까?"

교회에서 만난 한 중학생은 이렇게 부모님에 대한 불만을 털어놓았다.

"우리 부모님은요, 말을 마음대로 만들어서 하세요. 저는 그런 부모님이 싫어요. 제가 텔레비전을 보고 있으면 '너는 만날 공부나 숙제할 생각은 하지 않고 텔레비전만 보냐.' 하신다고요. 저는 마음속으로 숙제할 생각, 공부할 생각 다 하고 있는데요. 그리고 텔레

비전도 만날 보는 게 아녜요."

교육에 참가한 부모들은 결국 많은 문제들이 네 탓이 아니라 내 탓임을 알게 된다. 차츰 자녀들을 너그럽게 이해하게 된다. 여러 번 실수를 하면서 조금씩 변화되어 간다. 그러므로 부모는 부모 되는 방법을 배워야 한다. 자녀란 부모에게 어떤 존재이며, 어떻게 성장하고 변화하며, 어떤 능력을 갖고 있고 어떤 고민이나 희망을 갖고 있는지, 또한 그들의 행동을 어떻게 이해하며 도와주고 격려해야 하는지, 자녀의 문제 되는 행동을 어떻게 변화시켜야 하는지, 그리고 자녀가 부모에게 사랑받고 있다고 느끼도록 하려면 어떻게 해야 하는지를, 부모는 배워야 한다.

우리 나라에서도 이러한 부모교육의 필요성을 인식하고 1970년대부터 일부 교육기관에서 정규 교육과정에 넣기 시작하였고, 또 여러 사회단체에서도 여러 가지 방법과 내용으로 시행하고 있다.

한국지역사회교육중앙협의회에서는 바람직한 자녀교육을 위한 전문적인 프로그램인 '부모에게 약이 되는 프로그램' 5종(자녀의 진로 지도, 부모·자녀의 대화기법, 자녀의 학습 관리, 기초 육아법, 자녀교육관 정립)을 시리즈로 개발하여 전국에서 실시하고 있다. 각 프로그램은 18시간 내외의 학습내용을 가지고 부모들 스스로 자기 학습을 적극적으로 할 수 있도록 체크 리스트, 관찰, 강의, 토의, 역할놀이, 작업기록지 작성 등 다양한 교육방법을 일관성 있게 체계화하여 교육 효과를 높일 수 있도록 되어 있다.

여기서는 필자가 〈부모·자녀의 대화기법〉(이성진, 서울대 교육학과 교수, 행동과학연구소 소장 지음) 강사를 하면서 접한 사례를 중심으로 그 학습내용들이 실제 상황에서 어떻게 활용되고 적용될 수 있는지, 그리고 그 영향이 가족간의 관계를 어떻게 변화시키는지에 대한 얘기를 쓰고자 한다. 그들의 변화된 얘기를 드러내어 따뜻한 마음을 가진 사람들과 나누고 싶어 이 글을 쓰게 되었다.

독자들은 이 책을 다 읽을 때쯤 부모가 자녀와의 문제를 어떻게 해결하는지 그 방법을 체득하게 될 것이다.

나는 이 글을 쓰면서 지난날의 나의 생활, 국어교사로서 그리고 상담교사로서의 경험, 두 아들의 어머니로서 느끼고 생각했던 일들, 부모교육 강사로서의 모든 체험이 바탕이 되었음을 생각하며 그러한 일들을 할 수 있었음에 감사드린다.

"천 톤의 이론보다 1온스의 실천이 더 중요하다." 라고 미국의 교육학자 존 듀이가 말한 것처럼 이 책을 통하여 이론을 습득하는 것보다 작은 사랑 하나라도 실천하는 사람들이 많아지기를 간절히 희망한다.

아울러 이 책에 나오는 이름은 모두 가명임을 밝힌다.

무심코 건넨 한마디 말이 깊은 상처로 남아

제 아들은 초등학교 6학년입니다. 커 가는 아이의 모습을 보면 대견하고 뿌듯합니다. 엊그제 태어난 것 같은데, 밤잠을 설치며 병원으로 뛰어다니고 애태우기도 했는데, 어느새 자라 곧 중학생이 된다니 정말 가슴 벅찬 기쁨을 느낍니다. 그러면서도 한편으로는 아이가 성장하는 만큼 '불안'도 커집니다. 금방 닥칠 중학교·고등학교 진학과 내신 성적, 또 서울에 위치한 대학교는 모두 서울대학교라고 한다는데 하나밖에 없는 아들이 그 서울대학교에 떨어지면 어쩌나 하는 불안과 함께 걱정이 시작되면 끝이 없습니다.

저는 조금씩 조급해지고 제가 조급해 하는 만큼 아들은 느긋해 보입니다. 학교에서 돌아와 씻고 간식 먹고, 문제지 풀고 숙제하는 일 등 꽉 짜여진 일정을 제 재촉에 못 이겨 겨우 겨우 합니다. 학원은 여러 곳을 알아보고 수소문하여 효과가 뛰어나다는 곳을 찾아

보냈습니다. 요즘은 초등학교 4학년 때부터 실력을 탄탄히 쌓아야 한다면서 영어와 수학 과목의 과외는 필수라고 하더군요. 그림은 잘 그리니까 더 잘하라고 시키고, 음악은 못하니까 잘하라고 학원에 보내고요. 방학이 되면 시킬 게 너무 많아요. 다른 사람들은 속셈, 서예, 글짓기, 웅변, 태권도, 검도, 컴퓨터, 미술 등 각종 학원에 보내는데 형편상 그럴 수는 없고, 방학이 되면 어딜 어떻게 보내야 할지 걱정입니다. 그런데 제 계획대로 잘 따라 주던 아들이 요즘은 투덜대기 시작합니다.

　며칠 전에도 학교에서 돌아온 아들이 학원에 가면서 제게 묻더라고요.

　"엄마, 엄마는 내가 학교에서 돌아와 지금까지 '빨리' 라

는 말을 몇 번 했는지 아세요?”

“이 녀석이! 그래, 몇 번인데?”

“엄만 몇 번일 것 같아요?”

“어유, 빨리 말해 봐, 빨리! 그리고 빨리 가야지.”

“지금 세 번까지 합해 스물하고도 네 번요.”

“쓸데없는 데 신경 쓰지 말고 빨리 가, 빨리. 늦겠다. 아, 빨리!”

“엄마, 스물일곱 번요. 스물일곱 번!”

“이 녀석이! 아, 빠알~리.”

저는 얼른 입을 다물었습니다.

주먹 쥐고 쫓으려는 나를 남기고 아들은 후다닥 뛰어나갔어요.

아들의 뒷모습을 보며 왜 그리도 제 모습이 허망한지요. 교양 있
고 멋있고 여유로운 엄마가 되려고 했는데 왜 이리도 초라하고 후
줄근하게 구겨져 버렸는지 며칠째 쓸쓸함을 지울 수가 없네요. ‘스
물일곱 번요.’ 아들의 목소리가 귓가에서 떠나지 않네요.

어디서나 쉽게 만날 수 있는 어머니의 모습이 아닌가. 일어나라,
씻어라, 양치질해라, 먹어라, 숙제해라, 텔레비전 그만 봐라, 오락
실 가지 마라, 오락 그만 해라, 학원 가라, 빠뜨리지 말고 챙겨라.’
등등의 단문들. 그리고 그 앞에 빠지지 않고 붙는 ‘빨리’ 라는 부사.
왜 이렇게 성급하게 쫓고 쫓기며 허덕이는지, 이렇게 하나뿐인 아
들을 쫓아 어디까지 몰고 갈 것인지, 대학 정문 안으로 밀어 넣을
때까지만 하고 그 다음엔 손을 놓을 것인지, 그때까지 몰고 온 어머
니의 영향력이 쉽게 끝날 수 있을지……

머지않아 서울에서 뉴욕까지 한 시간대에 갈 수 있는 초고속 비행기가 등장한다는데, 지금이야말로 우리의 자녀가 국제인으로 적응할 수 있도록 도와주는 올바른 부모가 되기 위해서 관심을 갖고 노력해야 할 때인 것 같다.

초등학교 5학년 아들을 둔 어느 어머니는 울먹이는 목소리로 이렇게 말했다.

제 아들은 성적은 뛰어난 편인데 학급에서 키가 가장 작습니다. 아들은 키가 더 이상 크지 않으면 어떡하냐고 걱정을 합니다. 저도 아들이 저처럼(150cm 정도) 작을까 봐 걱정이 됩니다.
어느 날 학교에서 돌아온 아들은 제게 안겨 통곡을 했습니다. 수업시간에 선생님께서 잘못 설명하신 부분이 있어서 그 부분을 정정했답니다. 그랬더니 선생님께서 화를 내시며 "쥐방울만도 못한 녀석이 뭘 안다고 떠드느냐?"고 하셨답니다. 아들은 아무리 달래도 계속 울었습니다. 이럴 때 저는 아들에게 어떻게 말해야 할까요? 키 작은 엄마 때문에 아이가 고통을 받는 것 같아 죄책감마저 듭니다.

사람들은 한마디 말에서 많은 영향을 받는다. 때로는 그 말이 잊혀지지 않아 가슴에 깊은 상처로 남기도 한다. 선생님이 불쑥 내뱉은 한마디의 말이 이 모자에게 어떤 상처를 남겼는지 그 선생님은 짐작이나 하고 있을까. 그 할퀴어진 상처를 누가 어떻게 치유해야 할까.

또 다른 어머니는 말한다.

저희 집에는 초등학교 3학년과 1학년인 두 아들이 있습니다. 저는 두 아이가 싸우면 금방 싸움을 멈추게 할 수 있습니다. 가령 작은아들이 형에게 장난감을 빼앗긴 후 제게 와서 장난감을 도로 빼앗아 달라고 할 때 저는 이렇게 말합니다.
"형은 치사하잖니. 치사한 형, 그냥 내버려두고 넌 다른 장난감 가지고 놀아, 응?"
이렇게 하면서 눈 한번 찡긋하면 싸움이 금방 끝나지요.

이 어머니는 자신의 한마디 말이 두 아들의 장래에 어떤 영향을 미칠 것인가를 헤아려 본 적이 있을까.
아이들이 성장한 후 큰아들은 "맞아, 나는 치사한 놈이야. 어머니가 늘 그랬잖아. 기껏해야 치사한 인생밖에 더 돼? 그러니까 난 치사한 아들이나 형 노릇밖에 더하겠어?" 라고 말하며 치사한 행동도 서슴지 않을 것이다. 작은아들은 "우리 형은 치사해. 어렸을 때부터 치사한 짓만 하더라고. 그런 형을 어떻게 사랑하고 존경해? 내가 형을 미워하는 것은 내 죄가 아니고 그동안 우리 부모에게 교육받은 당연한 결론이야" 하는 생각을 할 수 있지 않겠는가.
이렇듯 형제 사이에 서로 부정적인 영상이 심어진다면 성인이 된 후 두 형제의 관계는 어떻게 될 것인가.
'말'은 그 사람의 영혼이며 내면의 세계이다. 내면이 조화롭게 잘 가꾸어져 있으면 가꾸어진 언어로, 혼탁하게 어질러져 있으면

어질러진 언어로 나타난다. 내면 또한 언어의 힘으로 다듬어지기도
한다.

흘러간 명화의 한 장면이 떠오른다.

청소년기부터 소년원과 감옥을 자기 집 안방 드나들 듯하며 범
죄의 소굴에서 헤어나지 못하는 아들에게 어머니는 감옥의 쇠창살
사이로 말한다.

"나는 너를 사랑한다. 다른 사람이 뭐라고 해도 나는 네가 착하
고 정직한 아이라는 걸 알고 있단다. 그리고 나는 날마다 하느님께
기도하고 있단다. 다른 사람들도 네가 착하고 정직한 사람이라는
것을 알게 해 달라고."

아들은 어머니와 면회할 때면 괴로웠다. 어머니의 얼굴을 대하
고 그 깊은 사랑을 느낄 때, 증오와 분노로 굳게 닫혀진 양심이 살
아 꿈틀댔다. 그는 범죄로 얼룩진 자신을 구하려고 피나는 노력을
했다. 살아서 꿈틀대던 양심은 강철 같은 주먹으로 나타나 드디어
권투선수로서 세계 챔피언이 된다. 그는 부드러운 어머니의 이해와
인내 앞에 엎드려 흐느낀다. 사랑을 지닌 언어의 마력으로 그는 암
흑의 늪을 헤쳐 나올 수 있었던 것이다.

어느 어머니는 중학교 3학년인 아들로부터 "엄마는 없으면 안 되
지만 엄마 입만은 없어졌으면 좋겠다"라는 말을 들었다고 했다.

어느 성직자는 "제 어머님에 대한 추억은 무척이나 소중해서 말
하기조차 조심스럽습니다"라고 했다.

자녀를 사랑하는 부모의 표현방법에 따라 자녀들은 이렇듯 각각
다르게 부모님을 받아들이는 게 아닐까.

　대부분의 부모들은 다른 사람에게는 교양 있고 우아한 말로 마음 상하지 않도록 조심스럽게 말한다. 가령 이웃집 아이가 70점 받은 시험지를 보이면 '어머! 문제가 무척 어려웠나 보다. 그래도 세 개밖에 안 틀렸구나' 하고 말해 준다. 그러나 내 아이가 70점 받은 시험지를 보이면 "에이구, 바보같이 70점이 뭐야, 70점이! 그렇게 실컷 놀더니 봐라, 세 개씩이나 틀렸잖아!" 하고 말해야 속이 시원해지는 유혹에 빠지게 된다.

　우리는 부모로서 자녀를 어떻게 대하고 있는가? 다른 사람에게 하듯이 자녀에게도 그들의 마음을 헤아리며 조심스럽게 교양 있는 언어를 사용하려 노력하고 있는가? 내 자식이라고 순간의 감정대로 격한 언어들을 쏟아 내고 있는 건 아닐까.

　사람은 타인에게 이해받기를 원한다. 다른 사람, 그 중에서도 특히 사랑하고 소중하게 여기는 사람, 즉 부모나 형제, 부부, 교사나 친구 그리고 직장 상사나 동료들에게 이해받기를 원한다. 그들에게 이해받고 인정받을 때 그는 사랑과 기쁨으로 충만한 삶을 살 수 있기 때문이다.

넘어진 자녀를 또 넘어지게 하는 말

초등학교 2학년인 우석이는 학교 갈 시간이 다 되었는 데도 "엄마, 학교 안 가면 안 돼요?"하며 꾸물댄다.

"엄마, 학교 가기가 정말 싫어요. 있잖아요, 지금 방학해서 내가 할아버지가 된 다음에 개학했으면 좋겠어요. 우리 선생님은 툭하면 투명의자(의자 없이 의자에 앉는 자세로 서는 벌) 시켜요."

장난이 심한 우석이는 언제 선생님께 벌을 받을지 모르기 때문에 학교생활이 불안하다. 학교 가기가 싫다. 이러한 우석이에게 부모가 어떤 말을 하면 마음이 편안해져서 '그래, 학교는 가야지. 그리고 심한 장난을 하지 말아야지' 하는 마음이 들도록 도와줄 수 있을까.

민준이는 초등학교 3학년이다. 민준이 어머니는 부반장이 된 아들이 자랑스럽고(반장이 아니어서 조금은 섭섭하지만) 대견해서 어디서나 우쭐해진다.

어느 날 민준이와 어머니가 나눈 대화 내용이다.

민준 (학교에서 돌아오자 책가방을 집어 던지듯 내려놓고) 오늘은 정말
재수 없는 날인가 봐!
어머니 왜? 왜 그래? 선생님께 야단맞았어?
민준 (심통스럽게) 그래, 숙제 안 가져가서 선생님께 맞았단 말이
야!
어머니 몇 대 맞았어? 너 혼자만? 반장은?
민준 (퉁명스럽게, 그리고 한심하다는 듯) 몰라.
어머니 그러기에 엄마가 뭐랬어? 미리미리 챙기라고 했지. 어이
구, 잘했다, 부반장이나 되는 게. 그러니까 잘 좀 챙겨.
민준 알았어!(퉁탕거리며 얼른 방으로 들어간다.)

위 대화에서 어머니는 자신이 궁금하게 여기는 상황과 하고 싶
은 말만 할 뿐 민준이의 느낌이나 마음속 이야기는 들으려 하지 않
았다. 답답한 민준이를 더욱 힘들게 만들었을 뿐이다. 창피하고 후
회스럽고 무거운 마음을 편하게 바꾸고 싶어 어머니의 도움을 요청
한 민준이는 더욱 답답해졌다. 어머니와 대화하고 싶지 않다. 그 자
리를 피하고 싶다. 차라리 집을 나가면 시원할 것 같다. 더 엉켜 버
린 가슴을 안고 자기 방으로 도망친다.
민준이 어머니처럼 부모는 자녀가 어떤 일로 답답해 하거나 괴
로워할 때 자녀의 어려움을 빨리 해결해주고 싶어한다. 그러나 자
녀를 도와주려고 하는 부모의 말들은 대부분 자녀에게 도움이 되지

않는다. 오히려 자녀 스스로 문제를 해결하는 데 방해가 된다. 대화에 방해되는 말들을 분류하여 정리해 보면 다음과 같다.*

고등학교 1학년인 순지는 미장원에서 머리를 자르고 들어오면서 볼멘소리로 말한다.

순지 엄마! 머리가 엉망이야. 너무 짧게 잘랐어. 창피해서 학교에도 못 가겠어!

어머니1 너는 머리 자르고 들어오면서 한 번도 기분 좋을 때가 없더라. 만날 투정이야, 투정.(비난하기)

어머니2 공부도 못하면서 그만한 일로 학교도 못 가? 바보같이 미장원에선 찍소리도 못하고 어디서 짜증이야.(욕하기)

어머니3 비싼 돈 주고 미장원에서 자르고도 불만이 많으면 다음엔 내가 집에서 아무렇게나 막 자를 거야.(위협)

어머니4 이왕에 자른 머리, 짜증 내지 마라.(명령)

어머니5 그만한 일에 신경 쓸 때가 아니잖아. 너는 고등학생이야. 그런 일은 신경 쓰지 말고 열심히 공부할 생각을 해야지.(훈계)

어머니6 머리에 신경 쓰다가 기말고사 망치기만 해봐라. 이번엔 아빠한테 얘기해서 혼내도록 할 테니까.(경고)

어머니7 그렇게 사소한 일로 짜증 내다니, 엄마가 빨리 늙는 걸

---

* 아델리 화버 · 어레인 매즈리쉬, 《자녀와의 사랑 만들기》, 김진숙 · 김지은 역, 1994, 66~68쪽 참조.

보고 싶니? 너도 애 낳아서 키워 보면 알게 될 거야. 이 엄마 마음을.(고통과 헌신을 나타내는 말)

어머니8 네 동생 좀 봐라. 그만한 일로 화내나. 넌 언제쯤 동생의 절반이라도 닮겠니.(비교)

어머니9 머리 잘 깎고 오면 학교에서 상이라도 주니? 그래, 계속 머리 타령만 하고 있어라. 모든 일이 다 해결될 테니까.(빈정거림)

어머니10 네 앞날이 훤히 보인다. 시집가서도 그렇게 불평만 늘어 놓다가 쫓겨나는 꼴이 보인다, 보여.(예언)

당신이 아이의 입장에서 위와 같은 말을 들었다면 어떤 반응을 하겠는가. 또 당신이 자녀에게 위와 같은 말을 했을 때 자녀들은 어떤 반응을 보였는가. 자녀에게 어려움이 있을 때 이러한 말들을 내뱉으면 자녀는 더욱 답답하고 괴로워서 감정이 상하게 되고 당연히 대화는 순조롭게 이어지지 못한다.

그렇다면 위에서 보인, 대화에 방해가 되는 말 외에 다른 어떤 말을 건네줄 수 있을까. 같은 상황에서 순지와 어머니가 대화에 방해되는 말을 쓸 때와 그렇지 않을 때의 대화를 비교해보자. 먼저 대화에 방해되는 말을 사용할 때의 대화다.

순지 엄마! 머리를 너무 짧게 잘라서 엉망이야. 창피해서 학교에도 못 가겠어.

어머니 괜찮아, 산뜻해서 보기도 좋고 예쁜데.

순지 예쁘긴 뭐가 예뻐. 엄만 요즘 머리 모양이 어떻게 바뀌었는
지도 모르면서.

어머니 모르긴 왜 몰라. 고등학생이 외모에만 신경 쓰지 말고 공
부나 열심히 해. 그러면 다 예뻐져.

순지 엄마는 공부 빼면 할 말이 없어. 공부! 공부! 공부! 정말 지
겨워.(문을 꽝 닫고 방으로 들어간다.)

다음은 순지를 이해하는 입장에서 말할 때의 대화다.

순지 엄마! 머리를 너무 짧게 잘라서 엉망이야. 창피해서 학교
에도 못 가겠어.

어머니 저런! 머리가 네 맘에 들지 않아서 속이 상했구나. 그런
모습을 다른 사람에게 보이기도 싫을 테고.

순지 그래요, 엄마. 내일 학교에 어떻게 가지?

어머니 그래, 내일 학교 갈 일이 걱정이구나.

순지 (잠시 침묵 후, 조용히 웃으며) 가끔 길에서 초등학교 때 짝했
던 남자애를 만나기도 하는데.

어머니 저런! 그래서 신경이 더 쓰였구나. 그럼 어떡하지.

순지 (머뭇거리다) 할 수 없지 뭐. 며칠 동안 아침 일찍 학교 가는
수밖에.

어머니는 자신의 문제를 스스로 해결할 방법을 찾아낸 순지의
등을 토닥거려 주었다. 밝아진 딸의 얼굴을 보면서 흐뭇했고, 딸을

도울 수 있는 자신이 대견스럽게 여겨졌다. 자신감이 생겼다. 그리고 초등학교 때 짝을 이성으로 느끼고 있는 딸의 또 다른 내면의 변화도 알게 되었다. 말의 위력에 대해서 감탄해 마지않는 순지 어머니는 다정해진 모녀간의 모습을 신기한 듯 말했다.

앞에서 예로 들었던 우석이와 그의 어머니, 그리고 민준이와 그의 어머니의 달라진 대화도 들었다.

우석이와 어머니의 평소의 대화

어머니 우석아! 빨리 해, 빨리! 지각하잖아!

우석 엄마, 학교 안 가면 안 돼?

어머니 학교 안 가고 그럼 뭐 할 거야?

우석 몰라, 그냥 학교 가기 싫어.

어머니 너, 정말 이렇게 꾸물대면서 엄마 괴롭힐 거야? 지각하면 선생님께 혼나잖아.

우석 선생님은 툭하면 '투명의자' 시킨단 말이야.

어머니 그러니까 장난치지 말랬잖아. 봐! 이렇게 늦으면 오늘도 투명의자 하잖아. 자, 빨리 가. 빨리!

우석 알았어!(투덜대며 나간다.)

달라진 대화

우석 엄마! 학교 안 가면 안 돼요?

어머니 우리 우석이가 학교 가기 싫구나.

우석 예, 엄마. 학교 가기가 정말 싫어요. 있잖아요, 지금 방학해서 내가 할아버지가 된 다음에 개학했으면 좋겠어요.

어머니 저런, 우리 우석이가 학교 가기 싫은 이유가 있나 보다.

우석 예, 엄마. 또 투명의자 할까 봐 걱정이에요.

어머니 너도 투명의자 하게 될까 봐 걱정이라고?

우석 어떤 날은 아무나 투명의자 시키고요, 또 어떤 날은 안 그래요.

어머니 그런 일 때문에 학교 가기가 불안하구나.

우석 예, 엄마! 불안해요. 그래도 학교는 가야죠. 가서 장난치지 않고 조심해야겠어요. 엄마, 학교 다녀오겠습니다!(단정하게 인사하고 밝은 표정으로 나간다.)

민준이와 어머니의 달라진 대화

민준 (학교에서 돌아오자 책가방을 집어 던지듯 내려놓고) 오늘은 정말 재수 없는 날인가 봐!

어머니 무슨 좋지 않은 일이 있었나 보구나.

민준 그래요. 숙제 가져오지 않았다고 손바닥을 다섯 대나 맞았어요.

어머니 저런! 창피하고 손바닥도 아팠겠네.

민준 애들이 놀리잖아요, 부반장도 맞는다면서.

어머니 그래, 너 정말 자존심도 상하고 창피했겠다.

민준 …… 부반장 체면이 말이 아네요. 다음부터는 숙제 꼭 챙겨 가야지. …… 엄마, 나 배고파요.

평소에는 손을 씻으라고 해야만 마지못해 씻던 민준이가 그날은 스스로 화장실에 들어가 손을 씻으며 콧노래까지 흥얼거렸다. 민준이 어머니는 아들이 기분 좋은 상태로 돌아오자 차분히 얘기했다. 숙제 검사를 하면서 매를 든 선생님께 감사해야 한다고. 왜냐하면 숙제 검사를 적당히 하면 선생님도 편하셨을 텐데 민준이를 때린 건 선생님이 그만큼 민준이를 아끼고 사랑하기 때문이라고. 아들이 고개를 끄덕이며 동의하는 모습을 보고 놀랐다며 경기도 반월 지역에서 교육에 참가했던 민준이 어머니가 말했다.

숙제를 가져가지 않은 행동에 대해 매로 다스린 선생님을 민준이는 흔쾌히 받아들일 수 없었다. 선생님을 이해는 하지만 어쩐지 섭섭하고 언짢았다. 그러나 어머니와 대화를 하면서 편안해진 민준이는 선생님의 행동을 충분히 받아들일 수 있었다. 다음부턴 꼭 숙제를 챙겨 갈 결심까지 한다.

이와 같이 대화방법의 훈련은 자녀에게 어려움이 있을 때 자녀 스스로 자기 문제를 해결할 수 있도록 도와주기 위한 훈련이다.

고민하는 자녀 도와주기

그때가 초등학교 4학년이었을 게다. 여름방학 때 어머니를 따라 며칠간 외숙모님 댁에 다녀왔다. 그 후 나는 물동이를 머리에 이고 걸어가던, 외숙모님 댁의 일하는 언니가 잊혀지지 않았다. 물동이를 머리에 이고 손도 대지 않은 채 요술쟁이처럼 자랑스럽게 뽐내며 걸어가던 그 언니의 모습이 신기하고 부러웠던 것이다. 나는 어머니를 졸라 반들거리는 물동이를 샀다.

어느 날 나는 신나게 물을 길어 오다가 돌에 걸려 넘어지면서 장날 새로 사 주셨던 그 물동이를 산산조각 내고 말았다. 무릎은 긁혀 흙과 피로 범벅이 되었고, 옷은 흠뻑 젖어 물에 빠진 생쥐꼴이 되었다. 그 순간 가장 먼저 떠오른 것은 노여워하실 어머니의 모습이었다. 왜 그랬을까? 쓰리고 아린 무릎의 상처보다도 어머니를 대할 일이 더 큰 걱정이었던 것은.

나를 끔찍이도 사랑하시는 어머니를 실망시키고 싶지 않은 마음과 어머니께 꾸중 들을 일이 두려웠기 때문이었을까.

'얼마짜린데 …… 분명 화를 내실 거야. 몇 번 쓰지도 않았는데, 어떡할까? 집으로 들어갈까 말까? 매를 맞더라도 들어가야 하지 않을까?'

나는 한참 동안 망설이다가 가슴 두근거리며 조심스럽게 대문을 열고 집에 들어섰다. 힘없이 밀리는 대문 소리에 이상한 느낌을 받으셨는지 후다닥 부엌에서 뛰어나오신 어머니와 정면으로 마주쳤다. 똬리로 사용했던 젖은 수건을 든 채 흙투성이가 된 나는 가슴이 얼어붙는 듯했다.

그러나 자상하고 너그러우신 어머니께서는 나를 꼬옥 껴안으시며 말씀하셨다.

"이를 어쩌나! 어디 다친 데는 없니? 이런 어린아이에게 물동이를 사 달란다고 사 주다니. 내가 너무 일찍 물동이를 사 주었구나!"

아아! 그때 나는 소리내어 울었다. 고마우신 어머니에 대한 감격의 눈물이었음을 어머니는 알고 계셨을까? 어머니는 울고 있는 나를 달래며 조심스레 옷을 갈아입힌 후 상처를 닦고 다독거려 주셨다.

꼬옥 안아 주시던 그 영원히 그립고 따뜻한 품속, 그 향기, 그 아늑함. 그 품속에서 나는 결심했었다. '이 다음에 커서 돈을 벌면 그 반짝이는 물동이를 열 개, 백 개, 아니 천만 개 사 드려야지' 하고. 이러한 기억들은 나이 오십이 넘은 지금도 내 삶을 다듬는 힘이 된다. 어머니를 닮은 풍요로움과 은은한 향기를 지닌 여인이고자 꿈꾸는 원동력이 된다.

그 후 두 아이의 어머니가 된 나는 아끼는 그릇을 아이들이 깼을 때, "이를 어쩌나! 어디 다친 데는 없니?" 하고 말할 수 있었다. 그러면 아이들은 "엄마, 다음부턴 정말 조심할게요." 한다.

이런 대화를 가능케 한 분은 바로 나의 어머님이시다. 이럴 때 어린 아들을 꼭 껴안으면 조그만 가슴이 팔딱거린다. 옛날 내가 가슴을 팔딱거리며 엄마가 화낼까 봐 두려워했듯이.

"야! 너 정신이 있어, 없어? 조심하랬잖아! 너, 이거 얼마짜린지 알아? 저리 비켜. 어이구, 속상해!'

혹시라도 이렇게 말했다면 아이의 마음속엔 어떤 생각이 오고 갈까? 조용히 평소의 이러한 대화들을 돌이켜 본다.

영준이는 중학교 2학년이다. 지난밤 월드컵 축구대회 결승전이 있었다. 영준이는 어머니께 깨워달라고 부탁하고 잤다. 평소대로라면 다음날 아침에 오고 갔을 대화 내용이다.

영준 (볼멘소리로) 엄마! 어젯밤에 깨워 달랬는데 왜 안 깨웠어요?

어머니 (어이없어 하며) 깨워도 네가 안 일어났잖아!

영준 여러 번 흔들어 깨웠으면 됐잖아요! (심통스럽게) 어떻게 됐어요? 우리 나라가 이겼어요, 졌어요?

어머니 엄마도 그냥 잤는데 어떻게 알아. 사내 녀석이 아침부터 신경질 부리지 말고 빨리 학교 갈 준비나 해!

영준 알았어요.(퉁탕거리며 방으로 들어간다.)

아버지 아니, 저 녀석이!

보고 있던 남편이 아들 방으로 뒤쫓아 들어가려 하자 영준이 어머니는 눈을 흘기며 말린다. 아침부터 가족 모두의 기분은 뒤죽박죽 될 수밖에 없다. 이와 같은 상황에서 누가 어떻게 말을 하면 영준이가 편안한 상태가 될 수 있을까?

퉁탕거리며 방으로 들어가는 영준이는 마음의 안정이 깨진 상태다. 영준이처럼 어떤 일로 안정상태가 깨지면 감정이 홍수를 이루어 이성적으로 생각하는 힘이 약해진다. 이런 상태에선 감정이 움직이는 대로 말하고 행동하게 된다. 어떤 학자는 감정이 악화될 때는 지능지수가 20~30퍼센트 떨어진다고 보고했다. 이때 부모가 자녀를 잘 도와주면 안정을 되찾게 되어 이성적으로 생각하고 행동할 수 있게 된다. 자녀의 상처를 잘 치료해 주면 마음의 건강을 되찾아 더 멀리 힘차게 달릴 수 있게 된다.

자녀의 악화된 감정을 잘 풀어 주기 위해 아델리 화버와 어레인 매즈리쉬는 다음과 같은 태도를 제안한다. *

① 관심을 갖고 조용히 자녀의 이야기를 들어 준다.
② 자녀의 말을 인정해 준다.
　오, 음, 그래, 그랬어, 그렇구나 등의 말을 함께 하면서.
③ 자녀가 원하는 것을 상상으로 표현해 준다.
　"지금 당장 네가 보고 싶은 것을 보여 주고 싶어."
④ 자녀가 느끼는 감정을 말해 준다.
　"월드컵 축구 결승전을 못 봐서 몹시 궁금하구나."

단, 자녀의 모든 감정은 수용하지만 행동은 제한되어야 한다.
"네가 안타깝고 답답한 건 알아. 그러나 깨워도 일어나지 않은 건 너에게도 책임이 있어."

다음은 영준이의 마음을 헤아려 주는 부모님과의 대화다.

영준 (볼멘소리로) 엄마! 어젯밤에 깨워 달랬는데 왜 안 깨웠어요?
어머니 (어이없어 하며) 깨워도 네가 안 일어났잖아!
영준 여러 번 흔들어 깨웠으면 됐잖아요! 어떻게 됐어요? 우리

나라가 이겼어요, 졌어요?

아버지 우리 영준이가 월드컵 결승전을 못 봐서 몹시 안타깝구나!

영준 그래요, 아버지.

아버지 그래, 네가 서운하고 답답하겠다. 나도 못 봤으니 얘기해 줄 수도 없고. 어떡하나, 네가 궁금해서.

영준 괜찮아요, 아버지. 학교 가서 제 친구들에게 물어보면 돼요.

영준이 어머니는 평소 이와 비슷한 상황에서는 식구들 모두 아침 기분이 엉망으로 되었을 텐데 직장에서 부모교육 내용을 들었다는 남편의 도움으로 불안의 위기를 넘겼다고 했다. 남편의 권유로 이 교육에 참가한 영준이 어머니는 그때처럼 남편이 존경스럽고 근사해 보인 적이 없었다고 말했다.

영준이 어머니는 대화에 방해되는 말을 했지만 아버지는 아들의 마음을 잘 헤아려 주면서 아들에게 '네가 이런 일로 안타깝구나!' 하고 말했다. 영준이는 자신의 마음을 깊이 이해해 주시는 아버지의 말씀을 들으면서 가슴이 후련해졌고, 감정의 홍수상태에서 빠져나와 이성의 영역이 넓어지자 스스로 해결방법을 찾을 수 있었다.

상민이는 고등학교 2학년으로 몸무게가 90kg이다. 어느 날 갑자기 "엄마! 나는 참 이상해. 여자를 봐도 별다른 느낌이 없어. 친구들은 그렇지 않다는데 ……" 하며 고민을 털어놓았다.

상민이 어머니는 순간적으로 난감했다.

'아, 이럴 때 뭐라고 해야 하나?'

그런데 머릿속엔 금방이라도 톡톡 튀어나올 말들이 영화 필름처럼 돌아갔다. '얘는 별 걱정을 다 하고 있어. 그런 쓸데없는 걱정 말고 공부나 열심히 해! 대학 들어갈 걱정을 하든지, 살 뺄 걱정을 하든지 …….' 만약 상민이 어머니가 그렇게 말했다면 상민이는 '괜히 말했잖아, 말해 봐야 소용없고 바보 취급만 받을걸!' 하는 표정으로 말문을 닫고 말았을 것이다. 또한 그렇게 말하기란 무척 쉬운 일이어서 상민이 어머니도 아들에게 뭐라고 말해 주면 좋을지 고민하지 않아도 되고 후련한 마음이 들었을 것이다. 하지만 상민이 어머니는 조심스레 더듬거리면서 아들에게 말했다.

어머니 그래! 친구들 하고 다른 네가 혹시 이상한 게 아닌가 하고 걱정되었나 보다!

상민 그래요, 엄마. '혹시 제가 중성이 아닌가, 아니면 남자로서 뭔가 모자란 게 아닌가' 하는 생각이 들면 공부하다가도 머리가 띵해져요.

어머니 혼자서 고민을 많이 했구나, 머리까지 띵할 정도로.

상민 그럼요, 아빠는 어떠셨대요?

어머니 응, 아빠도 고등학교 때 여학생들 쫓아다니는 친구들을 이해할 수가 없으셨단다. 그러다 대학교 2학년 때 친구의 사촌 여동생이 음악회 초대권을 보내 와서 함께 음악회에 갔었대. 그때도 별다른 느낌이 없었지만 그 여학생에게 고맙다는 인사로 음악책 한 권을 선물했단다. 그런데 그 여학생 어머니가 책

을 보낸 녀석이 누구냐고 노발대발했다는 얘기를 친구에게 전
해 듣고는 끝이었대. 다음 해에 엄마를 만나면서 비로소 고등
학교 때 여학생 뒤를 정신없이 쫓아다니던 친구들을 이해할 수
가 있으셨단다.

 그렇구나. 내가 아버지 아들이니까 그럴 수밖에. 알았어요,
엄마. 이젠 고민 끝이에요.(상민이는 어머니의 볼에 살짝 입 맞추고
나갔다.)

"그날 제 기분은요, 3년 묵은 체증이 쑤욱 내려가고 아들의 몸
무게도 30kg은 빠진 것 같았어요. 지금도 생각하면 가슴이 후련
해요."

나이 오십이 가까운 상민이 어머니는 홍조를 띠며 신나게 떠드
는 자신이 부끄럽다고 하면서도 자랑스럽게 소감을 얘기했다.

이 대화에서 상민이 어머니가 처음부터 아버지 얘기를 해 주며
아들을 설득시키려 했다면 아들은 말문을 닫아 버렸을지도 모른다.
하지만 처음엔 아들의 마음을 헤아려 주었고, 상민이가 마음이 편
해지면서 아버지에 대한 정보를 얻고자 했을 때 들려주었기 때문에
잘 받아들여졌던 것이다. 맛있는 음식도 소화 기능이 정상일 때 맛
을 제대로 느낄 수 있는 것이다.

교육학자들은, 부모는 자녀가 태어나서 학교 다니기 전까지는
'보육자나 보호자, 양육자'로서의 책임과 의무를 다해야 하며, 자
녀가 학교에 입학하면서부터는 '격려자'로서, 그리고 청소년기에

는 '상담자'로서의 역할을 해야 한다고 말한다. 우리는 학령기의 자녀들에게 보호자나 양육자의 역할만을 하고 있는 것은 아닌지. 자녀는 성장하고 변하는데 부모는 여전히 그 자리에 머물러 있으면서 그렇게 하는 것이 참된 부모의 역할이라고 고집하고 있지는 않는지.

상민이의 경우도 마찬가지다. 우리는 일상의 대화에서 '쓸데없는 걱정'이라고 쉽게 말하지만, 왜 그런 고민이 '쓸데없는 걱정'인가? 부모의 기준에서만 쓸데없을 뿐, 상민이에게는 한 인간으로서 정상적인 남자냐 아니냐 하는 것은 대단히 심각한 문제이다. 이런 상황에서 부모는 자녀의 고민을 수용하는 자세로 자녀의 내면 깊숙이 들어가 더 깊은 애정을 가지고 자녀 스스로 고민의 늪에서 빠져나올 수 있도록 격려하는 격려자가 되어야 한다.

비 오는 날이면 나는 우산을 들고 대문 앞에서 초인종을 누르며 생각한다. 내 남편과 아이들이 이 초인종을 누를 때 어떤 기분일까? '후! 이제 내 안식처로 돌아왔구나, 따뜻하고 정다운 내 보금자리로.' 하는 마음일까? 아니면 '야! 오늘도 이 안으로 들어가야 하다니, 어디 다른 편안한 곳은 없나?' 하면서 초인종 누르기를 주저하고 있지는 않을까.

우리 집 가족들은 어떤 마음으로 초인종을 누르고 있을까.

달라져야 하는 사람은 자녀가 아니라 부모

'말'을 하지 않고는 상대방의 마음을 알 수 없다. 이것을 깨달은 것은 작은아들이 초등학교 2학년 때였다. 어느 날 오후, 밖에 나갔던 아들이 헐레벌떡 집 안으로 뛰어 들어왔다. 나는 얼른 아들의 두 팔을 잡고 "쉿!" 하며 손가락으로 입을 막고 "재신아, 아빠가 편찮으셔. 일찍 들어오셔서 지금 주무신단다" 하고 속삭였다. 아이는 발뒤꿈치를 들고 살금살금 2층 복도로 올라갔다. 복도 벽에는 예수님과 성모님의 성화가 걸려 있었다. 아이는 그 앞에 무릎을 꿇고 두 손을 모으고 고개 숙여 기도했다. 나는 그림 속의 작은 성자의 모습을 보는 듯했고, 그 감동으로 가슴이 두근거렸다. '저 어린것이 어느새 제 아빠를 위해 저토록 겸손하게 기도를 하다니!' 대견하고 자랑스러웠다. 아이는 한참 동안 기도하고 다시 살금살금 아래층으로 내려와 쏜살같이 밖으로 뛰어나갔다.

나는 남편에게 대견하고 자랑스러운 아들의 행동에 대해 신나게 자랑했다. 저녁때 나는 다시 한 번 아이의 입을 통해 그 갸륵한 마음을 확인하고 싶었다.

"재신아, 오늘 낮에 예수님과 성모님께 무슨 기도를 드렸는지 엄마는 참 궁금해."

"네, 엄마. 제가 원경이네 집에서 야구 중계를 보고 있었는데요, 우리 팀이 아슬아슬했어요. 그래서 우리 팀이 이기게 해 달라고 기도했어요. 그랬더니……."

그때 가슴속에서 무엇인가 무너져 내리던 느낌은 지금도 내 기억 속에 생생하게 남아 있다. 제 아버지를 위해 기도하지 않았다는 실망보다 내 아이의 마음을 헤아리지 못했던 나 자신에 대한 실망이었다. 내 분신으로 생각했던 아이. 이 세상에서 순수하게 내 것이라곤 나 자신과 내 아이뿐이라고 생각했던 나. 열 달을 내 몸 안에서 키워 놓은 내 것. 그러나 아이와 내가 하나가 아니라는 것을, 그리고 말을 하지 않고는 내가 낳은 아이의 마음조차도 알 수 없음을 나는 그때 깨달았다.

우리는 '대화가 없다, 대화가 안 된다, 대화를 많이 해야 한다'는 말을 귀가 따갑도록 들어 왔다. 그러나 상대방이 마음속을 툭 털어놓을 수 있도록 대화하는 방법을 배우려고 관심을 가져 본 적이 있는가? 아이들이 자기 마음에 지닌 근심, 걱정, 불안을 거침없이 털어놓을 수 있도록 말할 기회를 준 적이 있는가? 특히 부모와 교사는 자녀와 학생들에게 일방적인 대화만 강요하지는 않았는가?

부모교육을 받고 있던 유치원 선생님이 원생 40여 명을 데리고 어린이 극장에 갔다. 선생님은 극장측에서 원생들을 위해 특별히 준비한 사탕을 모두에게 나누어 주었다. 잠시 후 한 어린이가 말했다.

"선생님, 저 사탕 하나 더 주세요."

예전 같으면 눈을 약간 흘기며 "안 돼"라고 했을 것이고 아이는 뾰로통해져서 상황 진전 없이 끝났을 것이다. 선생님은 '가만 있자, 이럴 때 뭐라고 해야 하나. 그래, 대화에 방해되는 말은 빼자. 아이의 자존심이 상하지 않게 마음을 읽어 주자.' 결심을 하고 말했다.

선생님 준영이가 사탕 하나를 더 먹고 싶다고?

준영 예, 선생님. 사탕 하나 더 주세요.

선생님 글쎄, 지금 사탕이 여덟 개 있는데 준영이에게만 하나 더 주면 다른 아이들도 먹고 싶다고 할 텐데 그땐 어떡하지?

준영 (잠시 망설이더니) 선생님, 그러면 요렇게 몇 명만 주세요.

준영이는 자기 주변 아이들 대여섯 명을 손가락으로 가리켰다.

선생님 그럼 저쪽에 있는 친구들이 먹고 싶다고 하면 어떡할까?"

준영 (한참 머리를 갸우뚱하다가) 선생님, 좋은 수가 있어요. 사탕을 부수면 돼요.

선생님 그럼 어떻게 먹지?

 손가락으로 찍어서 먹으면 돼요.

 그렇구나, 그런 방법이 있었네. 그런데 지금 씻지 않은 손가락으로 찍어 먹으면 혹시 병에 걸리지 않을까 걱정이 되는데…….

 (잠시 생각하더니) 선생님, 그러면 유치원에 가서 손 씻은 다음에 나눠 주세요.

 그럴까? 준영이, 그때까지 참을 수 있을까?

 예, 선생님. 참을 수 있어요.

준영이는 신이 나서 큰 소리로 대답했다.

선생님은 그때의 느낌을 이렇게 말했다.

"전 사탕을 부수어서 나눠 먹는다는 것은 상상도 못했어요. 아이의 거침없는 상상의 세계를 새롭게 발견한 순간이었습니다. 이제 경이로운 눈으로 아이들을 바라볼 수 있는 마음의 문이 열렸습니다."

준영이와 선생님의 대화에서 준영이와 원생들은 많은 것을 배우는 기회가 되었다. 준영이는 자신을 이해해 주는 선생님을 좋아하게 되었고, 작은 것 하나라도 혼자 먹으면 안 되고 다른 사람과 나눠 먹어야 하며 때에 따라서는 기다려야 된다는 것을 배웠다. 뿐만 아니라 자신을 이해해 주신 선생님, 자존심 상하지 않게 인격적으로 대해 주신 선생님을 통해 욕구가 충족되지 않아도 편안해지고, 기다리는 일이 고통이 아니라 즐거움임을 배우게 되었다.

어른들은 때때로 순수한 아이들의 생각을 차단하는 역할을 한다. 말문을 닫게 하고, 마음을 닫게 하고, 아이들의 무한한 창의력의 문을 닫게 한다. 의사이면서 교육자였던 마리아 몬테소리는 "자녀를 키우는 데 있어서 첫 번째 피고는 어머니, 두 번째 피고는 아버지, 그리고 세 번째 피고는 선생님이다"라고 말했다. 과연 나는 어떤 피고로 절대자 앞에 서게 될까?

상우는 초등학교 2학년이며 부모님과 할아버지, 할머니와 함께 산다. 상우는 학교에서 돌아오면 점심을 먹고 피아노 학원과 수영장에 가야 한다. 아직 피아노 학원 가는 일엔 별 어려움이 없는데 수영장에 가는 일은 몹시 힘들다. 수영장에 갈 때마다 꾸무럭거리고 지각하기 일쑤다. 시부모님이 계셔서 야단치기도 조심스러운 상우 어머니는 속만 탄다. 수영을 못하는 상우 어머니는 아들만큼은 물에서는 물개가 되기를 원한다. 어머니의 뜻에 따라 주지 않는 상우를 야속해 하며, 꾸물대는 상우를 결국 야단치고 때리고 울리며 아파트 입구로 데리고 나가 떠밀어 보낸다.

그날은 마음을 굳게 다지고 요즘 배운 대화방법을 사용할 준비를 갖췄다. 그러나 만화책을 들고 화장실에 들어간 상우는 출발 5분 전인데도 꼼짝 않는다. '저 녀석이 또 지각이구나. 수강료가 하루에 얼만데, 참는 데도 한계가 있지. 자식이 뭔데, 왜 이렇게 어미 속을 태울까.' 참으려니 눈물이 왈칵 쏟아졌다. 출발해야 할 시간이 훨씬 지난 뒤에 화장실에서 나온 상우는 눈물을 닦고 심각한 표정으로 앉아 있는 어머니를 보자 겁이 났는지,

"엄마, 왜 그래. 왜 울었어? 나 빨리 수영장 갈게."

“상우야, 너 수영장 가기 싫으니?”

“아냐. 엄마! 나 빨리 갈게. 빨리 가야 돼, 지각해.”

“상우야, 오늘은 너랑 수영에 대해서 얘기하고 싶어. 우리 상우가 왜 수영장에 가기 싫은지 그 이유를 알고 싶거든.”

“엄마, 수영이 싫은 건 아닌데 물이 무서워.”

그 순간 정신이 번쩍 들었다. 상우 어머니도 물이 무섭다. 자신은 물이 무섭고 또 물속에 들어가기 싫어 수영을 안 하면서 아들을 6개월 이상 계속 떠밀어 보내고 있으니 아이가 얼마나 힘들었을까. 어머니는 아들을 끌어당겨 꼬옥 껴안았다.

“그랬구나, 엄마가 그걸 몰랐구나. 물을 무서워하는 너에게 날마다 수영을 하게 했으니 네가 정말 힘들었겠다.”

“그런데, 엄마. 괜찮을 때도 있고 또 어떤 날은 무섭고 그래. 내가 물이 무섭다고 할 때 선생님께서 날 물속으로 밀어 넣으면 깜짝 놀라고 무서워서 숨이 막히고 죽을 것 같아.”

아들은 울기 시작했다. 이해받은 기쁨을 서럽게 서럽게 울며 토해내고 있었다. 상우 어머니는 아들의 등을 부드럽게 토닥거려 달래주며 자신이 어떤 어머니 역할을 하고 있었는지 한심했다.

“그래, 그럼 수영을 그만두면 어떨까?”

“그래도 해야지. 엄마가 그랬잖아, 수영을 배워야 물에 빠졌을 때 안 죽는다고.”

상우 어머니는 상우에게 물에 빠졌을 때 살기 위해서 수영을 배우는 것이라고 항상 되풀이해서 말했었다. 그때마다 상우는 들은 척도 안 하더니 그래도 그걸 기억하고 있었던 것이다. 상우와 어머니는 많은 얘기를 했다. 그래서 상우 어머니는 수영 선생님께 아이가 물에 들어가기 무서워할 때는 강제로 수영을 시키지 않도록 얘기하기로 하고 조금 더 다니기로 했다. 잠시 후, 아이는 언제 울었고 언제 고민했느냐는 듯 신나게 뛰어놀기 시작했다.

초등학교 3학년인 준석이는 어느 날 학교에서 돌아와 책가방을 정리하며 말했다.

"엄마, 나 오늘 숙제 안 해 가서 선생님께 야단맞았어!"

'뭐라고? 숙제를 안 하다니, 말도 안 돼. 너, 정신이 있어 없어? 왜 안 했어? 너 어제 뭐했어?'

계속 쏟아져 나오려는 말을 참기 위해 손으로 입을 막고 침을 꿀꺽 삼키며 준석이 어머니는 말했다.

"그래, 야단맞아서 창피했겠구나!"

"괜찮아, 엄마. 근데 내일 숙제가 있는데 책을 학교에 놓고 왔어."

'아니, 뭐라고? 숙제를 안 해 가서 야단맞더니 어떻게 된 거 아니야? 어떻게 책까지 안 가져와. 아니야, 참는 김에 한 번 더 참자.'

"그래? 그럼 숙제를 어떻게 하지?"

준석이는 대답 대신 신나게 뛰어놀았고 어머니는 저녁 준비를 하면서도 애가 탔다. 숙제를 까맣게 잊었나 했더니 준석이는 또 말했다.

"엄마, 우리 동네 사는 현정이네 집에 전화했더니 현정이도 안 가져왔대."

꼭 닮은 애들끼리 노는구나 하며 속으로 치밀어 올랐지만

"그래? 그럼 어떡하지?"하고 말했다.

하지만 준석이는 무슨 걱정이냐는 듯 동생과 어울려 신나게 온 집 안을 누볐다. 저녁 늦게까지 기다리고 또 기다렸다. 드디어 준석이는 입을 열었다.

"엄마, 좋은 생각이 났어요. 오늘은 일찍 자고 내일 아침 일찍 일어나서 형들이 타고 가는 버스로 학교에 가서 친구들이 오기 전에 교실에서 숙제할게요. 내일 아침 일찍 깨워 주세요."

'그렇구나, 준석이도 자기 일은 자기가 알아서 걱정하고 있었구나. 엄마인 나 혼자서만 애를 태우고 숙제를 하지 않은 본인은 태평이구나 했더니 그것은 내 생각이었구나. 언제나 내가 해결해 주려 하다니, 그 이상 더 좋은 생각은 나도 할 수가 없는데.'

사립인 준석이네 학교는 저학년과 고학년이 타고 가는 스쿨버스 시간이 다르다. 다음날 아침 준석이는 깨우자마자 벌떡 일어나 재빨리 준비하고 30분 먼저 출발하는, 고학년들이 타고 가는 버스로 학교에 갔다.

"정말 기가 막혔어요. 모든 걸 다 알고 있다고 생각했던 제 아들에 대해서 전 장님이나 다름이 없었어요. 숙제를 안 하다니, 제 사고로는 어림도 없는 일이지요. 그러나 지금까지 하던 방법으로 대화를 했다면 아이가 마음을 열지 않았을 텐데, 정말 신기하기만 했어요. 그리고 스스로 자신의 문제를 푸는, 기발한 방법을 찾아낸 아들이 대견했어요."

준석이 어머니는 아이들도 자신의 문제는 자신이 가장 잘 안다

는 사실을 믿었다. 어머니로서 도와줄 부분만 도와주고 결론은 스스로 내리도록 믿고 기다려 주었기 때문에 준석이는 혼자 해결할 수 있었다.

어머니의 도움으로 그동안 쌓였던 응어리가 풀어지자 준석이는 마음이 편안해졌다. 뻥 뚫린 시원한 상태에서 준석이는 자유롭게 자신의 문제를 해결하는 방법을 찾을 수 있었다. 이제부터 준석이는 자신의 문제는 스스로 풀 줄 아는 자기 운명의 주인공이 되어 갈 것이다. 그러나 참가자들은 말한다.

"쉽게 내뱉으면 후련할 말들을 속으로 삼키며, 내 욕심을 버리고 아이들을 신뢰하고 기다리는 일은 상상할 수 없는 고통이에요."

"저는요, 할 말을 못했더니 머리가 아파서 며칠간 꼼짝 못하고 누워 있었어요. 그랬더니 남편이 그냥 옛날처럼 하래요. 아파서 누워 있는 것보다는 씽씽 떠들며 활개 치는 게 더 낫대요. 좀 창피하더라고요."

또 다른 참가자들도 말한다.

"그래도 좀 참고 노력했더니, 남편이 '당신, 팥쥐 엄마같더니 요즘 콩쥐 엄마 같아지네' 하더라고요."

"제 아이도요, 요즘 엄마가 천사 같대요. 전에는 어땠느냐니까 악마나 마귀할멈 같았대요. 한심하기도 하고 좋은 것 같기도 하고, 좀 어벙벙했어요."

"고등학교 2학년인 제 아들도 '지옥이던 우리 집이 이제 천국으로 바뀌었네' 하더라고요. 지옥이라고 느꼈으니 그동안 식구들이 얼마나 힘들었을까요."

팥쥐 엄마가 콩쥐 엄마로 바뀌는 일, 악마가 천사로 바뀌는 일이 그리 쉬운가. 지옥이 천국으로 바뀌는 일이 그렇게 쉽게 되겠는가.

그리고 콩쥐 엄마 같아야 할 어머니가 왜 동화 속에 그려지는 팥쥐 엄마의 모습이 되었을까. 수호천사가 되어야 할 부모가 왜 악마가 되었을까. 천국이어야 할 가정이 왜 지옥이 되었을까.

곰곰 헤아려보면 부모 자녀 간의 갈등이나 가정의 문제 등 여러 문제들이 내가 아닌 우리 가족, 그리고 자녀들에게 있다고 생각하기 때문이 아닐까. 그 책임이 부모 스스로에게 있다는 것을 깨닫기만 한다면, 악마는 천사가 되어 지옥을 천국으로 바꿔놓을 수 있지 않겠는가.

지혜의 시인이라고 불리는 칼릴 지브란의 시를 소개한다. 부모 역할의 참뜻을 헤아리게 해 주는 이 시는 부모교육에 참가한 모든 이들에게 빠짐없이 소개되기도 한다.

아이들에 대하여

그러자 아기를 품에 안고 있던 한 여인이 말했다.
저희에게 아이들에 대하여 말씀해 주소서.
그는 말했다.
그대들의 아이라고 해서 그대들의 아이는 아닌 것.
아이들이란 스스로 갈망하는 삶의 딸이며 아들인 것.
그대들을 거쳐 왔을 뿐 그대들에게서 온 것은 아니다.
그러므로 비록 지금 그대들과 함께 있을지라도

아이들이란 그대들의 소유는 아닌 것을.

그대들은 아이들에게 사랑을 줄 순 있으나

그대들의 생각까지 줄 순 없다.

왜?

아이들은 아이들 자신의 생각을 가졌으므로.

그대들은 아이들에게 육신의 집은 줄 수 있으나

영혼의 집마저 줄 순 없다.

왜?

아이들의 영혼은 내일의 집에 살고 있으므로.

그대들은 결코 찾아갈 수 없는,

꿈속에서도 가 볼 수 없는 내일의 집에.

그대들 아이들과 같이 되려 애쓰되

아이들을 그대들과 같이 만들려 애쓰진 말라.

왜?

삶이란 결코 뒤로 되돌아가진 않으며,

어제에 머물지도 않는 것이므로.

그대들은 활,

그대들의 아이들은 마치 살아 있는 화살처럼

그대들로부터 앞으로 쏘아져 나아간다.

그리하여 사수이신 신은

무한의 길 위에 한 표적을 겨누고

그분의 온 힘으로 그대들을 구부리는 것이다.

그분의 화살이 보다 빨리, 보다 멀리 날아가도록.

그대들 사수이신 신의 손길로 구부러짐을 기뻐하라.

왜?

그분은 날아가는 화살을 사랑하시는 만큼,

또한 흔들리지 않는 활도 사랑하시므로.

생명의 탄생, 얼마나 신비롭고 소중한 선물인가. 자신의 머리카락 하나 만들어 내지 못하는 부모가 위대한 선물인 자녀를 어떻게 대하고 있는가.

홀로 서기를 돕는다

자녀가 어려움에 처했을 때 부모는 자녀를 어떻게 도와주는지 다음의 사례들을 통해 알아본다.

수진이는 유치원에 다니고 혁진이는 초등학교 3학년이다. 무슨 일로 다투는지 모르지만 둘이서 한참 다투다가 수진이가 어머니에게로 달려왔다.

다음은 수진이와 어머니가 평소에 나누던 대화다.

수진 엄마, 오빠는 내가 안 그랬는데 피아노 뚜껑 안 닫았다고 억지 부리고 막 때려.

어머니 왜 싸우고 그래. '오빠, 잘못했어' 하면 될걸.

수진 하지도 않은 걸 어떻게 잘못했다고 해!

어머니 너는 전에도 피아노 치고 뚜껑 안 닫더라. 오빠에게 꼬박꼬박 대들면 못써!

수진 (울면서) 엄만 만날 오빠 편만 들고. 엄마도 오빠도 미워!
(심통스럽게 자기 방으로 들어가 버린다.)

다시 달라진 대화 내용을 통해 상황이 어떻게 진전됐는지 본다.

수진 엄마, 오빠는 내가 안 그랬는데 피아노 뚜껑 안 닫았다고
억지 부리고 막 때려.
어머니 저런! 네가 하지도 않은 일로 오빠한테 맞아서 억울했구
나.
수진 응, 이번뿐만이 아니고 만날만날 그래.
어머니 그래? 오늘만이 아니라 다른 때도 그런 일이 있었구나.
수진 응, 엄마 같으면 화가 안 나겠어? (울면서) 할머니 집에서도
말 안 듣는다고 때리고, 엄마만 없으면 자기 맘대로 대장같이
혼낸단 말이야!
어머니 그래, 집에서만이 아니라 할머니 집에서도, 또 엄마 없을
때도? 그래서 네가 정말 힘들었구나.
수진 응, 내가 누나였으면 좋겠어. 오빠 다음에 나를 낳았기 때
문에 엄마도 조금은 책임이 있어. 내가 누나라면 동생한테 양
보도 하고 잘 돌보아 줄 거야.
어머니 그래, 그렇네. 수진이가 누나로 태어났으면 좋았을걸. 그
런데 그건 엄마 마음대로 할 수가 없단다.
수진 그럼, 누구 맘대로 하는 건데?
어머니 글쎄, 그건 너를 세상에 태어나게 해 주신 하느님께서 하

시는 일이야.

수진 그럼 하느님도 나빠. 나를 누나로 태어나게 하지 않고.

어머니 글쎄, 하느님께서 왜 그러셨을까. 아마도 우리가 알 수 없는 어떤 깊은 뜻이 있으시겠지. 그런데 그동안 수진이가 상당히 힘들었을 텐데, 참 잘 참아 왔네.

수진 (샐샐 웃으며) 사실은요, 할머니 집에서 오빠를 내가 많이 놀렸어요. …… 또 있어요. 오빠 방에서 놀다가 안 치운 적도 많이 있어요.

어머니 으응, 그랬구나. (수진이가 벌떡 일어선다.) 어디 가?

수진 엄마는 유치원에서 그런 것도 안 배웠어요? 잘못했으면 미안하다고 오빠한테 사과해야죠.

조금 후 두 아이가 거실로 나와서 함께 말했다.

아이들 엄마, 아빠. 싸워서 죄송합니다.

어머니 너희들이 화해하고 사이좋게 얘기하니까 엄마, 아빠는 정말 기쁘단다. 애들아, 고맙다.

언제 다투었냐는 듯 남매는 한층 더 다정스럽게 장난감을 가지고 깔깔대며 논다. 옆에서 신문을 보던 수진이 아버지가 아내를 쳐다보며 빙긋이 웃는다. 수진이 어머니는 속으로 환성을 올렸다. '와! 드디어 성공이다.'

평소의 대화처럼 어머니의 입장에서 일방적인 대화를 했을 때는

수진이도 꼬박꼬박 따지고 덤볐다. 수
진이 어머니는 그러한 딸이 얄밉고 괘씸
하고, 또 걱정도 되었다. 수진이도 오빠와
엄마에게 이해받지 못해 억울하고
섭섭하고 외로웠다. 응어리가 풀
리지 않아 심술만 늘어갔다.
수진이 어머니는 딸의 심술
과 고집을 수진이 탓으로 돌
리고 나무랐다. 그러나 수
진이를 이해하며 도와주는
대화로 바꾼 수진이 어머니는 그
결과를 보며 딸의 모든 행동이 결국 자신의 탓이라는 걸 깨닫기 시
작한다. 이러한 인내심과 사랑의 대화방법은 옆에 있는 가족들도
자연스럽게 배우게 된다.

재용이네는 아버지를 따라 영국에서 3년 반 동안 살다가 귀국한
지 1년이 다 되어간다. 재용이는 영국에서의 학교생활을 그리워하
며 학교 가는 것도, 숙제하는 것도 싫다고 날마다 투덜댔다.
다음은 재용이와 어머니가 평소에 주고받던 대화다.

재용 후! 숙제하기 싫어.
어머니 숙제하기 싫어하면 어떡해? 숙제가 없으면 넌 전혀 공부
를 안 하잖아.

재용 왜 안 해? 공문수학도 하고, 영어 쓰기도 하고, 한자 문제지도 다 하잖아.

어머니 그건 학교 공부는 아니잖아. 자, 숙제부터 얼른 해놓고 실컷 놀아.

재용 숙제 다 하고 나면 캄캄한데 어떻게 실컷 놀아!

어머니 그만 따지고 숙제나 빨리 해.

재용 알았어!

재용이 어머니가 배운 대로 실천에 옮긴 대화 내용을 본다.

재용 후! 숙제하기 싫어.

어머니 숙제하기가 정말 지겨운 모양이구나.

재용 응, 숙제는 무조건 다 싫어. 학교도 싫고, 학교 가는 것도 지겹다고!

어머니 학교에 대한 건 뭐든지 다 싫다고? …… 그럼 어떡하나.

재용 학교가 다 없어져 버렸으면 좋겠어.

어머니 저런! 그 정도로 학교가 싫구나. 그런데 어떻게 학교를 다 없애지?

재용 폭탄으로 부숴 버리지.

어머니 어머! 그럼 사람들은 어떡하고?

재용 어? 그럼 일요일에 부수지.

어머니 부수는 건 별로 좋은 것 같지 않은데, 뭐 다른 방법이 없을까?

재용 벽돌이랑 나무 같은 걸 다 없애지.

어머니 그래? 벽돌이랑 나무를 다 없애면 집이 없는 사람은 집을 지을 수가 없을 텐데 어떡하나.

재용 (난처한 기색을 보이며 말이 없다.)

어머니 무슨 다른 수는 없을까?

재용 있어. 교장선생님이 학교에 오지 말라고 하면 돼.

어머니 그래, 그런 방법도 있겠구나.

재용 히히히!

어머니 그런데 교장선생님께서 그런 일을 마음대로 하실 수 있을까?

재용 아니! ……(잠시 생각하는 사이, 옆에서 누나가 '대통령, 대통령.' 하고 속삭였다. 그러자) 대통령! 대통령은 할 수 있어.

어머니 대통령 할아버지께서 "교장선생님, 아이들에게 학교 오지 말라고 하세요" 하면 되겠지. 그러면 대통령은 누가 되어야 할까? 재용이하고 똑같은 마음을 가진 사람이 대통령이어야 한다면 재용이가 대통령이 되어야겠네.

재용 (큰 소리로) 응.

어머니 재용이는 어떤 사람이 대통령이 되는지 알아? (선거에 대해서 간단히 설명해 주었다.) 국민들이 대통령을 뽑을 때 "최재용은 어렸을 때 학교 가기도 싫어하고 숙제도 잘 안 했어요. 그리고 학교도 폭파하고 싶어했대요" 하면 사람들이 대통령으로 뽑아 줄까?

재용 (대답 대신 방으로 들어가며) 아! 숙제해야겠다.

그 후 6주가 지났는데, 재용이는 더 이상 학교 가기 싫다거나 숙제하기 싫다는 투정을 하지 않고 혼자서도 잘하고 있다고 했다.

앞의 사례에서 본 것처럼 자녀의 마음을 헤아려 주는 대화방법은 부모가 자녀의 문제를 해결해 주는 해결사가 되는 것이 아니라, 자녀 스스로 자신의 문제를 해결하도록 도와주는 것이다.

사실은 저도 외로운 놈이에요

다음은 편지지를 사러 가는 어머니를 뒤따라간 효정이와 어머니가 나눈 평상시의 대화다.

효정 엄마, 나 저 크레파스 사 줘!

어머니 (부러졌지만 쓸 만한 크레파스가 집에 많이 남아 있다.) 얘는! 집에 많이 있잖아.

효정 아냐, 다 부러져서 쓸 수 없어.

어머니 너는 보는 것마다 사 달라고 조르니? 집에 많은데.

효정 그래도 사 줘, 엄마!

어머니 괜히 쫓아와서 그래!(어머니는 딸을 흘겨보고, 딸은 마음이 상해 훌쩍인다.)

같은 상황에서 달라진 대화를 본다.

효정 엄마, 나 저 크레파스 사 줘요!

어머니 으응. 너 크레파스가 필요하구나.

효정 다 부러져서 (손가락 한 마디를 가리키면서) 요만하단 말이야.
쓰기가 얼마나 힘들다고!

어머니 그래, 그렇게 작은 크레파스로 쓰려니 정말 힘들었겠다.

효정 (잠시 생각하더니) 아니에요. 그래도 조금은 더 쓸 수 있어요.

어머니 그래, 네가 필요할 때 얘기하면 사 줄게. 괜찮겠니?

효정 예, 엄마. 다 쓰고 나면 사 달라고 할게요.(그 후 2주일이 지나
도 효정이는 크레파스 사 달라는 말을 안 했다.)

앞부분의 대화는 자녀의 생각이나 느낌 혹은 자존심에 상관없
이 부모 의견만 주입시키는 일방적인 말투다. 뒷부분은 자녀의 마
음을 헤아려 존중해 주고 독립된 인격체로 인정해 주는 마음이 들
어 있다. 같은 상황, 같은 내용의 말이지만 어떤 대화는 기쁨과 희
망을 주고 어떤 대화는 좌절과 굴욕, 절망감을 주어 금방 살맛을
잃게 만든다.

초등학교 2학년인 현수는 전자 오락실을 한 달에 두 번만 어머니
와 함께 가기로 약속했다. 약속한 날짜를 기다리면서 며칠 지키더
니 어느 날 귀가 시간이 한 시간 늦어졌다. 학교와 집은 4~5분 거
리이다. 어머니는 집 가까이 있는 전자 오락실에서 아들을 쉽게 찾
을 수 있었다. 겁에 질린 아이의 손목을 움켜쥐고 집으로 끌고 왔
다. 약속을 저버린 아들에게 야단치고 매를 들고 손 들고 벌을 세웠

다. 매를 들고 난 후의 마무리 단계를 어떻게 처리했는지 본다. 이들의 평상시 대화다.

어머니 어떡할래? 또 오락실 갈 거야, 안 갈 거야?

현수 안 갈게요.

어머니 다음부터는 절대로 가면 안 돼. 그땐 정말 가만두지 않을 거야. 아빠한테도 얘기하고. 알았어?

현수 알았어요. 안 갈게요.

매를 맞고 벌서는 아이나 그렇게 시킨 어머니의 마음은 엉망이 된다. '이게 아닌데 ……' 하며 후회하지만 이미 엎질러진 물이다. 다음은 대화방법 교육을 받은 후 달라진 모자의 대화다.

어머니 오락실에 가고 싶었구나.

현수 응.(눈물을 흘린다.)

어머니 엄마한테 들켜서 무서웠지?

현수 깜짝 놀랐어요.(소리 내어 운다.)

어머니 왜 약속을 잊었을까?

현수 청소하고 나오니까 남훈이가 기다리고 있었어요. 안 간다니까 돈도 2백 원 주면서 가자고 해서 …….

어머니 네가 난처했겠구나. 엄마와의 약속도 지키고 싶고, 오락실도 가고 싶고.

현수 조금만 하고 금방 오려고 했는데 …….

 그래. 엄마는 속이 얼마나 상했는지 몰라. 네가 약속을
지키는 착한 아이가 되기를 바랐거든.

 잘못했어요. 다음엔 다른 애가 가자고 해도 절대로 안 갈
게요.

앞부분에서 표현한 '안 간다' 와 뒷부분에서 약속한 '안 간다' 는
표현은 같지만 대화수준은 크게 다르다. 부모의 강요에 의한 '안
간다' 와 본인 스스로 '안 간다' 고 한 약속의 차이는 크다. 부모로부
터 이해받고 스스로 자신의 문제를 해결하는 데 도움이 되는 대화
와 그렇지 않은 대화의 결과는 다르다.

중학교에 입학할 때 반에서 2등이었던 영태가 고등학교 1학년이
되었다. 딸이 둘 있지만 어머니는 아들인 영태에게 모든 기대를 걸
고 밥 먹고 공부하는 일, 친구 사귀고 옷 입는 일까지 울타리를 높
게 쳐 놓고 그 안에서만 활동하게 했다.

영태는 자라면서 조금씩 울타리를 벗어나기 시작했고, 어머니는
그것을 막으려 했으나 갈등은 점점 커지기만 했다. 영태 어머니의
말처럼 성적은 낙엽처럼 떨어져 인문계 고등학교에 겨우 합격했다.
키가 크고 힘이 센 아들은 이제 완전히 부모의 통제영역에서 벗어
나 친구, 공부, 놀이 등 모든 것을 자기 마음대로 했다. 그 때문에
어머니는 신경성 위장병까지 생겼다. 영태는 저녁 7시까지 귀가하
기로 약속하고는 9시 30분이 되어서야 귀가하기 일쑤였다.

다음은 이들 모자의 평상시 대화다.

영태 저 왔어요.

어머니 지금이 몇 시야? 엄마하고의 약속을 이렇게 어겨도 되는 거야? 도대체 …….

영태 (어머니의 말을 막으며) 알았어요.

문을 쾅 닫고 자기 방으로 들어간 아들. 방문을 부수기 전엔 아들을 만날 수조차 없다. 어머니는 문 밖에서 발을 동동 구르며 괴로워했다.

비슷한 상황에서 또 다른 날의 달라진 대화다.

영태 저 왔어요.

어머니 서둘러 오느라 애썼구나!

영태 죄송해요, 약속을 못 지켜서요.

어머니 그럴 만한 사정이 있었겠지.

영태 일찍 오려고 했는데 선배들을 만났어요. 대근이나 성찬이는 내가 먼저 간다고 하면 가라고 하는데 선배들은 붙잡아요. (영태는 며칠 전 목욕하고 오는 길에 그 선배들한테 맞았었다.)

어머니 저런, 네가 정말 곤란했겠구나. 어디 맞지는 않았고?

영태 아뇨. …… 사실은 저도 외로운 놈이에요. 마음을 주고받을 친구가 없어요. 공부 좀 한다는 친구들은 제게 어떤 문제가 있을 때는 언제 봤느냐는 식이에요. 그렇지만 실업고에 다니는 대근이는 제게 어려움이 있으면 도와주려고 애써요.

 그동안 네가 친구 문제로 고민이 많았구나.

 제가 함께 어울리는 친구들이 꼭 제 맘에 들어서 노는 건
아니에요. 이제 그만 놀고 공부할게요.

처음으로 아들의 내면을 보게 된 어머니는 가슴으로 한없이 울
었다고 했다. 그 후 어머니는 자신이 만들어 놓은 울타리를 깨뜨리
려 노력했고 영태도 애썼다. 5개월이 지난 지금 영태는 예전의 우
등생 모습으로 돌아와 새벽 1~2시까지 공부한다.

도대체 자녀란 부모에게 어떤 존재인가? 어떤 관계인가? 자신의
머리칼 하나 만들어 내지 못하는 부모가 아이를 낳았다는 것 때문
에 얼마나 거만한가? 자녀는 내가 낳았으니 내 것인 양 하는 것은
커다란 착각이 아닌가? 온갖 무례한 행동을 하면서도 죄의식, 아니
부끄러움조차 느끼지 못한다. 당당하고 떳떳하게 온갖 횡포를 다
부린다. 그러면서도 그 횡포는 자녀를 사랑하기 때문이라고 자신을
합리화시킨다. 어디까지가 사랑이고 어디까지가 욕심인가. 부모가
자녀를 독립된 인격체로 생각하지 않는 한 부모와 자녀의 진정한
대화는 이루어질 수 없다.

준용이는 초등학교 5학년이다. 여름방학이 끝나갈 무렵의 어느
날, 연락도 없이 저녁 8시가 되어도 돌아오지 않고 있다. 시간이
지날수록 엄마의 걱정은 커진다. '아침도 제대로 먹지 않았고, 끝

내야 할 숙제도 많은데 아무 얘기도 없이 나가서 속을 태우다니 들어오기만 해봐라!' 부글거리는 화를 참으며, 참은 만큼 때리고 야단 칠 준비를 했다. '어떻게 하면 화난 만큼 분풀이를 할까?' 화난 만큼 분풀이하는 것은 부모의 당연한 권리라고 생각했다. 그런데 다음 순간 '이게 아니지. 배운 것을 실습할 기회인데 뭐라고 말하지?' 이런 생각이 오가자 치솟았던 화가 차츰 누그러지기 시작했다. 준용이는 밤 9시가 다 되어 컴컴한 골목길을 헐레벌떡 뛰어왔다.

준용　엄마, 빨리 밥 줘요. 배고파요.

어머니　(생각했던 말들은 다 잊어버렸지만, 예전처럼 하지 않으려고 꾹 참으며) 늦었구나. 그래 얼른 씻고 와. 밥 차릴게.

준용　(하늘만큼 올라갔던 화를 참는 어머니 마음도 모르는 채 허겁지겁 차려 준 밥을 먹더니) 엄마, 나 오늘 혼났어. 사실은 금방 오기로 하고 친구들이랑 버스를 타고 냇가로 놀러 갔는데, 배가 고파서 돌아올 차비만 남기고 다 사 먹었거든. 그런데 돌아올 때 너무 배가 고파서 남겼던 차비로 몽땅 빵을 사 먹었어. 그래서 걸어오는 데 두 시간도 더 걸린 것 같아. 지치고 배고프고 죽을 뻔했어. 엄마 걱정하셨죠? 다음엔 늦지 않을게요. 그리고 숙제도 내일 다 끝낼게요.

아들의 말끝마다 쏟아져 나오려는 험한 말들을 참으며, 아들을 닦달하지 않은 자신을 대견해 했다.

며칠이 지난 어느 날 헉헉거리며 밖에서 뛰어 들어온 아들은 엄마를 껴안으며 말했다.

"엄마, 우리 엄마 최고예요. 우리 엄마는 천사예요. 그날 냇가에 놀러 갔던 친구들은 집에 가서 난리가 났대요. 매 맞고 밥도 굶고 다음날까지 굶은 친구도 있어요. 엄마, 나만 아무렇지 않았어요. 엄마, 나만요. 다른 친구들은 모두 다 혼났대요. 엄마, 엄마, 난, 난 엄마가 정말로 좋아요!"

펄쩍펄쩍 뛰며 좋아하는 아들을 보는 어머니도 천사가 된 듯한 기분이었다고 한다.

아이들은 얼마나 사랑스러운가. 준용이는 영원히 어머니의 그 따뜻한 용서의 기쁨을 잊지 않고 넉넉한 사람이 될 것이다. 어른이 된 어느 날 자신을 기다리며 애태웠을 어머니의 그 인내를 생각하면 가슴이 뜨거워지리라.

부모는 자녀의 소유주로서 자신이 생각한 테두리 안에 자녀를 가두려고 한다. 그 틀 속에 꼼짝 않고 들어가 있으면 마음에 드는 착한 아이, 좋은 아이가 되고, 그 틀을 벗어나려 꿈틀대거나 그 영역을 벗어나면 못된 아이, 말 안 듣는 아이, 도대체 이유를 알 수 없는 아이가 되어 부모와 자녀 사이의 갈등이 심화된다.

현명한 부모는 이 갈등을 슬기롭게 극복하여 자녀를 통해 더욱 성숙하지만, 자신의 틀을 깨지 못하는 부모는 자녀를 좌절의 늪으로 몰아넣고 동시에 자신도 그 늪에서 함께 허우적댄다. 결국 자녀는 가출을 하고 생명을 포기하는 등 긍정적인 사고에 저항하여 폭력과 자기 파괴로 빠지기도 한다.

내 자녀와 나는 과연 어디로 갈 것인가? 선택은 부모가 한다.

아들 자랑 좀 할게요

아직도 많은 부모들은 자녀가 잘못했을 때 따끔하게 야단을 치거나 때려야 정신 바짝 차리고 두 번 다시 같은 실수를 되풀이하지 않는다고 믿는다. 체벌의 강도가 높을수록 그 효과가 크다고 생각하는 부모도 있다. 언젠가 라디오의 자녀교육 특집 프로그램에서 체벌에 대한 토론이 있었다. 체벌 교육에 대해 응답자의 약 65퍼센트가 찬성이었고 35퍼센트가 반대였다. 토론에 참가한 전문가들은 체벌 없는 교육을 강조했다.

다음은 부모교육 훈련에 참가한 어느 아버지의 체험담이다.

저는 중학교 3학년인 아들이 책상에서 꾸벅꾸벅 졸고 있으면 주로 야단을 쳤습니다. 졸고 있는 아들의 등을 탁 치거나 머리를 쥐어박으면서 "야, 임마, 정신 차려. 이렇게 정신 상태가 나약해서 어디 대학 문 앞에라도 가겠니. 정신 바짝 차려야지. 빨리 세수라도 하고

와서 공부해!" 하고 말했어요. 그러면 아들은 무겁게 일어나 꾸물
거리며 마지못해 세수를 해요. 저는 속이 터질 것 같지만 참지요.
좀 앉아 있나 싶어서 보면 또 졸아요. 그런데 요즘은 제 태도를 바
꾸어서 아들을 이해해 주려고 노력합니다. 졸고 있는 아들을 보면
등을 부드럽게 쓸어 주면서 이렇게 말하지요.

"졸려서 공부하기 힘들지?"

"네?"

"학교에서 운동이라도 하고 나면 더 지치고 잠이 올 텐데."

"그래요, 아빠. 오늘도 체육 시간에 많이 뛰었는데 또 벌로 운동
장을 다섯 바퀴나 더 뛰었어요."

"오, 저런! 정말 힘들겠다. 시험은 며칠 남지 않고 졸음은 오고,
어떡하냐."

"괜찮아요. 세수하고 와서 하면 돼요."

이제까지는 제가 세수하라고 시켰는데 지금은 아들이 스스로
기분 좋게 벌떡 일어나서 세수해요. 책상 앞에도 꽤 오래 앉아 있
고요.

자기 아이를 때리기 좋아하는 부모가 어디 있겠는가. 체벌 교육
에 찬성하는 부모도 체벌로 교육하는 것을 원하는 것이 아니라 체
벌 없이 자녀를 도와주는 구체적인 방법을 잘 모르기 때문에 체벌
교육에 찬성하는 것이 아닐까. 그렇다면 자녀의 행동을 보면서 부
모가 화가 날 때 어떻게, 체벌 없이 자녀의 자존심을 상하지 않게
하면서 부모의 마음에 드는 행동으로 바뀌게 할 수 있을까.

저희 집에는 대학교 4학년과 3학년인 두 아들과 대학교 1학년인 딸이 있습니다. 직장에 다니는 저는 그날 아침에 남편과 딸아이와 함께 아침을 먹고 나가면서 식탁에 준비해 놓은 식사를 꼭 하고 가라고 두 아들에게 당부했습니다. 저녁에 퇴근해서 집에 와 보니 누가 제일 마지막에 식사를 했는지 모르지만 식탁 위에 반찬 그릇들이 뚜껑이 열린 채 어지럽게 널려 있었습니다. 그걸 보는 순간 열이 바싹 올랐습니다.

위와 같은 상황에서 어머니가 뭐라고 말하면 두 아들이 '그렇지, 내가 잘못했구나. 내 행동을 변화시켜야지' 라고 생각할 수 있을까? 이런 경우 부모가 일상적으로 사용하는 말은 자녀의 생각을 바꾸는 데 방해가 되는 말이다. 그런 말은 부모에게 익숙해서 쉽고 간단하며 효과가 즉각적으로 나타나기 때문에 쓰고자 하는 유혹이 크다. 위의 상황이라면 다음과 같이 대화에 방해되는 말을 할 수 있다.

"너희들은 차려준 밥 먹고 치울 줄도 모르니? 도대체 학교에서 뭘 배우냐?"

"엄만 맨날 너희들 종 노릇만 해야 하니?"

"반찬 뚜껑 덮을 줄 모르면 밥도 먹지 말고 그냥 가!"

"한 번만 더 그래 봐라. 밥 차려 주나!"

"행동을 그 따위로 해서 장가가긴 다 틀렸다."

"그만한 일은 알아서 해야지 한두 살 먹은 어린애도 아닌데 그런 행동을 하면서 부모 망신 다 시키고 다녀라!"

"왜 그래? 왜? 아침부터 형제가 싸웠어? 엄마 좀 편하면 오래 살까 봐? 오래 살아서 너희들 마누라 힘들게 할까 봐?"

"친구 아들은 고등학교 1학년인데도 설거지까지 하고 간다는데 도대체 대학생인 너희들은 고등학교 1학년만도 못하냐."

"잘한다. 이다음에 며느리가 자식교육 잘 시켰다고 하겠다."

"이런 식으로 해 봐라. 뻔하다, 뻔해. 앞으로는 남녀 차별 없이 남자도 청소하고 설거지도 해야 한다는데, 마누라한테 쫓겨나기 딱 알맞다."

위와 같은 말을 했을 때 효과가 있었는가. 이런 말은 자녀를 반항하고 거부하게 만들며, 자존심을 상하게 하고 열등감을 갖게 한다. 결국 자녀는 자신의 행동을 바꾸려는 의욕을 상실하게 된다. 이런 경우에 《부모·자녀와의 대화기법》에서는 다음과 같은 방법으로 대화하라고 한다.

① 부모의 생각이나 감정을 표현한다.

오른쪽의 도표에서처럼 부모의 '의사 표현'에 따라서 자녀가 받아들이는 해석이 달라진다. 부모가 '밥 먹지 말고 그냥 가!'로 의사를 표현하면 '나를 싫어하고 관심도 없나 봐'로 해석하게 되고, '엄만 너희들 종 노릇만 하니?' 하면 '그래요, 나는 나쁜 아이에요' 하거나 '누가 엄마를 종으로 부렸어요. 엉뚱한 소리 하지 말아요' 등으로 반박하게 된다. 물론 이성적으로는 어머니가 속이 상하셔서 하는 말이려니 하고 생각하지만 감정적으로는 기분이 나쁘다. 기분이 상하면 행동을 바꾸고자 하는 마음이 없어진다. 그러나 '뚜껑을 덮지 않은 반찬을 보니까 먹을 수도 없고 버릴 수도 없어서 정말 난

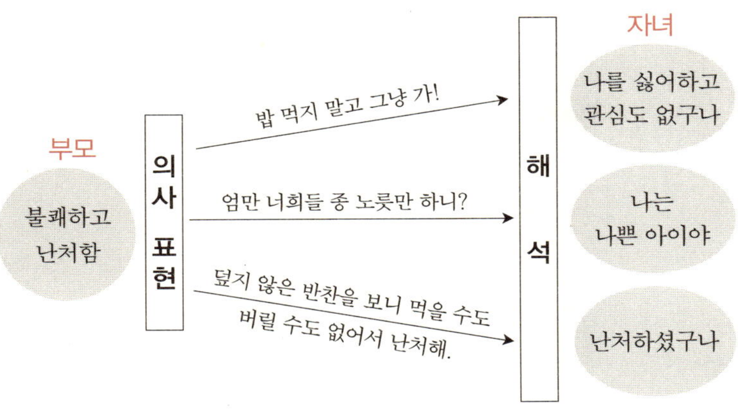

처하다' 는 어머니의 마음을 알면 나의 행동이 어머니에게 어떤 영향을 끼쳤는지 이해하게 된다. 즉 자신의 행동을 바꾸어야겠다는 생각이 든다.

② 자녀의 행동을 표현해 주는 대화를 한다.
"반찬 뚜껑 덮을 줄 모르면 밥도 먹지 말고 그냥 가!"
→ "반찬 뚜껑이 열린 채로 그냥 있네."
자녀의 행동만 표현하면 자녀는 자신이 할 일을 깨닫게 된다. 앞에서 제시한 식탁 위의 사건을 위의 방법으로 연결시켜 생각하며 들어 본다.

'어떡할까? 그렇지, 이럴 때 속이 상한 사람은 나니까 나를 표현하는 방법을 써야지' 하는 생각이 들었습니다. 마침 우리 집 식탁 옆에는 식구들의 전화 메모, 또는 식구들에게 알릴 일이 있을 때 쓰는 작은 칠판이 있습니다. 저는 칠판에 그때의 제 기분을 그대로 적었습니다.

"너희들은 차려 준 밥 먹고 반찬 뚜껑 덮을 줄도 모르니? 내일부터는 반찬 뚜껑 덮을 줄 모르면 밥도 먹지 말고 그냥 나가! 엄마는 하루 종일 먼지 앉은 반찬 먹어도 좋으냐?"

일단 이렇게 써 놓고 나니 속이 시원하고 후련했습니다. 머리끝까지 차올랐던 감정이 점차 누그러지자 제정신이 들어 대화에 방해되는 말들이 하나 둘 눈에 들어오면서 잘못 씌여진 부분을 알 수 있었습니다. 저는 다시 시작했습니다. 그동안 배운 대로 나를 화나게 하는 상대방의 행동에 대한 나의 생각이나 느낌을 쓰고 지우고 고치고 고쳐서 다시 써 놓았습니다.

"뚜껑이 열린 채로 놓여진 반찬 그릇들을 보니까 엄마 속이 많이 상했다. 하루 종일 먼지 앉은 반찬—어쩌면 바퀴벌레가 지나갔을지도 모르는—을 먹자니 몹시 불쾌해. 버리려니 죄 짓는 것 같아 버릴 수도 없고."

저는 배운 대로 제 눈에 거슬리는 행동을 있는 그대로 그림 그리듯이, 사진 찍듯이 쓰고, 나의 감정이나 느낌을 솔직히 쓰려고 노력했습니다. 다 써놓고 나니 마음이 편안했습니다. 또 이렇게 근사하게 표현할 수 있는 자제력을 얻었다는 기쁨도 컸습니다. 얼마 후 딸이 들어왔습니다. 저는 딸에게 식탁 위에 펼쳐진 상황을 설명하고 칠판을 보라고 했습니다. 딸은 얼른 읽더니 "엄만 왜 이렇게 고상하게 썼어요? 야! 이 나쁜 놈들아!" 하고 쓰시지. 그 말을 듣자 웃음이 터져 나왔습니다. 다음날 전날과 비슷한 상황에서 퇴근하고 와 보니 식탁 위 반찬 그릇들이 비닐 랩으로 깨끗이 덮여 있었습니다. 정말 흐뭇했습니다. 저는 다시 작은 칠판에 고마운 제 마음을 전하는 글을 썼습니다.

"뚜껑이 잘 덮여 있는 반찬 그릇들을 보고 엄마는 무척 흐뭇하고 기뻤단다. 마음 놓고 반찬을 먹을 수 있고, 또 엄마 마음을 헤아려 주는 고마운 아들들이 있구나 생각하니 행복해.

추신: 엄마는 요즘 감기 몸살로 좀 힘들어! S.O.S."

그날 이후 아이들의 극진한 배려에 감기도 금방 나았어요. 행복 앞엔 감기도 꼼짝 못하나 봐요. 결국 제가 변해야 식구들이 변하더군요. 뿌린 대로 거둔다는 평범한 진리를 깨달았습니다.

내 목소리가 부드러우면 상대방 목소리도 부드러워진다. 이 이론을 행동에 옮기는 일이 중요하다. 많은 아름다운 행동들을 생각하기는 쉽지만 그 중 작은 것 하나를 실천하기는 어렵기 때문이다.

선생님, 오늘은 제 아들 자랑을 좀 해야겠어요. 저는 결혼한 지 18년이 됩니다. 식사 때 음식 투정하는 남편과의 그 길고 지루한 싸움은 신혼 초부터 시작되었습니다. 청혼할 때 남편은 우리 집 대문이 닳도록 오가면서 제가 없는 이 세상은 태양 없는 암흑과 같다더니만, 이제 와서 생각해 보면 그런 말은 아무 소용이 없더군요.

결혼하자마자 반찬 투정이 시작되었습니다. 그 반찬 투정은 얼마 전까지 계속되었어요. 시어머님 말씀으로는 남편의 습관이래요. 전 잘 참다가도 때로는 화가 나고 약이 올라 상을 뒤엎고, 이혼장에 도장을 꽝 찍어 버릴까 하고 생각할 때가 한두 번이 아니었지요. 언젠가 동창 모임에서 남편 흉을 보는데 반찬 투정하는 남편이 제 남편까지 셋이었어요. 그 중 한 친구가 이렇게 말하는 거예요.

"얘, 나는 남편의 그 못된 버릇 고쳤어. 잔소리도 한두 번이지, 아이들도 거의 다 컸는데 이혼하자면 하지 하는 마음으로 벼르고 있었어. 그날 따라 소리 높여 심하게 투정하더라고. 그래서 찌개를 냄비째 들고 가서 싱크대에 쏟아버렸지. 그랬더니 그날로 그 지겨운 잔소리가 끝이 났어. 너희들도 오늘 저녁에 당장 해 봐!"

그날 제 친구와 저는 결심했어요. '에라, 모르겠다. 좋은 방법은 아닌 것 같지만 한번 해봐야지. 까짓것, 이혼하자면 하지 뭐.' 그런

데 그날 제 남편은 외식을 했어요. 단단히 결심했던 기회를 놓쳤죠.

다음날 아침, 남편이 출근하자마자 나와 단단히 약속했던 친구에게서 전화가 왔습니다.

"얘, 명희야! 너 어제 그 방법 썼니? 썼어, 안 썼어?"

"응. 우리 남편, 어제 외식해서 못했어."

"얘! 그럼 하지 마, 큰일 나. 나는 어제 저녁 남편이 또 잔소리하길래 기회다 싶어 찌개를 그릇째 싱크대에 쏟았거든. 그랬더니 식탁을 뒤엎는 거야. 어디서 그런 짓 배웠느냐고. 나 깨진 그릇에 종아리를 맞아서 몇 바늘 꿰맸어."

친구의 말을 듣고 전 그 방법을 포기할 수밖에 없었어요. 얼마 뒤 이 교육을 받게 되었지요. 고등학교 2학년인 제 아들은 요즘 어머니가 왜 달라지는지 알고 싶다면서 실습용 교재를 자주 들여다본답니다. 그러고는 제가 잘못 말하면 싱긋 웃으면서 "어머니, 그건 배운 방법이 아니잖아요" 하며 절 놀리기도 해요.

어느 토요일 저녁, 식탁에서였어요. 남편의 그 고질적인 습관이 또 튀어나오더라고요. 찌개에 든 조개 맛이 한물갔다느니, 게가 싱싱하지 않다느니……. 저는 맥이 탁 풀렸어요. 그럴 때는 공부고 뭐고 다 캄캄해져요. 친구가 일러 준 방법은 쉬울 것 같은데 사용할 용기도 없고, 무슨 말을 어떻게 해야 할지 속이 상해 눈물이 핑 돌았어요. 결혼해서 오늘까지 그저 말이 없으면 괜찮은 거고, 맛있다는 얘기 들어 본 적은 꿈에도 없으니 음식 만드느라 쏟은 그 지극한 정성은 다 어디로 날아가 버리는지 막막한 기분이었어요.

그때 아들이 "아버지, 저 잠깐만 보시겠어요?" 하며 어정쩡해 하는 아버지를 반강제로 붙들고 방으로 들어갔어요. 잠시 후에 방에서 나온 남편과 아들은 가끔씩 서로 쳐다보며 웃는 거예요. '무슨 일이 있긴 있었구나!' 하고 짐작만 했지요.

저녁 늦게 안방으로 들어온 남편은 "자식이 크니까 큰 자식 무서워서 말도 함부로 못하겠어. 아, 녀석이 나를 반강제로 연행해 가더니, '아버지. 어머니는요, 그 찌개를 만들기 위해서 적어도 3시간은 소비하셨을 거예요. 그런데 아버지께서 그렇게 말씀하시면 어머니가 속이 얼마나 상하시겠어요. 저는 어머니가 화내실까 봐 조마조마해요. 그러다가 두 분이 다투시면 어쩌나 하고 가슴이 두근거리고 답답해져요. 그리고 저도 소리를 빽 지르고 싶은 걸 참으려면 괴로워요.' 아, 이렇게 점잖게 타이르더라고. 나 원, 할 말이 있어야지."

남편은 겸연쩍게 웃으면서 아들을 대견스럽게 여기는 눈치더라고요. 다른 때 같으면 저도 기회다 싶어 직사포를 터뜨렸겠죠. 그러나 방해되는 말을 하지 않으려고 애를 썼습니다.

"그래서 당신 기분 나쁘고 화가 나셨나요?" 하고 물었지요.

"그렇지 않아, 오히려 흐뭇하던데. 그 녀석이 이제 다 커서 점잖게 나를 설득시키다니, 참 대견하다는 생각이 들더라고."

그날부터 오늘까지 남편의 그 버릇은 정말 씻은 듯이 없어졌어요. 20년 가까이 싸워 온 문제가 이렇게 쉽게 해결되리라고는 정말 상상도 못했습니다.

며칠 후 아들이 제게 말하더라고요.

"어머니, 제가 어머니의 책을 보고 대화에 방해되는 말을 뺀 문장을 만들어 몇 번 혼자서 연습했어요. 제 실력 괜찮죠?"

"그래, 자랑스러운 내 아들, 이제 너를 믿고 살 거야."

"그것도 배우신 건가요?"

그 뒤로 저희 집안 분위기가 얼마나 달라졌는지요. 초등학생 수준의 사람들이 이제 대학생 수준은 된 것 같아요. 제 생애에서 이 일은 잊을 수 없을 거예요.

넋을 잃고 듣고 있던 팀원들은 그 어머니의 아들 자랑이 끝나자, 그 아들과 그 가정에 따뜻한 격려의 박수를 보냈다.

이 사례에서 아들은 아버지에게 자신의 생각이나 느낌만 얘기했다. 만일 다음과 같은 말을 했다고 가정해 보자.

"아버지, 아버지는 왜 그러세요. 어머니 생각도 하셔야죠. 어머니가 3시간 이상 걸려서 만든 찌개를, 아버지가 그렇게 잔소리하셔야 되겠습니까? 그러다 어머니와 다투시기라도 하면 집안이 어떻게 됩니까? 정말 아버지 잔소리는 하루 이틀도 아니고 지겨워요. 이제 제발 그 잔소리 그만 하시면 안 됩니까? 한 번만 더 하시면 저도 소리를 빽 지를 겁니다."

이 말에는 아버지를 훈계하며 가르치고 경고하는 말투가 들어 있기 때문에 듣는 사람이 거부하고 반발하게 된다. 나의 행동이 상대방에게 어려움을 주기 때문에 '내 행동을 바꾸어야지' 하는 생각보다는 '저 녀석이 제 엄마 편만 들고 아빠를 뭘로 알고 건방지게 이래라저래라 가르치려고 해?' 하는 괘씸한 생각이 들어 행동을 바꾸고자 하는 의지가 약해지거나 사라져 버린다.

결국 아버지도 아들의 사정을 이해하면 반찬 투정을 하지 않고 아들을 편안하고 기쁘게 해줄 수 있다. 이래서 옛 어른들이 먼저 난 털보다 나중에 난 뿔이 더 무섭다고 했던가. 다음의 사례를 통해서도 나의 느낌을 어떻게 표현하는지 생각해 볼 수 있다.

저는 초등학교 2학년과 4학년이 된 두 아이를 둔 엄마입니다. 제 남편은 가끔 밖에서 저녁식사를 하고, 친구들과 집에 와서 차와 과일을 들거나 간단하게 술을 마시곤 합니다. 그날도 저는 외출했다가 저녁 7시쯤 헐레벌떡 들어왔는데 집 안은 엉망이고 아이들은 숙제도 하지 않은 채 배고프다고 했습니다. 그때 남편에게서 전화가 왔습니다. 8시쯤 집에 갈 테니 간단한 술상을 준비하라는 것이었습니다. 알았다고 대답은 했지만 갑자기 가슴이 답답해졌습니다. 집 안 치우랴, 애들 저녁 준비해 먹이랴, 숙제 챙겨 주랴, 술상 준비하랴, 마음만 조급해졌습니다. 다른 때 같으면 혼자 급하고 바빠서 "애 경미야, 이 책 좀 치워!", "숙제 빨리 해, 밥 빨리 먹고.", "손님 오신단 말이야, 빨랑빨랑 해!", "경미야, 이 쓰레기통 쏟고 와. 빨리!"하고 애들에게 소리 지르며 온 집 안을 작은 전쟁터로 만들었을 것입니다. 그렇지만 이번에는 '급하지만 배운 것을 실습할 기회다' 하고 마음을 다졌습니다.

어머니 애, 경미야, 경철아. 엄마에게 문제가 생겼는데 …….
경미 뭔데, 엄마?
어머니 으응, 지금이 7시 5분인데 아빠가 8시쯤 친구분들 모시고 오셔서 우리 집에서 얘기하신대. 그런데 지금 엄마가 할 일이 너무 많아. 엄마가 할 일을 다 못했을 때 손님들이 오셔서 '이 집은 왜 이렇게 지저분해, 애들은 아직 숙제도 안 했어, 술상은 왜 이렇게 성의 없이 차렸어' 하고 생각하실까 봐 걱정이야. 그러면 엄마는 창피하거든.

경미 엄마, 우리가 도와 드릴게요. 엄마가 저녁 차리는 동안 우리는 청소하고 숙제 빨리 할게요. 또 우리가 밥 먹는 동안 엄마는 술상 차리면 되겠지요.

어머니 그렇게 도와 줄래?

경미 그럼요, 엄마. 경철아, 우리 빨리 청소하고 숙제하자.

그날 8시 전에 모든 일이 끝났습니다. 전 시계를 잘못 봤나 했습니다. 배운 것을 실천해 보지도 않고 막연히 안 될 것이라고 판단한 것이 얼마나 어리석었는지요. 아이들이 착하다는 사실을 새삼 느꼈습니다. 이제 아이들과의 관계에 커다란 희망이 보입니다.

때로는 자녀들이 정확하게 자신을 표현한다.

"저는 시험 볼 때 떨려요. 문제를 틀렸을 때 '이것도 틀렸어? 이렇게 쉬운 문제도 틀리다니, 정신 어디다 빼놓고 시험 봤어?' 하고 야단치실 엄마 모습이 떠올라 손이 떨리고 정신이 아찔해져요."

위 문장에서 자녀는 어머니의 행동을 객관적으로 말하고 자신의 생각과 느낌을 얘기했다. 또 자녀들은 "엄마 얼굴을 보면 왠지 불안해요." 또는 "집에 들어오니 너무 좋아요"라고 자신의 생각을 표현하기도 한다.

저만큼 내 집이 보이면 반가운 것은 거기 부모님과 가족이 있기 때문이 아닌가. 고향집이 그리운 것은 그곳에 부모님의 체취가 배어 있기 때문이 아닌가. 부모님의 얼굴을 보면 왠지 불안해서 편안함을 느낄 수 없다면, 과연 이 세상 어디에서 안정감을 찾고 머물고 싶은 곳을 발견할 수 있겠는가? 자녀는 누구를 찾아 어디로 가야 할 것인가?

쓸개가 녹아 내리는 인내의 쓴 잔

중학교 2학년인 현민이는 어머니와 약속을 했다. 영어와 한문은 어머니의 도움을 받고 그 외 과목은 혼자 하기로 했다.

지금은 저녁 8시. 현민이 어머니는 바쁘다. 소금에 절여 놓은 배추로 김치를 담가야 하고, 내일 시험 치를 현민이를 위해 영어 공부도 도와주어야 한다. 또 10시에 특집으로 방영되는 〈암은 정복되는가〉도 보아야 한다. 이 프로그램을 꼭 시청해야 하는 이유는 2년 전에 현민이 아버지가 신장암 수술을 받았는데, 경과는 좋은 편이지만 섭생 문제 등 모든 면에 신경을 써야 하기 때문이다.

현민이 어머니는 바쁘지만 아들의 영어 공부를 도와주기 위해 현민이 방에 들어갔다. 현민이는 하기 싫은 것을 억지로 하는 듯 느릿느릿 꾸물대고 있다. 그 모습을 보자 갑자기 속에서 무엇인가 부글부글 끓어올랐다. 아차 했으면 평소처럼 이렇게 퍼부었을 것이다.

'현민아! 너, 도대체 뭘 꾸물대는 거야, 내일 시험이잖아. 이렇게 공부해서 어쩌자는 거야. 고등학교 갈 거야, 안 갈 거야. 어이구, 답답해. 빨리 좀 못해!'

그러나 한 박자 늦춰 본다. 이럴 때가 기회라는데 하며 나를 표현하는 방법으로 내용을 정리한 다음 숨을 한번 크게 몰아 쉬고 나서 말했다.

"현민아! 네가 꾸물대며 공부하는 모습을 보니까 난 정말 답답해. 엄마는 지금 바빠. 김치를 담가야 하고, 너랑 영어 공부도 해야 하고, '암은 정복되는가'도 봐야 해. 10시 전에는 끝내야 하는데 엄마는 그 안에 다 못할까 봐, 그리고 텔레비전도 못 보게 될까 봐 불안하고 초조해서 뭔가 가슴에서 부글부글 끓는 것 같아."

현민이는 웃으면서 얼굴을 옆으로 돌리더니 코미디언 흉내를 내며 말했다.

"엄마는, 진작 말씀하시지!"

현민이 어머니는 당시의 상황을 이렇게 털어놓았다.

"저는요, 얼마나 힘들게 말했는지요. 그런데 저를 쳐다본 현민이는 씨익 웃으면서 공부하기 시작하더니 금방 끝냈어요. 10시가 넘어도 끝날 것 같지 않았는데 그렇게 쉽게 끝내다니 전 믿을 수가 없었죠. 저를 도와주려고 열심히 하는 아들이 고맙고 대견하고 그렇게 사랑스러울 수가 없었어요."

현민이 어머니의 환한 웃음은 참가자 모두를 기쁘게 했다.

어느 선생님의 사례도 들었다.

저는 여자 상업고등학교 2학년 담임인데, 이러한 대화방법이 교사와 학생의 관계를 개선하는 데도 큰 효과가 있음을 알았습니다. 저의 반 학생 중에 문제 학생이라고 지적될 만큼 불성실한 학생이 있었습니다. 단골 지각생인 데다 언행이 불량하고 복장도 단정치 못했습니다. 설득도 충고도 다음날 하루뿐이지 별 소용이 없었습니다. 그것이 문제가 된다는 것을 알고 대화를 바꿔 보았습니다.

"혜진아, 여러 가지로 속상하지? 일찍 서둘러도 길이 막혀서 지각하고, 선생님께도 야단맞고. 학교 오는 일이 지겹지?"

"선생님, 집이 너무 멀어요. 일찍 나와도 소용이 없어요."

"그래, 일찍 서둘러도 지각이니 정말 어려웠겠구나. 선생님까지 그동안 꾸중만 했으니 네가 얼마나 답답했을까. 그래서 선생님은 혜진이에게 도움이 되는 방법을 생각 중이야. 왜냐하면 네가 3학년 올라가서 취직할 때 추천이 잘 안 될까 봐. 특히 좋은 조건의 직장은 선생님들이 무척 신경을 쓰시거든. 후배들에게 어떤 영향을 미칠까, 학교에 대한 인상은 어떻게 남을까, 모든 면에서 신중하셔. 추천할 때 성적도 중요하지만 생활태도, 언행, 복장 등은 어쩌면 더 중요할 수도 있어. 난 네가 좋은 직장을 놓치게 될까 봐 지금부터 걱정이 돼."

"알았어요, 선생님. 노력해 볼게요."

지금까지는 일방적으로 훈계나 충고만 했는데 처음으로 혜진이와 대화를 할 수 있었습니다. 이상하게 그날은 제 마음이 편안했습니다. 아마도 혜진이에 대해 화나는 감정을 정리하고 진정으로 혜진이를 도와주어야지 하는 자세로 대화를 시작했기 때문이 아닌가 생각됩니다.

그 후 혜진이는 지각도 하지 않았고 반항적이고 불량하던 언행이 차츰 달라졌습니다. 옷도 단정해졌습니다. 며칠 후 다시 혜진이를 불렀습니다.

"혜진아. 너, 요즘 힘들지? 피곤한데 일찍 준비하려면. 난 네가 제 시간에 와 있는 걸 보면 고맙기도 하고 안쓰럽기도 해. 그리고 너의 단정한 모습을 보면 안심도 되고 내 마음도 편안해. 노력해 줘서 고마워."

"선생님, 고맙습니다. 저보다 더 힘든 아이들도 많은데요. 선생님께 걱정 끼치지 않도록 노력할게요."

그 이후 혜진이는 제 눈에 잘 띕니다. 수업시간 이외엔 저를 피해서 잘 보이지 않던 혜진이가 제게 가까이 옵니다. 어둡고 우울하던 표정이 밝아졌습니다. 저도 교사로서 학생들과 인간적이고 친밀한 관계를 유지하기 위해 어떻게 해야 하는지 알게 되었습니다.

이 대화 중에 "선생님, 집이 너무 멀어요. 일찍 나와도 소용이 없어요"라고 했을 때 "네가 10분이나 20분만 일찍 나오면 되잖아" 하고 해결책을 제시했다면 "그건 저도 알아요. 아침 시간 10분, 20분 먼저 나오기가 그렇게 쉬운가요?" 하고 저항하고 싶어진다. 또한 '선생님은 날 이해하시지 못해' 하고 느낄 수도 있다. 그러나 선생님께서 "그래, 일찍 서둘러도 지각이니 정말 어려웠겠구나. 선생님까지 그동안 꾸중만 했으니 네가 얼마나 답답했을까"라고 혜진이를 이해해 줬기 때문에 혜진이는 편안한 마음으로 다음 말을 쉽게 받아들일 수가 있었다.

나를 표현하려면 우선 자신을 돌아보아야 한다. 나는 왜 화가 날까. 자녀의 어떤 행동이 나를 괴롭게 하는가. 자녀의 행동이 나에게 어떤 손해를 끼치기에 이렇게 화가 날까. 지금 화나는 나의 이 감정의 이름이 뭘까, 내가 하고 싶은 것을 하지 못하는 좌절감일까, 자녀를 버릇 없는 아이로 키우게 될까 봐 걱정하는 불안감일까 등을 정리해 본다. 정리한 다음 다시 생각한다. 자녀는 내 말을 들을 준비가 되어 있는가. 부모가 잘 정리된 말을 이성적으로 하더라도 자녀가 기분이 상하여 감정이 고조되었을 때는 방해만 될 뿐 자녀 스스로 행동을 고쳐야 한다는 생각이 들 여유가 없다. 그러므로 상대방이 내 말을 들을 수 있는 기분인지 아닌지를 배려하는 일이 중요하다.

때때로 자녀와의 대화방법을 배우는 부모들은 옛날로 돌아가고 싶은 유혹에 빠지기도 한다. 뭐 일일이 생각하고 정리해서 얘기해야 하는가, 내 자식인데. 예전처럼 한두 마디 소리 지르면 쉽게 끝날 텐데. 가령 다섯 살 된 자녀가 과자를 흘리며 먹는다. "애, 민수야 네가 과자를 흘리면 엄마는 짜증이 나. 금방 청소한 방을 또 치워야 하니까. 엄마 어깨에 힘이 쭉 빠져" 하고 말하면 아이는 "알았어요. 흘리지 않을게요" 라고 대답하고 여전히 하던 행동을 멈추지 않는다. 그럴 때 "이리 와, 너 과자 먹지 마!" 라고 큰 소리로 말하고 과자를 뺏으면 금방 문제가 해결된다. 이렇게 쉬운 방법을 눈앞에 두고 왜 어려운 방법을 택해야 하는가.

잠시 앞날을 생각해 본다. 민수는 어머니가 좋은 말로 할 때는 자신의 행동을 변화시킬 필요가 없고 큰 소리로 명령할 때만 어머니의 말을 들으면 된다. 결국 그렇게 하도록 가르치는 것이다. 민수가 그런 상태에 익숙해져서 중학생, 고등학생, 대학생이 되었을 때도 큰 소리로 명령하면 순순히 듣겠는가. 자녀가 부모의 요구를 고려해서 '부모님을 기쁘게 해 드려야지' 하는 생각으로 행동을 바꾸려 할 것인가.

자녀의 행동이 부모의 눈에 거슬렸을 때 부모들의 또 다른 유혹은 무조건 참는 일이다. '나만 참으면 조용해질 텐데, 얘기해 봐야 잘못하면 시끄럽기만 하고, 그냥 넘어가자. 에이, 한 번만 더 참자' 하며 어물쩍 넘어간다. 그러나 그렇게 한두 번 참다가 비슷한 상황이 재연되면 꼭꼭 눌러 참아 왔던 서운하고 답답하고 고통스러웠던 감정들이 한꺼번에 폭발하듯 터져 나온다. 그것은 자녀에게, 어려움에 직면하여 떳떳하고 솔직하게 해결해 나가는 방법을 가르치는 것이 아니라, 도피하여 쌓아 두었다가 엉뚱하게 화풀이하는 부당한 방법만 가르치는 결과를 낳게 된다. 화가 났을 때 왜 화가 났는지를 자녀들에게 솔직히 표현하는 것이 화난 감정을 참으며 자녀를 미워하는 것보다 훨씬 효과적인 자녀 사랑 방법이다.

이러한 상황을 현수 어머니는 다음과 같이 들려주었다.

제가 이 교육을 받으면서 맨 처음 시도한 것은 아이들을 간섭하지 않는 것이었습니다. 웬만한 일은 그냥 기다려 주자. 잘못 말하면 아이들과 저와의 사이만 멀어지니까 쓸데없는 말을 줄이자. 이해하려고 애쓰면서 지켜보려고 했습니다. 2~3일은 잘 견뎠는데 며칠

이 지나자 가슴이 답답하고 머리가 아팠습니다. 응어리들이 묵직하게 쌓이기 시작했습니다.

그러자 참고 기다리는 어미 맘을 이해해 주지 않는 아이들에 대한 야속함이 제 눈빛 속에 나타났습니다. 쏘아보게 되더라고요. 아마 독한 기운이 배어 있었나 봐요. 굳게 깨문 입술에도요. 고등학교 2학년인 큰아들이 말하더라고요.

"엄마, 그냥 소리 지르고 화내세요. 고장난 시한 폭탄보다는 소리 지르시는 게 더 낫네요. 처음 며칠은 살 만하더니 요즘은 엄마만 보면 오싹해요."

저는 속으로는 피식 웃었지만 사실은 창피하더라고요.

부모가 항상 하던 버릇을 두고 새로운 방법으로 바꾸는 것이 얼마나 어려운지 동현이 어머니의 얘기에서도 느낄 수 있다.

동현이는 일곱 살이며 유치원에 다닌다. 어느 날 울고 있는 동현이의 입 안을 보게 된 어머니는 깜짝 놀랐다. 충치로 윗어금니 두 개는 흔적이 없고 나머지 두 개도 절반쯤 없어진 것이다. 어머니의 놀란 표정을 보고 동현이는 얼른 입을 다물었다. 마음이 급하지만 어머니는 아들의 기분이 편안해지기를 기다렸다.

"동현아, 엄마 부탁이 있는데 동현이 입 안을 보고 싶어."

"치과 가려고 그러지? 싫어, 싫어. 치과 가자는 말 하지 마!"

동현이는 얼른 방으로 들어가 이불을 뒤집어쓰고 운다. 동현이와 어머니의 잔잔한 끈기의 싸움이 시작됐다. 동현이가 편안할 때 동현이의 마음을 읽어 주고, 나를 표현하려고 조심스럽게 접근하고 다독거리고 설득했다. 그러나 동현이는 언제나 '아니오'였다. 대화 방법 교육에 참가하지 않았다면 아이가 울거나 말거나, 발버둥치거나 말거나, 어머니는 급한 마음에 아이를 사정 없이 낚아채 치과에 데리고 갔을 텐데…….

앞이 캄캄했다. 언제까지 기다릴까, 기다리면 과연 행동이 변화될까. 하루를 보내며 가슴 졸이고, 또 하루를 보내며 '그래도 기다려 보자' 하고 마음을 느긋하게 가져 보았다. 함께 살며 회사에 다니는 동현이 삼촌과 외삼촌이 한마디씩 했다.

"형수요, 그냥 놓아두소. 동현이 지도 답답하지 뭐."

"누나, 뭐 애를 태우노? 쬐끄만 얼라 갖고, 퍼뜩 업고 가소."

"삼촌들이 보기에도 제가 답답하고 한심스러워 보이죠?"

그날도 동현이는 전자 오락을 하고 있었다.

"동현아, 엄마는 걱정이 돼서 아무 일도 할 수가 없어. 동현이 볼 때마다 걱정이 돼."

"나도 걱정이 돼."

"그래? 그럼 오늘 갈까?"

"안 돼, 나는 의사 선생님이 싫어. 선생님은 불곰이 으앙 하고 달려드는 것보다 더 무섭고, 사자가 으르렁거리는 것보다 더 무서워. 또 기계로 이빨 가는 소리에 온몸이 찌릿찌릿해. 죽을 것 같아. 약을 넣을 때도 푹푹 누르면 굉장히 아프고 냄새가 아주 지독해."

"그래, 동현이는 치과 가는 일이 그렇게 무섭고 싫었구나. 그래서 치과에 가기 싫다고 했구나. 그런데 어떡하지? 어디서 치료를 받을까. 치과에서 치료 받지 않으면 남은 이까지 다 썩어서 음식을 못 씹고, 그러면 소화도 안 되고. 또 이가 다 없어지면 할아버지처럼 되는데 어떡하나?"

"그래도 싫어!"

"그래, 이럴 때 엄마도 널 도와줄 수가 없구나. 네가 용감하게 치과에 가겠다고 할 때까지 기다릴 수밖에."

그 후 며칠이 지났다. 드디어 동현이는 자신의 입으로 선언했다. 충치를 발견한 지 12일 만이었다.

"엄마, 나 오늘 치과 갈래. 나도 이제 그만 괴로울래요."

"그래? 동현아, 정말 근사하다. 내 아들 정말 용감하다."

동현이 어머니는 그때 애태웠던 마음을 이렇게 표현했다.

"선생님, 제 가슴을 병원에서 엑스레이 찍으면 새카맣게 나올 것 같아요."

"네?"

"제 쓸개가 다 녹아 내렸을 테니까요. 그러나 그때 참길 잘했다고 생각해요. 그날 저녁 남편과 삼촌들은 모두 동현이의 용감한 결정에 찬사를 보냈어요. 잔칫집 분위기였습니다. 그 이후 동현이가 달라졌어요. 무슨 일이든 자신감을 갖게 되었어요. 좀 어려운 일이겠다 싶은데도 '엄마, 제가 할 수 있어요'라며 스스로 해내곤 해요. 이젠 문제없이 할 수 있다는 자신감이 넘쳐요. 정말 쓸개가 녹아 내리더라도 참을 만하다고 생각해요."

동현이 어머니의 얘기를 들은 참가자들은 부러운 듯 쳐다보며 길게 한숨을 내쉬었다. 그것은 인내의 한계를 극복한 동료를 우러러 보는 경탄의 표현이 아니었을까.

부모들은 자녀의 어떤 행동을 보면 화가 난다. 왜 화가 날까? 부모의 생각과 계획대로 따라 준다고 해도 화가 날까? 부모의 당혹감이나 좌절감 때문에 화가 나는 것은 아닌가. 화가 나는 것은 그 안에 깔린 감정, 즉 두려움이나 고통, 당혹감, 좌절, 걱정 때문이다. 그러므로 화가 날 때 먼저 자신의 감정을 찾아 표현해야 한다. 그래야 자녀가 부모의 구체적인 느낌이나 상황을 파악하여 도와주고자 하기 때문에 자녀의 행동 변화가 가능한 것이다.

우리는 지금까지 30년 혹은 40~50년 이상 살아오면서, 또 부모 역할을 하면서, 부모와 자녀 모두 익숙해지고 굳어진 습관을 몇 시간 배운 것으로 겨우 한두 번 혹은 세 번 정도 바꿔 보고 자녀의 행동이 변화되기를 기대하고 있지는 않는지. 하루, 이틀 혹은 사흘도 못 가서 안 된다고 실망하여 포기하지는 않는지. 쓸개가 녹아 내리는 쓰디쓴 인내 없이 오른손잡이를 왼손잡이로 쉽게 바꾸고자 욕심을 내고 있지는 않는지.

보람이네는 고등학교 1학년인 보람이와 중학교 2학년, 초등학교 6학년인 여동생 둘 그리고 부모님, 모두 다섯 식구가 살고 있다. 보람이네 집의 변화를 보람이 어머니의 애기를 통해 들어 본다.

우리 집의 아침은 유난히 소란스럽습니다. 온 가족이 늦게 자고, 늦게 일어나는 습관 때문입니다. 쫓기듯 서두르는 아이들의 등교 준비는 화장실에서, 양말 서랍장에서, 거울 앞에서 전쟁처럼 시작됩니다. 엄마인 저 역시 도시락 준비하랴, 아침식사 준비하랴, 남편과 아이들이 불러 대는 대로 뒷바라지하기에 눈코 뜰 새 없이 바쁩니다. 그 혼잡 속에서 누구든 한 사람이 불평을 터뜨리면 온 가족에게 전염되고 맙니다. 저는 늘 살얼음 위를 걷는 듯 아침을 보내게 됩니다.

바쁘게 설쳐대던 식구들이 부랴부랴 나가고 난 뒤의 집은 그야

말로 난장판입니다. 개지 않은 이불, 여기저기 벗어놓은 옷들, 흩어진 머리카락, 설거지할 그릇들로 가득 쌓여 있는 싱크대 등 어느 한 곳도 정돈된 모습을 찾아볼 수 없습니다. 산더미처럼 쌓인 일을 쳐다보고 있노라면 왠지 쓸쓸해지기조차 합니다. '이게 뭐야, 이렇게 모든 일을 맡겨 놓고 나가는 식구들을 위해 왜 나만 희생하고 사랑해야 해? 이 무질서하고 이기적이고 못된 식구들을.'

그러나 다음 순간 생각을 바꾸어봅니다. '사랑스럽고 예쁜 우리 아이들, 고마운 남편에게 요즘 배우고 있는 대화방법으로 조용히 얘기해보자. 아이들의 자존심을 상하지 않게 하고 나와 아이들과의 관계를 좋게 유지하면서. 무엇보다도 아이들이 나를 도와주고자 하는 마음이 생겨 행동이 변화되도록 말을 해보자' 하고 감정적인 나와 이성적인 내가 타협을 합니다.

우선 아침에 깨우는 일부터 바꾸기로 마음먹습니다.

'일어나, 빨리. 늦겠다, 빨리 일어나라니까!' 하고 소리 지르는 대신 조용하게 음악을 들려주자. 그리고 살며시 손을 잡으며 '피곤하지? 어제 늦게 잤는데 오늘 일찍 일어나려니까 정말 힘들지?' 라고 말하자. 그리고 화장실 사용, 양말 찾기, 머리 손질하기 등 서로 먼저 하려고 다투는 일에 대해서도 얘기해 보자. 저는 비교적 한가한 저녁 시간에 아이들과 앉아 얘기했습니다.

"얘들아, 너희들에게 부탁하고 싶은 게 있는데 들어줄 수 있겠니? 아침에 서로 양보하지 않는 너희들 모습을 보는 엄마는 바람 부는 겨울 벌판에 혼자 서 있는 것 같단다. 우리 아이들이 지옥에 사는 것 같아서 말이야. 천국과 지옥은 환경은 같지만 거기 사는 사

람이 다르다는데, 똑같은 긴 수저로 음식을 먹더라도 지옥에서는
제 입에만 넣으려 싸우고 천국에서는 서로 상대방 입에 넣어 주려
한다는데, 우리 집은 과연 어딜까 생각하면 서글퍼져.”

이불을 개지 않는 습관에 대해서도 말했습니다.

“너희들이 다 나간 뒤에 개지 않은 이불을 보면 엄마는 맥이 풀
린단다. 이 일을 언제 다 하나 생각하면 기운이 빠져. 그리고 우리
아이들이 엄마를 사랑하지 않는가 보다 하는 느낌이 들어서 외로
워.”

또 머리카락이 흩어진 것에 대해서도 말했습니다.

“머리카락이 흩어진 걸 보면 내 마음이 엉킨 것처럼 답답하단다.
여기저기 붙어 있는 머리카락을 떼다 보면 책 읽을 시간 30분 정도
를 뺏기거든.”

이러한 말들은 효과가 있었습니다. 큰아이부터 변화되어 갔습니
다. 저는 아이에게 감사의 마음을 전했습니다.

“보람아, 네가 개 놓은 이불을 보면 엄마 마음이 날아갈 듯이 가
벼워. 남은 일도 쉽게 하게 돼. 옆에 있으면 뽀뽀해 주고 싶었어.”

옆에 있던 동생들도 슬그머니 자기 주변을 정리했습니다. 머리
빗을 때 바쁘다는 이유로 거울 앞에 선 채로 대충 빗고 그냥 가 버
리던 아이들이 차츰 앉아서 빗고, 빠진 머리카락을 손으로 똘똘 뭉
쳐 쓰레기통에 넣습니다. 그럴 땐 제 마음을 표현해 줍니다.

“엄마는 정말 행복하단다. 엄마를 도와주려는 너희들을 보면서
기운이 솟고 혼자가 아니라는 뿌듯함이 가슴 가득해져.”

물론 아직도 잘 안 될 때가 많습니다. 그러나 아이들은 예전보다

많이 달라졌습니다. 이제 할 일을 하지 않고 아무렇지도 않은 듯이 나가는, 그런 무심한 아이들이 아니랍니다.

"엄마, 죄송해요. 오늘은 바빠서 옷도 이불도 개지 못했어요. 다녀와서 깨끗이 할게요."

"그래, 알았어. 엄마는 습관이 될까 봐 걱정이란다."

"알았어요, 엄마. 다녀오겠습니다."

예전에 아이들은 이불을 개지 않고도 아무렇지도 않게 나가고, 저는 아이들의 뒤통수에 대고 소리 지르곤 했습니다.

"야! 이불도 안 개고 저게 뭐냐. 도대체 여자가 저래서 어떡해. 이불 하나도 못 개면서 공부는 무슨 공부를 하겠어!"

이렇게 하던 때에 비하면 얼마나 많이 달라졌는지요. 툭하면 저는 소리를 질렀어요.

"이게 뭐니, 빨리 하지 못해! 어유, 지저분해. 쓰레기통이네, 쓰레기통! 머리카락 주워! 이불 좀 개!"

그때그때 내 기분에 따라 소리 지르고 나무라고 명령하던 언어 습관에서 '어떻게 할까, 뭐라고 말할까?' 하고 자신을 돌아보는 여유가 생겼습니다. 일방적으로 제 감정대로 해대고 나면 화풀이는 되었지만 아이들의 행동은 바뀌지 않았습니다. 제가 여유를 가지니까 제게 생긴 여유만큼 우리 집의 아침도 '소란한 아침'에서 '조용하면서도 희망과 기쁨이 있는 아침'으로 변화되어 갑니다. 요즘은 유난히 반짝이는 아침 햇살을, 그리고 상쾌한 아침 바람을 느끼곤 합니다.

또 언젠가는 중학교 2학년인 둘째딸이 저녁 6시쯤 온다고 하더니 밤 9시가 다 되어 들어왔습니다. 처음에는 이렇게저렇게 할 말을 생각했으나 막상 들어오는 딸을 보자 화가 치밀어 대화방법이고 뭐고 다 집어치우고 소리부터 질렀습니다.

"엄마가 얼마나 애가 탔는지 알아? 이제나저제나 가슴 조이며 기다리다 밥도 못 먹었어. 깡패도 많고 유괴범도 많은데 잡혀 가지 않았나 하고. 어유, 숨이 막힐 것 같았단 말이야. 어디 있는지 모르니까 찾아 나설 수도 없고, 엄마 주름이 열 개는 더 생긴 것 같아."

딸아이는 소리 지르는 나를 껴안으며 말했습니다.

"엄마, 그렇게 걱정하셨어요? 죄송해요, 엄마. 이제부턴 나만 미워한다고 투정하지 않을게요. 전 엄마가 제 걱정을 그렇게 많이 하시는 줄 몰랐어요. 엄마, 고맙습니다. 일찍일찍 다니고 약속 잘 지킬게요. 늦으면 꼭 전화하고요."

전 어리벙벙했습니다. 다른 때 같으면 제가 소리를 지르면 제 딸도 소리 지르면서 자기 방으로 들어가 문을 쾅 닫았을 텐데 말입니다. 저는 대화방법도 팽개치고 소리 지르고 야단쳤는데 왜 효과가 있었나 생각해 보았습니다. 아마 대화에 방해되는 말 없이 느낌만 표현하여 효과적으로 야단을 쳤던 것 같습니다.

전에는 화를 내면서 '왜 늦었느냐, 도대체 이 시간까지 어떤 못된 애들이랑 노닥거렸느냐, 손은 두었다 어디에 쓰려고 늦는다는 전화 한 통 못하느냐, 집에서 식구들은 속을 태우거나 말거나 너만 좋으면 되는 거냐, 아니면 이 엄마를 말려 죽일 작정이라도 한 거냐?' 등 비난하고 욕하고 빈정거리고 고통과 헌신을 나타내는 말 등 해서는 안 될 말들만 했습니다. 그런 말들은 아무리 여러 번 반복해도 문을 쾅 닫고 말문을 닫아 버리게 할 뿐 행동의 변화는 가져오지 못했습니다. 그런데 그날은 7시부터 딸이 들어오면 해야 할 말을 생각하고 있었어요. 너를 기다리며 내 마음이 어떠했다고 알려줘야지 하면서 연습했어요. 미리 준비하고 연습한 보람이 있었습니다. 감정이 홍수를 이루었는 데도 홍수 속에서 그동안 준비한 나무 조각이 물 위로 떠올라 감정에 빠져 허우적거리는 나를 뭍으로 태워다 주었나 봅니다.

다음 사례는 완고한 남편에게 어떻게 나를 표현했는지에 대해 말해 주고 있다.

제 남편은 완고하고 보수적입니다. 특히 여자에 대해서는 남편의 그늘에서 남편을 위한 존재일 뿐 그 이상 아무것도 아니라고 말합니다. 가령 시사 문제에 대해 제 의견을 말하면 "여자가 뭘 안다고 나서! 당신 주제에! 암탉이 울면 집안 망해, 잠자코나 있어" 하며 면박을 줍니다.

또 텔레비전에서 남편이 아내를 도와주거나 부엌일을 같이 하는 장면이 나오면 "저 녀석, 남자 망신 다 시키고 있어. 빨리 텔레비전 꺼!" 하며 소리칩니다. 저는 그럴 때마다 자존심이 상하고 자신감까지 잃게 됩니다.

그날도 이와 비슷한 일로 다투었습니다. 국회의원 선거에 대해 얘기하다가 여성 출마자 얘기가 나오자 저도 한마디 했습니다. 그랬더니 남편은 "여자가 뭘 안다고 그래. 이제 정치에까지 끼어들겠다고? 나라 망치지 마!" 하더군요. 저는 그날 아무 말도 못했습니다. '나' 표현방법이고 뭐고 캄캄했어요. 잠이 오지 않아 밤새 뒤척이며 곰곰 생각해 보았어요. 결혼해서 처음엔 많이 싸웠는데 살면서 '그냥 조용히 보내자. 그러자면 내가 눈 딱 감고 넘어가 버리자'라고 생각하며 포기했어요. 그런데 요즘은 차츰 무시당하고 싶지 않은 마음이 일어나면서 싸우고 싶고 따지고 싶어집니다. 나이 탓인가 봐요. 그렇지만 이번에는 배운 방법을 이 기회에 잘 활용해 보겠다고 마음먹었습니다. 그동안 마음에 담아 두었던 제 느낌을 편지로 써서 남편 직장으로 보냈습니다.

당신이 여자에 대해 그렇게 말하는 것을 들으면 저는 맥이 빠지고 좌절하게 됩니다. 왜냐하면 저도 여자이기 때문에 당신이 저를 같은 감정으로 업신여기고 쓸모 없는 사람처럼 느끼리라고 생각되기 때문입니다. 뭘 모르는 여자가 함께 있으니 당신은 얼마나 힘들고 괴로울까 생각하면 저 자신이 초라하고 비참해집니다.

남편의 말을 들었을 때의 제 느낌만 전하려고 노력했으나 편지를 보내 놓고 저는 조마조마했습니다. 이와 비슷한 경우에 대화도 나누어 봤고 편지도 써 봤는데 오히려 역효과였기 때문입니다. 그런데 이번엔 뜻밖이었습니다.

"나는 당신이 그렇게까지 생각하는 줄 몰랐어. 내가 그동안 당신 자존심을 많이 상하게 했지? 다음부터는 조심할게."

저는 정말 감격했습니다. 나이가 들어서 그런지, 아니면 제가 배운 실력을 제대로 발휘했기 때문인지 잘 모르겠지만 제 생각엔 분명히 후자일 것 같아요. 아무튼 그 후 남편과 저의 관계는 많이 달라졌습니다. 아이들에게도 배운 대로 잘하려고 마음먹지만 잘 안 될 때가 많습니다. 그러나 심한 말로 아이들을 꾸짖고 나서 '아! 내가 또 실수를 했구나'라고 생각되면 아이들에게 "엄마가 잘못했어. 너희들을 사랑하는 방법이 서툴러서 그래, 미안해"라고 말할 수 있답니다.

다음은 자녀에게 나를 효과적으로 표현한 사례다.

지난 중간고사 때의 일입니다. 초등학교 3학년인 둘째아이가 공기 놀이와 고무줄 놀이에 재미를 붙여 손에서 공깃돌 떨어지는 날이 없고 고무줄을 거실에까지 매어 놓고 뛰어놀았습니다. 시험이 가까웠지만 딸은 놀이에만 열중했습니다. 예전 같았으면 "너 그렇게 공부 안 하고 시험 볼 거야?" 하며 문제집을 여러 권 사다 놓고 시간을 정해 주면서 강제로 풀게 하고, 채점해서 틀리면 틀린 숫자만큼 손바닥을 때리면서 공부를 시켰을 겁니다. 저는 마음이 조급해졌고 애가 탔지만 기다렸습니다. 시험을 이틀 앞두고 아이는 문제집을 사겠다고 돈을 달라고 했습니다.

저는 '아니, 너 지금까지 놀다가 이제야 문제집 사서 언제 공부하려고? 너, 그렇게 공부하고도 좋은 점수를 바라니?' 하고 반사적으로 쏟아져 나오려는 말을 삼키고 부드럽게 말했습니다.

"그래, 지금부터 시험 공부를 하고 싶다고?"

부드럽게 말하고 돈을 주었습니다. 아이는 하루 만에 문제집 한 권을 다 풀었습니다. 채점해 달라고 가져온 문제집을 살펴보니 예상보다 많이 틀렸습니다.

'그래, 자~알 한다. 공부는 이렇게 엉망이면서 하루 종일 공기나 고무줄 놀이만 해? 노는 시험이나 봐라, 공부는 꼴찌 하고.' 이렇게 아이에게 면박을 주고 싶었지만 참았습니다.

"많이 틀렸구나, 엄마는 걱정이네."

그러자 아이는 교과서와 참고서를 펴 놓고 왜 틀렸나 확인해 가면서 열심히 공부했습니다. 시험 결과가 다른 때보다 좋았습니다. 하루 이틀 스스로 공부했다고 해서 금방 좋은 성적이 나오는 것은 아니지만 이번 일을 통해 아이가 스스로 공부하면 효과가 크다는 사실을 아이와 제가 믿을 수 있게 된 것이 큰 소득입니다. 또한 아이 스스로 할 때까지 기다리는 것이 중요하다는 것은 알고 있었지만 그렇게 하기란 여간 어려운 일이 아니었습니다.

제가 이 교육을 통해 반성하게 된 점은, 자녀는 부모가 철저히 가르쳐야 한다고 생각하여 부모의 욕심대로 아이들에게 상처를 주며 억지로 끌고 가려 했던 것입니다. 또 모든 문제의 원인과 잘못이 아이들에게만 있다고 판단해 온 제 어리석음을 깨달을 수 있었습니다. 아이는 제가 낳았지만 제 마음대로 휘두를 수 없는 인격체라는 것을 깨닫게 된 것이 부모 역할을 하는 데 근본적으로 도움이 됩니다.

다음은 교직에서 정년 퇴임하신 분이 친구에게 사용했고, 또 친구에게 사용하도록 권했던 대화방법의 효과적인 결과에 대한 사례다.

　동창 모임에서 2박 3일로 설악산 단풍 구경을 가기로 결정했습니다. 단풍 구경을 떠나던 날, 만나기로 한 장소가 서울이었기 때문에 수원에 사는 제 친구와 저는 아침 6시에 서울행 전철을 탔습니다. 새벽이라 전철은 한가했습니다. 친구는 전철을 타자마자 며느리에 대해 섭섭했던 감정을 털어놓기 시작했습니다.

　"아니, 이럴 수가 있니? 글쎄, 시어미가 새벽 4시부터 수선을 떨며 김밥을 싸는데 내다보지도 않으니 말이야. 걔는 제 시누이가 와도 내다보지 않아. 항상 골난 사람처럼 입을 쑥 내밀고 말이 없으니 답답해서 못살겠어. 정말 힘들어. 우리 젊을 땐 어디 생각이나 해봤니? 직장 나가면서도 시어머님이 새벽 4시에 일어나 김밥 싸시게 했니? 이번에 설악산 다녀와서 아들 며느리 꿇어앉혀 놓고 한바탕 해대고 살림을 내보내야겠어. 도저히 참을 수가 없다고!"

　예전 같았으면 저는 친구가 말할 때 같이 거들며 흉을 보거나, 친구가 하는 말을 끊어가면서 며느리 입장을 이해시키기도 하고, 내 며느리와 비교하여 충고하고 해결방법도 제시했을 것입니다. 그러나 대화방법에서 배운 것을 되새기며 하고 싶은 말과 얘기 중에 끼여들고 싶은 것을 참았습니다. 간간이 "그랬니?", "그랬구나!", "세상에!", "그랬겠지!", "속상했겠다!" 이러한 말들로 받아 주었습니다. 그랬더니 친구는 신나게 떠들었습니다. 아들 며느리 야단치는 흉내를 내면서 예행 연습까지 했습니다. 실컷 떠들던 친구의 마음이 좀 풀린 것 같았을 때 저는 조심스럽게 얘기를 시작했습니다.

"애, 너 정말 며느리가 괘씸하고 많이 밉구나. 아들까지 싫어져서 내보내고 싶을 정도로 말이야."

"그래, 괘씸 정도가 아니야. 배신감까지 들어. 내가 아들을 어떻게 키웠니?"

"그래, 하지만 나는 걱정이 돼. 네가 말한 대로 아들 며느리 야단치고 시어머니 위신 세우고 난 다음 며느리 대하기가 얼마나 껄끄러울까 하고 말이야."

"그야 뭐, 서먹하고 어색하고 좀 민망하고 그렇겠지."

"그래. 그리고 네게 언짢은 소리 들은 며느리 기분은 어떨까?"

"그 애는 더하겠지. 시어머니인 내가 밉기도 하고 원망스러울 거야. 그러고 보면 우리 며느리도 성품은 착한 것 같아."

친구는 며느리 자랑을 몇 가지 했습니다. 감정의 홍수가 완전히 빠져나간 듯했습니다

"애, 네가 내가 교육받은 방법으로 네 며느리에게 한번 얘기해 보면 어떨까?"

"어떻게?"

"이러이러한 점은 참 좋다. 늘 고맙게 생각하고 있다. 그런데 단풍 구경 가던 날 아침엔 김밥 싸느라 허둥댔다. 내가 늦게 가면 친구도 같이 늦어지고, 서울에 도착하기 전에 친구들이 떠나 버렸으면 어떡하나 초조했다. 난 네가 도와줄 거라고 기대했는데, 다 준비하고 나갈 때도 잘 다녀오라는 인사 한마디 없어서 무척 섭섭했다. 네가 나를 무시하는 게 아닌가 하는 생각까지 들어 괘씸하기도 했

다고 말해 보면 어때?"

고맙게도 친구는 내 제의를 받아들였고 이야기할 때 방해되는 말이 들어가지 않게 문장을 만들어 열심히 연습했습니다. 10여 일 후 다시 친구를 만났습니다. 친구는 효과가 100퍼센트였다면서 부지런히 상황을 설명했습니다. 우리가 의논한 대로 며느리에 대한 고마운 점을 얘기하고 또 어떠한 일로 섭섭했다는 말을 했더니 며느리도 기분 좋게 웃으면서 '어머님, 죄송해요. 저를 깨우시지 그러셨어요' 하면서 받아들였답니다. 며칠 후 내장산에 놀러 갈 때는 도시락을 정성껏 싸 주고 봉투에 돈까지 넣어 주더라면서 고맙다는 얘기를 몇 번이나 했습니다.

집으로 돌아오는 길에 저는 생각했습니다. '나이가 들어도 배운다는 것은 인생을 아름답고 풍부하게 하는 것이구나.' 이런 교육에 참가할 수 있었다는 게 행운이란 생각도 들고 무언가 뿌듯한 마음이었습니다.

자신의 마음을 표현하며 사는 것

무더위도 끝나고 언뜻언뜻 서늘함이 살갗에 와 닿으면 따뜻하고 포근한 곳을 찾고 싶어진다. 이럴 때면 으레 내게 들려오는 목소리, 영원한 나의 고향인 어머니의 품속에서 울려 나오는 목소리가 있다. 언제나 다정함이 가득한 음성, 그 음성에는 쫓기듯 바쁘게 살아가는 나를 느긋하게 이끄는 여유와 어질고 순한 양으로 인도하는 힘이 있다.

"이 어린것이 불쌍해서 어쩌나. 어미가 늙어서 네가 클 때까지 돌보아 주지 못하면 어쩌나!"

7남매의 막내딸인 나를 45세에 낳으신 어머니는 늘 걱정하셨다. 잠자리에서 꼬옥 껴안으시며 자장가처럼 들려주시던 사랑 가득 담긴 그 음성. 나는 그 속에서 포근함과 행복을 느끼고 사랑을 배우며 꿀맛 같은 잠 속으로 빠져들곤 했다.

초등학교 6학년 되던 해, 어머니는 하나뿐인 오빠와 함께 우리가 예전에 살았고, 내가 태어난 일본으로 떠나셨다. 그러나 나는 안심했다. 나와 헤어져 살아도, 수천 리 떨어져 있어도 어머니는 나를 보고 싶어하시고 이 세상 누구보다 더, 어쩌면 오빠보다 더 나를 아끼고 사랑한다고 믿을 수 있었기 때문이다.

어머니가 당신의 마음을 내게 말로 표현하지 않았다면 난 전혀 몰랐을 것이다. 표현한 양보다 몇백 배, 몇천 배 더 나를 아끼고 걱정하셨다 하더라도 나는 몰랐을 것이다. 어머니가 나에게 당신의 마음을 표현해 주신 덕택에 혼자서도 여유로울 수 있었고 안심할 수 있었다. 어머니가 옆에 계시지 않아 느끼는 외로움이나 서글픔을 혼자서도 달랠 수 있었다. 어머니에 대한 소중한 추억을 되새기다 보니 그때 어머니는 대화방법 훈련에서 말하는 '나' 표현방법으로 당신의 사랑을 표현하셨던 것 같다.

사랑은 그런 것이 아닌가. 안에서 넘쳐 밖으로 흘러나오는 것. 그러므로 그 안을 채우는 게 먼저 해야 할 일이 아닐까.

다음 사례를 통해 칭찬하는 방법에 대해서도 생각해 본다.

저는 중학교 1학년인 아들이 제 맘에 드는 행동을 했을 때는 당연하게 생각하고 아무런 칭찬도 하지 않았습니다. 그러나 제 맘에 들지 않는 행동을 하면 이래라저래라, 왜 그러느냐며 아이에게 반발심을 일으키는 말만 했습니다. 그런데 이 교육을 받으면서 자녀가 마음에 드는 행동을 했을 때 칭찬을 해 주고 사랑을 표현하라는 숙제를 받았습니다. 아들이 학교에 가면서 하는 인사는 늘 나를 기쁘게 했지만 한 번도 제 마음을 표현한 적은 없었습니다. 저는 숙제를 하기 위해서 칭찬하기 위한 방법으로 표현할 말들을 노트에 적은 다음 열심히 연습했습니다. 아들이 학교에서 돌아오자 적당한 기회에 말했습니다.

"상호야, 엄마가 네게 하고 싶은 얘기가 있는데 ……."

"뭔데요, 엄마?"

"으응, 네가 학교 갈 때 승강기 앞에서 '엄마, 학교 다녀오겠습니다' 하고 인사하면 엄마는 기분이 참 좋아. 그리고 얼른 창으로 가서 내려다보았을 때 네가 손을 흔들며 보내는 신호가 아주 멋있고 근사해. 엄마는 흐뭇하고 뿌듯해서 하루 일과를 즐겁게 시작할 수가 있어. 엄마를 사랑해 줘서 고마워."

아이는 대답 대신 "워-워-이-, 우-우-" 하며 타잔같이 묘한 소리를 내며 춤까지 추었습니다. 상호는 이렇게 구체적인 표현을 처음 들어서인지 좀 어색해 했지만 얼굴엔 기쁨이 가득 담겨 있었습니다. 그날 밤 소파에서 잠이 들었는데 아이는 방에 이부자리를 준비하고는 "엄마! 편안히 주무세요" 하고 저를 부축해서 요 위에 눕도록 도와주었습니다.

제 아이에게 이런 대접을 받는 것은 처음이었습니다. 지금까지는 부모 자식간에 서로 사랑하니까 표현하지 않아도 다 알겠지 하고 그냥 덤덤하게 살았습니다. 이제 표현의 중요성을 알 것 같습니다. 가족뿐만 아니라 모든 인간관계에서 서로 감사와 사랑을 표현하며 살아야 훈훈하고 따뜻한 둥지를 많이 만들 수 있음을 믿게 되었습니다.

남편에게 고마운 마음을 표현한 세영이 어머니의 얘기도 들었다. 세영이의 부모는 주말 부부다. 세영이 어머니는 지방에 있는 남편에게서 전화가 오면 으레 이런 식으로 전화 통화를 끝낸다.

어머니 여보세요?
아버지 응, 나야.
어머니 왜? 왜 전화했어요?
아버지 그냥. 애들 다 들어왔어?
어머니 당신은, 지금이 몇 신데 아직도 안 들어와요. 또 무슨 할 말 있어요?
아버지 아니 …….
어머니 그럼 전화 끊어요. 요금 많이 나와요.
아버지 알았어.

무덤덤한 일상적인 대화였다. 그런데 이 교육을 받으면서 많은 것을 생각하게 되었고 자신의 지난날 모습이 안타깝기만 했다. 어색하지만 대화방법을 바꿔 보기로 했다.

어머니 여보세요?
아버지 응, 나야.
어머니 어머! 당신이에요. 오늘 피곤했는데 당신 목소리를 들으니까 피곤이 다 풀어지네요.
아버지 그래? ……. (한참 말이 없었음)
어머니 여보!

세영이 어머니는 다음과 같이 말했다.

"처음엔 어색했으나 남편의 그런 목소리를 듣자 코끝이 찡해 오더군요. 수화기를 놓고 얼마나 많이 울었는지 몰라요. 갑자기 혼자 객지에서 고생하는 남편이 불쌍해지더라고요. 생각이 많이 달라졌어요. 요즘은 연애하던 시절로 되돌아간 듯해요. 말 한마디로 천 냥 빚을 갚는다더니 그 말뜻을 이제야 깨달았어요. 그런데 선생님, 나쁜 점도 있어요. 전화 요금도 많이 나오고, 시도 때도 없이 남편이 전화를 하기 때문에 집을 비울 수가 없어요."

한 달 후 팀 모임에서 팀원들은 세영이 어머니의 얘기를 들으면서 울었다 웃었다 감정의 그네를 탔지만 울고 웃느라 하루 이틀 묵은 체증이 깨끗이 씻기는 듯했다.

금구는 초등학교 5학년이다. 어머니가 서랍장을 옮기면서 숙제하고 있는 금구에게 도움을 청했고 금구는 땀을 뻘뻘 흘리며 도와드렸다. 금구의 어머니가 대화방법을 배우지 않았을 때는 일이 끝나자마자 "자, 이제 됐어. 빨리 씻고 가서 남은 숙제 해!" 하며 얼른 방으로 다시 들여보내기에 바빴다. 그런데 오늘은 침착하게 생각을 가다듬고 이렇게 말했다.

"금구야, 네가 도와줘서 일이 금방 끝났구나. 고마워. 네가 든든
하고 믿음직스럽다는 걸 오늘 다시 느꼈어."

"…… 으응, 엄마. 나 씻고 빨리 숙제할게요."

금구 어머니는 미소를 가득 띤 채 이렇게 말했다.

"세상에, 제 아이의 그런 함박웃음은 처음 봤어요. 저도 아이의
웃음만큼 큰 기쁨을 맛보았습니다. 그런데요, 그다음 아이는 방을
수없이 들락거렸어요. '엄마! 제가 뭐 도와 드릴 일 없어요?' 하면
서요. 그렇지 않아도 30분 이상 책상 앞에 앉아 있기가 어려운 아
인데요. 그러나 저는 생각했습니다. 지금까지 제가 얼마나 아이를
칭찬하는 데에 인색했는가 하고요. 그 조그만 일이 있은 후 금구는
더 좋은 아들이 되려고 모든 일에 적극적으로 열심히 노력했습니
다. 이제 이래라저래라 명령하는 것보다 훨씬 효과적인 방법이 무
엇인가를 실제 경험을 통해 알게 되었습니다."

자녀와의 대화방법 훈련에서는 자녀의 행동이 부모를 만족하게
했을 때 칭찬을 하라고 한다. 심리학자들은 자녀에게 자기 존중감
을 높여 주고 긍정적이고 현실적인 자아상을 가질 수 있도록 도와
주는 확실한 방법은 칭찬이라고 한다. 그러나 칭찬은 미묘한 것이
어서 때로는 칭찬해 준 것이 반대의 효과를 낼 수도 있다. 그러므로
효과적인 칭찬을 해야 한다. 칭찬은 평가하기보다는 구체적으로 표
현해야 한다.

① 당신이 본 대로 표현한다

"학교에서 돌아와 손발을 깨끗이 씻고, 숙제도 미리 다 해놓고, 책가방까지 챙겼구나."(착하다, 잘했다 대신에)

② 당신이 느낀 대로 표현한다.

"너를 보면 편안하고 흐뭇해."

③ 아이들의 칭찬받을 만한 행동을 한마디로 요약한다.

"자기가 할 일을 스스로 하는 사람을 책임감이 있는 사람이라고 한단다."

위와 같은 말을 적절히 활용하는 것이 자녀에게 자신감과 용기와 희망을 줄 수 있는 효과적인 방법이다. 이러한 방법들을 남편과 아들인 민호에게 실천했던 민호 어머니의 이야기를 듣는다.

저는 남편에게, 퇴근하는 길에 제 단골 양장점에 들러 고치려고 맡긴 옷을 찾아다 달라고 부탁했습니다. 첫날은 덜 되어서 그냥 돌아오고 어제 다시 들러 찾아왔습니다. 제 원래 성격대로라면 남편에게 좀 미안하기도 하고 고맙기도 한 마음을 속으로만 생각하고 넘어갔을 텐데 이번에는 표현을 했습니다.

"여보, 정말 고마워요. 하루 종일 피곤할 텐데 멀리 돌아오면서까지 제 옷을 찾아다 주어서요. 그것도 두 번씩이나 들러서……."

"뭘, 당연하지. 그런 심부름은 얼마든지 할 수 있으니까 명령만 하라고!"

피곤한 듯 어깨가 축 처져 있던 남편의 얼굴이 환하게 밝아졌습니다. 부부는 가까운 사이여서 굳이 말을 하지 않아도 느낌으로 알겠지 했는데 표현의 중요성을 새삼 깨달았습니다.

저는 여름방학에 아이들(중학교 1학년과 초등학교 5학년)을 데리고 부산에 사시는 시부모님을 뵙고 올 계획을 세웠습니다. 모처럼 뵙는 시부모님께 정성껏 잘해 드려야지 결심하면서 떠올린 시원한 바다와 밤바닷가의 모래사장은 나의 마음을 설레게 했습니다.

그러나 그것은 잠시 스치는 환상일 뿐 시댁에 다녀올 때마다의 느낌을 생각하면 가슴 한쪽이 답답했습니다. 무서운 게 없는 듯 휘돌아다니는 아이들 때문에 시부모님과 저희 내외 그리고 아이들은 불편한 분위기에 사로잡힙니다. 그렇게 집으로 돌아오면 한참 동안 풀리지 않는 서먹한 분위기가 계속됩니다.

저는 이번에도 그렇게 될까 봐 걱정하다가 문득 이번에 배운 대화방법이 생각나서 조심스럽게 아이들에게 할 말을 생각해 가면서 말했습니다.

"민호야, 민수야. 엄마는 할아버지 댁에 가면서 걱정이 있어. 너희들이 하는 행동으로 할아버지 댁 식구들께 폐를 끼치게 될까 봐 몹시 염려돼. 엄마는 너희들을 잘 가르치지 못했다는 송구스러움에 자존심도 상하고 부끄럽거든. 신나게 갔다가 돌아올 때는 싸운 사람들처럼 분위기가 냉랭해질까 봐 불안해."

"알았어요. 엄마, 우리가 잘할게요."

"그래, 너희들 말을 들으니까 잘될 것 같고 마음도 놓여."

저는 이러한 대화를 나누었지만 크게 기대하지는 않았습니다. 다른 때 같으면 며칠 전부터 훈계하고 설득하고 명령해서 강하게 다짐받았을 텐데, 뭔가 미흡하고 약한 것 같았습니다. 강하게 위협적으로 말을 해도 변화가 없는데 이런 약한 말로 변화될 것 같지는 않았습니다.

그러나 돌아오는 길은 얼마나 행복했는지요. 시댁에서는 사려 깊은 훌륭한 아이들로 변했다고 칭찬이 자자했어요. 저는 돌아오면서 제 느낌을 아이들에게 말했습니다.

"애들아, 엄마는 정말 기쁘고 뿌듯해. 너희들이 칭찬받을 때는 엄마가 칭찬받는 것 같았고 할아버지와 할머니께도 체면이 섰어."

"엄마, 앞으로 걱정 마세요. 저희들은 한다면 하는 놈들이에요. 그렇지? 민수야."

"그래, 엄마도 이번에 그걸 확인했단다. 뛰어놀고 싶은 감정을 절제하는 너희들을 보며 정말 기뻤어. 너희들의 엄마라는 사실이 자랑스러워."

저는 눈물이 나도록 아이들이 고마웠고, 이런 교육을 받게 된 것도 고마웠습니다.

대화방법 훈련을 받은 창호 할머니는 문제의 행동이 일어나기 전에 예견되는 일에 대해서 어떻게 자기 자신을 표현했는지에 대해 발표했다. 창호 할머니는 주일마다 여섯 살 된 손자를 데리고 교회에 가는 일이 걱정이라고 했다. 아이는 자리에서 일어나 들락날락하기도 하고, 바스락거리고 발을 탕탕거리며 뛰어다니고 가끔 소리를 지르기도 한다. 기도 중에 아이를 때릴 수도 없고 난감해서 등에서 땀이 흐를 정도다. 그러나 주일날 교회에 가는 할머니를 따라가겠다는 손자를 뿌리친다는 것이 며느리에게 미안하다.

"할머니, 나 할머니랑 교회 갈래."

"안 돼, 넌 시끄럽게 해서 안 돼."

"조용히 할게, 할머니. 나 할머니랑 갈래."

이 교육을 받기 전에는 손자가 기어코 따라가겠다고 떼쓰고 울면 하는 수 없이 이렇게 말할 수밖에 없었다.

"너 조용히 해야 돼. 할머니 말 잘 들으면 돌아오는 길에 아이스크림 사 줄게. 조용히 해야 돼!"

단단히 약속을 하지만 번번이 실패였다. 그러면서도 돌아오는 길에 떼쓰는 아이에게 밀려 아이스크림을 사 준다. 할머니는 마음의 갈등이 심하다. 아이에게 이래도 되는 것인가 하고.

어느 주일, 창호는 할머니를 따라 또 교회에 가겠다고 했다. 대화방법을 배우고 있던 할머니는 창호와 마주 앉았다.

할머니 창호야, 할머니가 걱정이 있는데 …….

창호 나 교회에 안 데리고 가려고요?

할머니 그래, 할머니는 혼자 가고 싶어. 창호가 교회에서 발을 탕탕거리고 소리 지르면서 뛰어다니면 '왜 애를 시끄럽게 내버려두지?' 하고 사람들이 할머니에게 화를 낼까 봐. 그리고 창호 데리고 나가라고 할까 봐 가슴이 두근거려. 할머니는 처음부터 끝까지 조용히 기도하고 싶거든.

창호 할머니, 나 오늘 정말 조용히 할게요.

할머니 오늘도 창호가 약속을 못 지키면 어떡하지?

창호 정말이야, 할머니. 약속 꼭 지킬게요.
할머니 오늘 약속 안 지키면 다음엔 창호가 울고 떼써도 안 데리고 갈 텐데, 괜찮아?
창호 응, 할머니. 나 조용히 하면 올 때 아이스크림 사 줘요.
할머니 그래, 알았어.

창호가 내민 새끼손가락에 손가락을 걸고 교회로 향했다. 창호 할머니는 그때를 회상하며 이렇게 말했다.

"전 그때까지도 반신반의했어요. 요 어린것이 약속은 했지만 정말 지킬 수 있을까 하고요. 괜히 붙들고 시간만 보냈지 헛일이 될 게 아닌가 생각했지요. 그러나 다른 때는 제가 약속을 강요했지만 이번엔 창호가 스스로 약속을 했기 때문에 작게나마 기대할 수 있었습니다. 창호는 약속을 지켰습니다. 아이는 제가 한 말을 모두 기억하고 있었어요. '할머니!' 하고 부르려다 '쉬잇!' 하며 자기 입을 막고 제 가슴에 가만히 손을 대기도 했습니다. 어쩌다 바스락거리면 주위를 둘러보고 제 표정도 살피면서 '쉬잇!' 하고 입을 막았습니다. 그렇게 하는 손자가 진심으로 사랑스럽고 기특하게 여겨졌습니다. 고 어린것이 거의 한 시간 동안 스스로 자신의 행동을 자제하다니요, 전 정말 놀랐습니다."

가을을 재촉하는 비가 내린다. 이런 날, 따뜻한 가정이 있는 사람들에겐 집이 더욱 정겹고 포근하게 느껴진다. 그러나 집으로 돌아가는 길이 망설여지는 사람들에겐 더욱 쓸쓸하고 외로울 뿐이다. 넓은 집이 아니라 넓은 마음이 있는 곳, 나를 이해해 주고 반겨주는 곳, 그곳은 비록 작은 공간이어도 행복하리라.

학생들은 성적표를 받는 날, 종례 시간이 가까워지면 집에 들어갈 걱정부터 한다고 한다. 이 세상에 단 한 곳, 내 집만이라도 두려움 없이 마음 편하게 돌아갈 수 있다면 그곳이 곧 천국이 아닌가!

아빠는 왜 툭하면 신경질이냐!

밤 9시 5분.

조금 전에 퇴근한 상훈이 아버지는 거실을 겸한 식당에서 저녁을 먹으며 조용히 뉴스를 시청하고 있다. 밖에서 바쁘게 일에 쫓기다 오랜만에 갖는 휴식, 하루 동안 세상이 어떻게 돌아갔는지 확인할 수 있는 유일한 시간이다. 그러나 그것도 잠시뿐, 초등학교 1학년과 유치원에 다니는 두 아들에게 방해를 받는다. 상훈이 아버지는 그 방해를 해결하려다가 곧잘 살벌한 분위기로 만들어 버리기 때문에 이 시간이 조심스럽다. 며칠에 한 번씩 되풀이되는 이런 일이 꽤 신경 쓰인다.

어떤 때는 귀가 후 갖는 이 여유로운 시간을 아무에게도 방해받지 않고 조용히 보낼 수 있는 곳이 있다면, 차라리 늦게 들어오고 싶은 충동을 느낄 때도 있다.

며칠 전부터 대화방법을 배우기 시작한 상훈이 아버지는 어렵더라도 문제와 직접 대면하여 해결하려 노력할 때 부모와 자녀 모두 성장할 수 있다는 것을 배웠다.

어느새 상훈이와 동생 상준이가 슬그머니 녹음기를 텔레비전 앞으로 들고 왔다. 새로 사 온 녹음 테이프를 듣는다. 힐끔힐끔 아빠 표정을 살핀다. 차츰 소리가 커진다. 드디어 신나게 떠들어 댄다. 텔레비전 시청하는 데 방해를 받은 아버지는 얼른 그 방해 요인을 제거하고 싶다.

'야, 시끄러! 너희들 방에 가지고 가서 문 닫고 들어.'

이렇게 명령으로 해결하고 싶은 욕망을 꿀꺽 삼켰다. 고개를 이리저리 돌리며 아나운서의 목소리를 귀 기울여 듣고자 했으나 녹음기와 아이들 소리 때문에 잘 들을 수가 없다. 답답하다.

'더 참고 기다려 봐? 아냐, 내가 이 집의 가장인데, 이게 무슨 꼴이야. 애들 눈치나 보며 말도 할 수 없으니.'

텔레비전에선 중소기업의 현황에 관한 뉴스가 계속되고 있다. 조그만 사업체를 경영하는 상훈이 아버지에게는 중요한 내용이다. 답답함에 더 이상 견딜 수가 없어 부드럽고 작은 소리로 말했다.

"야, 상훈아! 소리 좀 줄여라."

반응이 없다. 아이들은 꼼짝도 하지 않는다.

"야! 줄여!"

목소리가 높아졌다. 그래도 반응이 없다. 회초리나 주먹이 없는 아버지의 목소리는 아이들에게 이미 영향력을 잃고 있었다.

"야! 꺼!"

평소의 큰 소리보다 몇 배 더 컸다. 두 번씩이나 참았다가 터져 나온 소리는 참은 만큼 커져 있었다. 그래도 말끝에 꼬리처럼 달고 다녔던 '이 새끼들아!' 하는 말은 떼어 버릴 수 있는 자제력이 있었다. 아이들은 움찔하더니 아버지를 쳐다본다. 아니, 흘겨본다.

'그러면 그렇지, 웬일인가 했더니 더 이상 버티면 때리신다고요?' 하는 표정으로 상훈이는 녹음기를 들고 자기 방으로 들어간다. 상준이도 아버지를 흘끔흘끔 쳐다보며 형을 따라간다.

'뭔가 또 잘못됐군.' 후회하며 잠시 후 아들 뒤를 따라간 아버지는 닫힌 방문 앞에 주춤 멈춰 섰다. 아이들의 말소리가 들렸다.

"아빠는 왜 툭하면 신경질이냐!"

'아니, 뭐? 아빠는 툭하면 신경질이라고?' 하며 벌컥 문을 열고 소리치고 싶었지만 다음 순간 상준이 대답에 기대를 했다. 상훈이는 반항적이고 문제가 많지만 상준이는 아버지 말이라면 고분고분 잘 듣고 거역한 적이 없었기 때문이다.

'형! 아빠는 우리가 시끄럽게 해서 화가 나셨잖아!'

상준이가 형에게 할 말을 떠올려 보았다. 그러나 그것은 희망 사항이었다. 들려온 작은아들의 볼멘소리.

"자기는 자기 맘대로 텔레비전을 크게 틀어 놓고 보면서 우리한테는 녹음기도 못 듣게 왜 큰 소리 치냐. 그치, 형?"

하마터면 '야! 너희들 지금 뭐라 그랬어? 아빠더러 자기는이 뭐야, 자기는이. 쪼끄만 새끼들이 아빠 말이 말 같지 않아? 벌써부터 반항하는 거야, 뭐야?' 하고 터져 나올 뻔했는데 용케도 참았다. 돌아와 식탁에 앉아 곰곰이 아이들의 대화를 생각해 보니 다 옳은 말이었다.

위 사례에서 상훈이 아버지는 아내와 함께 식사를 하고 있다. 아이들은 텔레비전 앞에서 부모와 함께 녹음 테이프를 듣고 싶다. 아버지는 두 아들이 텔레비전 앞에 있어도 좋지만 조용히 텔레비전을 시청하고 싶다. 이때 아이들과 아버지의 욕구가 맞선다. 이런 경우에 나타나는 부모의 세 가지 반응을 보자.

첫 번째 반응

아버지 야, 소리 좀 줄여!

아들 …….

아버지 야, 조용히 하라니까.

아버지   야, 시끄러. 방에 가지고 가서 문 닫고 들어!

아버지가 원하는 대로 아이들은 방으로 가서 문을 닫고 듣는다.
아버지가 하고 싶은 대로 문제가 해결되었다. 그러나 두 아들의 기
분은 어땠을까.

두 번째 반응

아버지   야, 소리 좀 줄여!

아들   …….

아버지   야, 조용히 하라니까.

아들   …….

아버지   그래, 너희들도 여기서 듣고 싶겠지. 아빠가 양보할 테니
그냥 여기서 들어.

아이들이 원하는 대로 된다. 그러나 아버지의 기분은 어떨까.

세 번째 반응

아버지   얘들아, 아빠가 지금 중요한 뉴스를 보고 있어. 아빠 사
업에 관계되는 일이거든. 그런데 녹음기 소리가 크니까 뉴스를
잘 들을 수가 없어서 답답해.

아들   그래도 녹음 테이프를 듣고 싶어요.

아버지   그럼, 지금은 소리를 작게 줄여서 듣다가 뉴스가 끝난 다

음에 크게 틀으면 어때?

아들 알았어요. 저쪽 구석에서 조용히 들을게요.

아버지 아빠가 뉴스를 잘 들을 수 있게 도와줘서 고맙다.

아들 괜찮아요.

이런 대화가 이루어지면 어떨까. 물론 자녀의 욕구가 강할 때는 다른 대답이 나올 수도 있다.

그러나 대부분의 부모들은 다음과 같이 반발한다.

"물론 세 번째 반응으로 해결되는 게 좋겠지요. 그러나 생각으로는 그렇게 하고 싶지만 실제 상황에선 어려워요. '야! 시끄러, 조용히 해!' 하는 첫 번째 반응으로 하면 쉽게 끝날 걸 왜 질질 끕니까. 더욱이 지금 중요한 뉴스를 들어야 하는데 언제 아이를 붙들고 어쩌고저쩌고 할 시간이 있나요. 얘기하는 동안 중요한 뉴스 다 끝나 버리게요."

그렇다. 중요한 뉴스를 놓칠 수도 있다. 그러나 그만한 희생 없이 좋은 부모가 될 수 있을까. 중요한 뉴스의 시청을 포기할 각오가 있어야 한다. 오늘의 뉴스는 다른 방법으로도 알 수 있지만. 자녀들과의 시간은 지금 놓치면 두 번 다시 오지 않는다.

또 다른 부모들은 말한다. 아버지인 경우 더 강하게 말한다.

"우리의 부모들도 그래 왔고 나도 그런 방법을 사용했지만 특별한 문제 없이 잘 살고 있습니다."

"힘을 적당히 사용한다면 그것이 왜 나쁜 방법인가요?"

"좀 엄하고 공정하게 사용하면 되지 그 이상의 방법이 있나요?

생각을 바꿀 필요가 없다고 봅니다."

"힘을 사용하지 않으면 부모의 권위나 위신이 떨어지고 자녀들은 제멋대로 행동하게 됩니다. 부모가 자녀를 엄하게 훈육해야 제대로 자리가 잡히지요."

"요즘 제 맘대로 하게 내버려둔 아이들 버릇 좀 보세요. 때리거나 야단친 후에 사랑으로 부드럽게 달래 주면 잘됩니다."

그러나 이 프로그램에 참가한 경호 아버지는 힘의 사용에는 한계가 있다며 자신의 경험을 이렇게 말한다.

저는 중학교 1학년과 초등학교 6학년인 두 아들을 두었습니다. 저는 엄격하고 권위적인 집안에서 자랐고 제 아이들에게도 제가 교육받은 대로 똑같이 했습니다. 아이들이 잘못한 일이 있으면 부모의 입장에서만 잘잘못을 가려 야단치고 때렸습니다. 부모라면 당연히 그렇게 해야 하고 그 방법이 가장 옳다고 믿었습니다.

아이들이 어릴 때는 큰 소리만 쳐도 잘 들었는데 차츰 효과가 약해졌습니다. 회초리를 준비했더니 얼마 동안은 그 위력이 나타났습니다. 회초리의 효과가 약해지자 야구 방망이를 사용했습니다. 그것 역시 처음에는 약효가 금방 나타나더니 차츰 약해지기 시작했습니다. 드디어 야구 방망이에도 아이들은 별 반응이 없었습니다. 야구 방망이로 맞아도 끄떡없이 버티고 서 있는 아들을 보면서 얼마나 황당했는지요. 이젠 아들의 행동이 제게 영향을 줍니다. 건강한 아들이 가슴을 쑥 내밀면서 "아버지, 저랑 키 좀 대보시죠. 아버지, 저랑 팔씨름 할까요?" 하며 당당하게 맞섭니다. 이런 모습을 우리

야 예전에 상상이나 했습니까. 저와 거의 맞먹는 키, 아직은 팔씨름에서 아슬아슬하게 버티지만 힘의 한계를 느낍니다. 머지않아 무너지겠지요.

이 교육을 받을 수 있다는 것이 얼마나 다행인지요. 행운입니다. 지금은 끝까지 배우지 않아서 모든 대화방법을 적절히 사용하지는 못하지만 마음 놓고 퍼붓던 대화에 방해되는 말을 자제하는 것만으로도 효과가 있는 것 같습니다. 아이들과 저 사이에 보이지 않던 영향력이 싹트는 것 같아요. 뭐랄까, 아이들이 스스로 알아서 자기들의 할 일을 하고 행동도 자제하려고 합니다. 제가 감시하고 닦달하던 때와는 다릅니다. 분위기가 부드러워졌고 따뜻한 사랑의 기운이 넘치는 것을 느낍니다.

제 아내가 "어떤 때는 조마조마해요. 당신이 옛날처럼 소리 지르고 화낼까 봐요" 하고 말하더군요. 그래서 저도 제 마음을 털어놓았습니다. "어떤 때는 대화에 방해되는 말들이 입을 통과해서 입술까지 올라오는데 그 입술을 꼬옥 누르기가 여간 힘들지 않아" 하고요. 참고 넘긴 뒤의 결과를 보면 역시 잘했구나 싶어요. 제 아내가 "사람은 죽기 전에 맘이 변한다는데 당신, 혹시? 소리 질러도 좋으니 제발 오래 사셔야 해요." 하더라고요. 오래 살라는 얘기 처음 들었어요. 서로 쳐다보는 눈빛이 달라졌어요. 제가 워낙 무섭게 했었거든요.

"눈빛이 어떻게 달라졌는지 궁금한데요?"
한 수강자가 질문을 했다.

"아내는 어떤지 모르지만 제 느낌이 그래요. 뭐랄까, 고마워하는 표정, 그리고 약간은 존경해 주는 눈빛 같은 것 말입니다."

"착각은 망령의 지름길이라던데요."

"저도 그렇게 생각해요. 제가 이렇게 변하는 걸 보면 망령이 든 것 같습니다."

"아무튼 부럽습니다."

모두들 한바탕 통쾌하게 웃었다. 그 웃음 뒤에 배우려고 애쓰던 피로가 사라지고 희망으로 가득 메워지는 것을 느낄 수 있었다.

그렇다면 힘에 의존하지 않고 또 자녀가 하자는 대로 내버려두지도 않는, 사랑이 가득하면서도 엄격하게 갈등을 해소하는 방법은 무엇일까. 다음에서 구체적으로 보여 준다.

그분의 이름은 나의 어머니

지영이 어머니의 고민은 이러하다.

저희에겐 외동아들이 있어요. 초등학교 2학년인데 고집이 어떻게나 센지 당해 낼 수가 없어요. 그 애가 갖고 싶은 물건이 있으면 사 주지 않고는 못 배겨요. 특히 총을 좋아하는데, 동네 장난감 가게에 새로 나온 총이 있으면 사지 않고는 못 견뎌요. 언제 봤는지, 어떻게 알았는지 새 총이 나왔다 하면 그날부터 사 줄 때까지 졸라요. 오죽하면 장난감 가게 아저씨가 제 아이가 지나가면 새로 나온 총을 감춘다고 해요. 보는 것마다 사 달라니까 미안하다고요. 제가 안 된다고 말리면 남편이 아이가 불쌍하다며 사 줘요. 남편이 아이의 버릇을 고쳐야 한다면서 때리고 화내면서 야단 치면 제가 또 안쓰럽고 가여워서 그냥 볼 수가 없고요. 그래서 남편 몰래 사 줘요. 앞으로도 아이가 졸라 대면 안 사 줄 자신이 없어요.

"총이 많으니까 그만 사자. 다 비슷비슷한 모양이니까 총은 그만 사고 다른 것 사 줄게. 총을 사는 데 돈을 많이 썼으니까 그만 사자. 새로 나온 총마다 다 사면 우리 집에 돈이 다 없어져서 네가 좋아하는 피자도 사 줄 수가 없어" 등 어떤 말로 달래도 안 돼요. 이렇게 고집이 센 아이에겐 어떻게 해야 할까요? 총 생각만 해도 머리가 지끈지끈 아파요. 어쩌다 이렇게 고집 센 아이가 태어났는지 모르겠어요.

현철이네 얘기도 듣는다. 현철이는 초등학교 3학년이다. 어느 날 학교에서 돌아와서 곧바로 어머니에게 농구화를 사 달라고 조른다. 친구 집에 들렀다 오는 길에 스포츠 용품 가게 앞을 지나게 되었다. 평소에 꼭 신고 싶었던 농구화를 20퍼센트 할인하는데 그 기간이 마침 내일까지란다. 비가 오면 운동장이 질퍽거려서 신발이 다 젖고 양말까지 젖으니 꼭 사 달라고 조른다. 그러나 현철이 어머니는 현재 현철이에게 운동화가 네 켤레나 있기 때문에 또 다른 운동화를 사 줄 생각이 없다.

이와 같이 부모와 자녀가 서로 다른 욕구로 팽팽하게 맞설 때 지금까지 어떻게 해결해 왔는가. 그리고 어떻게 해결하는 것이 좋은 방법인가. 우선 지금까지 어떻게 해결해 왔는지 알아본다.

첫 번째 해결방법

현철 엄마! 내가 사고 싶은 농구화가 있는데 내일까지 할인이래요. 엄마, 나 사 줘요.

 운동화가 네 켤레나 있는데 또 새 운동화를 사 달라고?
우리 집 가계부 예산으로는 사 줄 수 없어.

 네 켤레지만 두 켤레는 형이 신던 거잖아요. 그리고 농구
화는 없고요. 비만 오면 질퍽거려서 양말까지 젖는단 말예요.

 비는 어쩌다 한 번씩 오는데 그런 날만 조심해서 다니면
되잖아. 더 이상 조르지 마. 안 된다면 안 되는 줄 알아.

 엄만 형 얘기라면 다 들어 주면서.

 너도 형처럼 공부 열심히 해 봐라. 안 사 줄 것도 다 사
주지.

 알았어요, 알았다니까요. 안 사면 되잖아요!

이런 대화를 나눈 현철이는 어떤 생각이 들까? 그리고 현철이 어
머니는?

현철이는 '그래, 나는 공부 못하니까 사 달라고 할 자격도 없지.
공부 못하는 사람은 인간도 아니야. 발이 젖건 말건 아무거나 신고
아무렇게나 사는 거야' 하거나, '그래 좋아. 내가 원하는 것 언제
한번 해 준 적 있어? 이담에 내가 돈을 벌기만 해 봐라' 하며 자기
비하나 반발, 적대감 등 부정적인 사고가 생길 수 있다.

현철이 어머니는 '하라는 공부는 안 하고 욕심만 많아서 신발이
네 켤레나 되는데도 또 사달라고 하다니. 이럴 때 따끔하게 자극을
받아야 정신 차리고 공부하게 돼. 그래야 엉뚱한 욕심도 부리지 않
을 거고. 나도 마음이 아프지만 다 너를 위해서 하는 말이라고' 하
며 자신의 언행을 합리화시킨다.

이렇게 해서 결국은 부모와 자녀와의 근본적인 따뜻한 인간관계가 무너져 내린다.

두 번째 해결방법

현철 엄마! 내가 사고 싶은 농구화가 있는데 내일까지 할인이래요. 엄마, 나 사 줘요.

어머니 운동화가 네 켤렌데 또 사겠다니, 우리 집 사정으론 살 수 없어.

현철 두 켤레는 형이 신던 거고, 농구화는 없잖아요. 비만 오면 운동장이 질퍽거려서 양말까지 다 젖어요.

어머니 그런 날은 네가 조심하면 되잖아.

현철 조심해도 젖어요. 형은 맨날 사 주면서. 엄만 나만 미워하나 봐. 나 농구화 안 사 주면 비 오는 날은 학교도 안 갈 거야. 빨리요. 오늘 안 사면 다 팔려 버린단 말예요.

어머니 알았어. 농구화 사 주면 공부나 열심히 해.

현철 알았어요.

이런 대화를 나눌 때의 현철이와 어머니는 어떤 생각이 들까?

현철이는 만족한다. '그래, 나는 내가 사고 싶은 것을 말만 적당히 잘하면 내가 원하는 대로 갖게 돼.' 이렇게 생각하며 현철이는 자기중심적이고 이기적이 되며, 자기가 원하는 대로 되지 않을 때는 떼쓰고 응석 부리며 끝까지 조르게 된다.

현철이 어머니는 현철이가 원하는 대로 해 주지만 네 켤레나 있는 운동화를 두고 또 농구화를 사는 현철이가 야속하다. 엄마 사정을 이해해 주지 않는 이기심에 마음이 상하고 괴롭다. 미운 생각까지 든다. 결국 현철이와 어머니와의 따뜻한 관계가 허물어진다.

그렇다면 현철이와 어머니의 욕구가 채워지면서 부모 자녀간의 따뜻한 관계가 유지될 수 있는 방법은 무엇인가. 부모와 자녀가 서로 다른 욕구를 지닐 경우 〈부모·자녀 대화기법〉에서는 다음과 같이 문제 해결의 대화방법을 제안한다.*

1단계 : 자녀의 욕구와 감정을 잘 들어 욕구를 정의해 준다.
2단계 : 부모의 욕구와 감정을 정의하여 말해 준다.
3단계 : 서로 동의할 수 있는 해결방법을 찾기 위해 각자 생각나는 해결책을 말한다.
4단계 : 제안한 해결책을 평가하여 결정한다.
5단계 : 결정한 대로 실행한다.
6단계 : 실행한 후 재평가한다.

현철이네 이야기를 문제 해결의 대화방법으로 어떻게 해결하는지 알아본다.

1단계와 2단계

현철 엄마! 내가 사고 싶은 농구화가 있는데 내일까지 할인이래요. 엄마, 나 사 줘요.

어머니 농구화를 사고 싶었구나.

현철 예, 엄마. 언제부터 사고 싶었는데요. 비만 오면 운동장이 질퍽거려서 양말이랑 발까지 다 젖어요. 농구화는 발목까지 올라오니까 비가 와도 발이 안 젖어요.

어머니 저런! 농구화가 꼭 필요했는 데도 참고 있다가 할인하는 걸 보고 사고 싶은 생각이 들었구나.

현철 네. 할인하지 않으면 너무 비싸요. 20퍼센트 할인해도 3만 8천 원이던데요.

어머니 그래, 비싸지만 네겐 꼭 필요한 신발이구나.

현철 예, 비가 오면 운동장이 엉망이에요. 구석으로 돌아가도 양말이 다 젖어요.

어머니 네가 그동안 많이 힘들었는데 참아주었구나. 그런데 엄마는 네 얘기를 들으면서 참 난처하구나. 네게 운동화가 네 켤레가 있는데 또 운동화를 사야 하니까.

현철 두 켤레는 형이 신던 거예요. 전 그 신발은 맘에 안 들어요. 그리고 농구화는 없고요.

어머니 그렇구나. 형 신던 신발이 맘에 들지 않았구나.

현철 그래요.

어머니 그러면 우리 좋은 방법을 생각해 보자. 너는 할인하는 농구화를 꼭 사고 싶고, 엄마는 가계부 예산에 맞추어 사 주고 싶고, 우리 둘 다 원하는 대로 할 수 있도록 잘 생각해 보면 어때? 괜찮겠니?

현철 좋아요, 엄마.

어머니　그래, 어떤 방법이 있을까. 엄마 예산으로는 2만 원 정도면 이번엔 특별 예산으로 사 줄 수 있겠는데.

현철　저는요, 엄마가 3만 원 내주고 8천 원은 제 용돈에서 내면 좋겠어요.

어머니　그래, 그런 방법도 있지. 그런데 엄마는 비싼 외국 상표가 붙은 신발을 산다는 게 마음이 편치가 않아. 왠지 죄스럽고 미안한 생각이 들거든.

현철　그럼, 엄마. 우리 나라 상표 중에서 골라 볼게요. 그런데 그 신발이 2만 원 정도면 엄마가 사 주시고 모자라는 돈은 제가 내고요.

어머니　그래, 엄마도 찬성이야. 네가 엄마 마음을 이해하고 도와 줘서 고마워. 의논이 잘될까 걱정했는데.

현철　저도요. 엄마가 안 된다고 할까 봐 걱정했어요. 제 얘기 잘 들어 주셔서 고맙습니다.

어머니　그럼, 내일 네가 학교에서 돌아오면 엄마랑 같이 신발 사러 갈까?

현철　네, 엄마. 그런데요, 2만 원이 넘으면 엄마가 빌려 주세요. 나중에 통장에서 찾아 드릴게요.

어머니　그래, 내가 꿔 줄게.

현철　그리고 엄마, 좀 큰 사이즈로 사서 비 오는 날에만 신다가 내가 신는 신발이 다 해진 다음에 신을게요.

어머니　현철아, 고맙다.

어머니와 현철이가 함께 신발을 산다.

현철이 어머니는 사랑 가득한 마음으로 아들을 힘껏 안아 주었다. 마음에서 우러난 사랑이었다.

우리는 첫 번째나 두 번째의 해결방법을 쉽게 사용해 왔지만 세 번째 방법으로 문제를 해결할 때 자녀가 순순히 협조적인 태도로 바뀌게 됨을 사례를 통해 배우게 된다. 위 사례에서 가장 중요한 것은 힘을 가진 부모의 태도이다. 자녀가 원하는 것이 무엇인지를 받아들이고 효과적으로 해결하려는 준비 자세가 필요하다. '네 켤레나 있는데 신발은 무슨 신발이냐' 하고 거부감을 가질 수도 있지만 자녀의 마음을 헤아려 줄 때 문제 해결을 지혜롭게 할 수 있다.

세 번째 방법으로 문제를 해결해 본 부모들은 자녀들이 처음에 원했던 해결책보다 훨씬 불리한 제안인 데도 수용하는 자세를 보였다고 말한다. 부모가 진실로 자신의 욕구를 들어 주려는 것을 느낄 때 자녀도 마음 놓고 부모와 의견을 나누려고 한다. '이것 아니면 저것'이던 사고방식이 사라지고 부모를 도와주려는 따뜻한 감정으로 바뀌게 된다.

대정이네는 할머니와 함께 산다. 대정이 할머니는 집안의 대를 이어 갈 하나뿐인 손자에 대한 기대와 사랑이 극진하다. 반면 대정이 여동생에겐 소홀한 편이다. 가령 대정이 누이동생이 숙제를 하고, 대정이가 텔레비전을 볼 때도 할머니는 동생에게 심부름을 시킨다.

"윤정아, 오빠 귤하고 주스 좀 갖다 줘라."

"할머니, 저 숙제하고 있어요. 오빠더러 갖다 먹으라고 해요."

"너는 여자가 갖다 주라면 갖다 주지 웬 말이 많으냐."

"여자가 어때서요, 할머니도 여자면서. 남자는 손도 발도 없어요?"

이때 할머니 옆에 있던 대정이는 빈정대듯 동생에게 말한다.

"윤정아, 왜 할머니께 버릇없이 말대답이야. 억울하면 남자로 태어나지. 자, 어서, 할머니 말씀 잘 들어야지. 귤 가져와."

이렇게 빈정대는 아들을 보면 더 속이 상하는 대정이 어머니는 아들에 대한 불만을 이렇게 털어놓았다.

"저도 시어머님의 말씀에 비위가 상하는데 아들까지 옆에서 동생을 약 올릴 때는 정말이지 참을 수가 없어요. 할머니가 뭐라시든 대정이가 "할머니, 윤정이는 숙제하니까 제가 갖다 먹을게요" 하면 좀 좋아요. 할머니는 윤정이를 껄끄럽게 보시고 저는 아들이 야속해서 눈을 흘기지요. 그러다가 모처럼 시어머님이 외출하시면 저는 참고 있던 불만을 한꺼번에 아들에게 퍼부어요. 아들은 억울하다고 덤볐고 저는 아들의 잘못만 지적했어요. 아들은 저를 징그러운 물건 대하듯 해요. 아침에 잠을 깨우려고 아들의 몸에 손을 대어 흔들면 기겁을 해요. 저만큼 물러나서 두 손을 가로저으며 가까이 못 오게 해요. 그냥 말로 하라는 거예요.

대정이는 학교에선 모범생이에요. 성적도 우수하고, 성격도 좋다고 모두 칭찬이에요. 그런데 집에만 오면 엉망이에요. 전 성적에는 관심이 없어요. 성격이 그렇게 못되고 공부만 잘하면 뭐해요. 제 아들 성격 좀 고칠 방법 없을까요?"

대정이 어머니는 대정이와 갈등이 있을 때 일방적인 부모의 입장에서 판단하고 평가하고 결론을 내렸다. 그러던 대정이 어머니가 그동안 대정이를 얼마나 답답하고 힘들게 했는지를 깨닫기 시작했다. 가령 대정이와 윤정이가 다투면 어머니는 대정이를 불러서 따졌다.

어머니 너는 왜 맨날 동생을 못살게 굴어?

대정 못살게 하기는요. 제 책을 자기가 먼저 본다고 떼쓰잖아요.

어머니 동생에게 양보 좀 하면 안 돼? 넌 할머니만 믿고 한 번도 양보하지 않잖아.

대정 그래요. 전 못된 놈이잖아요.

어머니 이 녀석이, 말버릇 좀 봐.

대정 알았다니까요!

문을 쾅 닫고 자기 방으로 들어가 버린다.

그러나 이제는 대정이 어머니가 바뀌었다. 무조건 일방적으로 따지던 방법에서 이해하는 대화방법으로 바꾸었다. 남매가 다툴 때 대정이를 불러 말했다.

어머니 대정아, 뭔가 몹시 화나는 일이 있었나 보다.

 그래요. 제가 보는 책을 자기가 먼저 보겠다잖아요.

 그래, 동생에게 빌려 줄 상황이 아니었구나.

 네, 내일까지 독후감 써 가야 해서 빨리 읽어야 했어요.

 그렇구나. 그럴 만한 사정이 있었구나.

 그래도 제가 화내지 않고 잘 말했어야 했는데, 짜증스럽게 말했어요.

 그랬었구나.

 앞으로 조심해서 말할게요.

 그래, 고맙다. 엄마는 남매인 너희들이 다툴 때 우애가 없어질까 봐, 그게 가장 큰 걱정이란다.

 알았어요, 엄마. 앞으로 동생 잘 돌볼게요.

 이렇게 멋있는 아들을 그동안 엄마 생각대로 몰아붙이다니. 미안하다, 정말 미안해.

 괜찮아요, 엄마.

대정이는 어머니가 변하는 만큼 변했다. 놀랄 정도로 변해서 이젠 어머니의 목에 매달리면서 어머니에게 사랑의 마음을 표현할 정도다.

"엄마, 난 엄마가 정말정말 좋아요."

대정이 어머니는 말했다.

"하마터면 대정이와 저와의 관계, 대정이와 하나밖에 없는 동생과의 관계가 엉망으로 망가져 버렸을 텐데 모든 관계가 따뜻하게 변했습니다. 물론 시어머님의 남존여비 사상은 아직 그대로 남아 있어 숙제입니다만 머지않아 조금씩 변화되리라 믿습니다. 제가 자랑하고 싶은 것은 제 아들 대정이가 영어 시간에 영어로 쓴 시의 내용입니다. 제가 우리말로 바꿔 보았습니다. 대정이는 중학교 2학년입니다.”

그분의 이름은 나의 어머니

그분은 나를 가장 잘 이해해 주며
나를 가장 잘 안다.

그분은 절대로 공부하라 강요하지 않는다.
나를 스스로 하게 하며
나 또한 스스로 할 줄도 안다.

그분은 절대로 화내지 않는다.
화내지 않고도
사랑하는 방법을 알기 때문이다.

그분은 내가 하는 모든 말을
기쁜 소식처럼 즐겁게 들어 준다.
그분의 이름은
나의 어머니다.

수강자들은 이 모자에게 부러움과 함께 뜨거운 사랑의 박수를
보냈다.

서로 다른 욕구 갈등의 해결은 이렇게

정규가 유치원에 다니던 작년에 만화영화 〈머털도사〉 1, 2, 3편이 방영되었다. 정규 어머니는 정규가 좋아하는 이 영화를 녹화해 놓았다. 정규는 열심히 보았고 그러다가 얼마 후 테이프 중간 부분이 끊어졌다. 정규 어머니는 그걸 고쳐 오면 정규가 또 볼 것 같아 그냥 두었다. 그동안 잊고 있었는데 며칠 전부터 정규는 테이프를 고쳐 달라고 조르기 시작했다. 정규 어머니는 하는 수 없이 테이프를 고쳐 왔고 정규는 그날부터 거의 날마다 본다.

그날은 저녁식사 시간이었다. 정규는 식구들이 식탁에서 기다리며 몇 번이나 불러도 〈머털도사〉를 보면서 꼼짝도 하지 않는다. 정규 어머니는 아버지가 불러도 정규가 오지 않고 식구들과 함께 식사하는 것도 소홀히 하는 것 같아 걱정이 되었다. 또 밥상을 다시 차려야 하는 것도 귀찮고 짜증이 났다.

"여보! 정규가 밥 먹을 때 늘 저런 식이에요. 당신이 따끔하게 야단 좀 쳐요. 습관 된다고요. 저런 버릇은 고쳐야 해요, 빨리요!"

"정규야! 빨리 와서 밥 먹어. 셋 셀 때까지 안 오면 너 아빠한테 맞을 거야. 하나―, 둘―, 세엣―."

"싫어요. 지금 밥 안 먹을래요. 쪼끔만 더 보고 먹을게요."

정규 어머니는 눈짓으로 안 된다는 신호를 남편에게 보냈다.

"안 돼, 너 빨리 안 오면 이번엔 테이프도 다 부숴 버릴 거야. 하나, 두울, 세엣!"

"더 보고 먹겠다는데 왜 그래요!"

막무가내인 아들의 태도에 정규 아버지는 벌떡 일어섰고 정규는 아버지에게 몇 대 맞았다. 정규 어머니도 아들의 고집을 이럴 때 꺾어야지 하고 테이프를 꺼내 있는 힘껏 내리치고 또 내리쳤다. 테이프는 다시 볼 수 없게 망가졌다.

"엄마, 왜 부숴! 엄마가 아끼는 크리스털 화병 내가 깨뜨려도 괜찮아? 아빠가 기르는 난을 다 뽑아서 죽여 버려도 좋아? 왜 부숴! 비디오 보고 나서 밥 먹으면 되잖아!"

정규는 펄쩍펄쩍 뛰며 고래고래 소리 지른다. 모두가 엉망이다. 3주째 배운 대화방법은 다 어디로 갔는지, 순간적으로 화가 치밀자 지금까지 배운 내용은 머릿속에서 흔적도 없이 사라져 버린다.

시간이 좀 지나고 잠잘 때가 되었다. 정규는 힘없이 세수하고는 제 방으로 들어간다. '그렇게 하는 게 아닌데……' 하는 마음이 들어 정규 어머니는 아들 방으로 들어갔다. 정규는 이불을 푹 뒤집어쓰고 있었다. 정규 어머니는 정규의 손을 꼬옥 잡았으나 정규는 모든 것을 체념한 듯 반응이 없다.

어머니 정규야, 속 상했지? 아빠한테 매 맞고, 엄마는 테이프까지 부숴 버리고.

정규 ……. (어깨를 들먹이며 흐느껴 운다.)

어머니 ……. (우는 아들을 보며 죄책감으로 괴롭다.)

정규 …….

어머니 얼마나 화가 났을까. 아빠한테 맞고, 네가 그렇게 좋아하는 테이프까지 망가졌으니…….

정규 아슬아슬한 장면이어서 그것만 보고 가려고 했는데…….

어머니 ……. ('아니? 아슬아슬한 장면이라니, 그걸 한두 번 봤어?' 튀어 나오려는 말을 누르고) 그래, 너도 생각이 다 있었는데 그걸 기다려 주지 않았구나. 엄마도 식사 때 너만 빠지니까 서운하고 밥 먹으라는 소리를 여러 번 하려니까 힘들었어. 그리고 우리 식구 모두 오순도순 얘기하며 저녁을 먹고 싶었거든.

정규 사실은 엄마 아빠 잠들면 몰래 집을 나가려고 했는데.

어머니 ('뭐? 집을 나가? 아니 벌써부터 이 쪼끄만 녀석이. 그래, 나가려면 지금 당장 나가, 어서!' 하고 쏟아져 나오려는 말을 참으며) 그랬구나! 얼마나 서운하고 화가 났으면 집 나갈 생각까지 했을까. 엄마가 감정을 못 참고 테이프를 부숴 버려서 미안해!

계속 다독거리자 울음을 멈추고 정규는 잠이 들었다. 정규 어머니는 그 다음날 아침, 조금 밝아진 표정을 정규의 얼굴에서 읽을 수 있었다.

이것은 〈머털도사〉를 끝까지 보고 나서 밥을 먹고자 하는 정규

의 욕구와 식구들과 함께 밥을 먹은 후 비디오 보기를 원하는 부모의 욕구가 충돌했을 때 부모의 힘에 의해 일방적으로 갈등이 처리된 사례다. 이렇게 부모와 자녀의 욕구 갈등이 부모의 강압적인 힘에 의해 일방적으로 끝났을 때 정규는 어떤 생각을 했겠는가. 물론 그날 밤 정규는 집을 나가지 않을 수도 있다. 그러나 집을 나가고 싶은 유혹은 마음 한 귀퉁이에 숨어 있다가 절호의 때를 기다리게 된다.

이와 비슷한 상황이 한 번 두 번 반복되면 응어리는 점점 쌓여서 커진다. 응어리의 크기를 감당할 수 없을 때 벽을 느끼고, 그 벽을 뚫고 나가고자 엉뚱한 행동을 하기도 한다. 정규 어머니는 문제에 직면했을 당시는 갈등을 푸는 데 실패했지만 아들의 서운하고 억울했던 감정을 잘 헤아려 아들의 말을 들어 주었다. 그래서 정규의 응어리가 풀렸고 마음을 터놓고 어머니와 편하게 대화할 수 있었던 것이다. 정규의 마음이 편안해지면서 부모님에게 반항하려던 마음이 '부모님 말씀 잘 들어야지' 하는 마음으로 바뀌게 된다.

다음은 위와 비슷한 상황에서 문제를 풀어 나간 사례들이다.

초등학교 2학년인 현석이는 편식을 하기 때문에 식사 시간에 어머니와 자주 다툰다. 이럴 때 해결하는 방법을 배운 어머니는 미숙하지만 현석이와 해결방법을 모색했다.

첫 번째 단계에서 현석이는 어머니가 예전처럼 일방적으로 얘기하지 않고 잘 들어 주었으므로 자신의 욕구를 방해받지 않고 시원하게 얘기할 수 있었다. 어머니 또한 나를 표현하는 방법으로 충분히 얘기했다. 그들이 나눈 대화를 순서대로 정리해 본다.

1단계

현석이의 감정과 욕구 들어 주기

① 식사할 때 이래라저래라 야단맞는 것이 짜증나서 오히려 더 가려 먹게 되고 식사도 하기 싫다.

② 내 마음대로 먹고 싶다.

2단계

현석이 어머니의 감정과 욕구 말하기

① 성장기에 있는 현석이가 인스턴트 음식과 좋아하는 것 한두 가지만 먹으니 건강을 해칠까 봐 불안하고 걱정된다.

② 정성껏 만든 음식에 대한 보람이 없어 다시 만들 의욕도 없어지고 맥이 빠진다.

③ 현석이가 음식을 골고루 먹고, 인스턴트 음식은 반으로 줄였
  으면 한다.

3단계

각자 생각나는 의견을 말하기
① 고기 먹을 때 야채를 곁들여 먹는다.
② 아침식사는 제 분량의 반만 먹는다.
③ 아침식사를 제 분량 다 먹는다.
④ 식사 중 물을 많이 마시지 않는다.
⑤ 싫어하는 반찬도 도시락에 한 가지씩 넣는다.
⑥ 김치보다는 김치볶음밥, 야채볶음밥을 먹고 싶다.
⑦ 식사 중 잔소리를 듣지 않게 골고루 먹는다.
⑧ 식사 중에는 잔소리하지 않는다.
⑨ 좋아하는 음식과 싫어하는 음식의 비율이 같게 준비한다.
⑩ 좋아하는 음식에 싫어하는 음식 한 가지씩을 곁들인다.
⑪ 서서히 실행할 때까지 기다려 준다.
⑫ 좋아하는 음식과 싫어하는 음식을 어머니에게 알린다.

4단계

서로 평가하면서 해결방법을 결정하기
①번부터 ⑫번까지 평가하면서 ⑤, ⑦, ⑨, ⑪번을 실행하기로 결
정하고, 그것을 냉장고 앞에 써 붙이기로 하였다.

5단계

실행하기

오늘 저녁부터 실행하며, 2주일 후 다시 얘기하기로 하였다.

6단계

실행 후 재평가하기

실행 후 3일 만에 해결책 ⑨번을 ⑩번으로 바꾸자고 현석이가 제안하여 그렇게 바꾸었다. 잠음 많았던 식사 시간이 즐겁고 기다려지는 시간으로 바뀌었다.

희성이와 희철이는 초등학교 5학년과 중학교 1학년이다. 둘은 크게는 아니지만 자주 다툰다. 그 원인을 알아보고 고치기 위해 어머니와 대화를 나눴다.

어머니 희성이가 어떨 때 형과 다투게 되는지 궁금한데?

희성 으응, 형이 나를 약 올릴 때.

어머니 형이 희성이를 약 올릴 때가 있구나. 희철이는 어떨 때 동생과 다투게 되지?

희성 내가 약 올린 것도 아닌데 덮어놓고 동생이 덤빌 때요.

어머니 희성이가 형을 오해할 때가 있구나.

희성 아냐, 형이 진짜 약 올렸어. 오해한 적 없어.

희철 혼자 노래 부르고 있는데 그게 어째서 널 약 올리는 거냐?

희성 또 있어. 형이 무슨 말 하는지 못 알아듣겠어. 새로 오신

신부님이 강론하실 때, 우리가 잘 알아듣게 하려고 천천히 또
박또박 말씀하시는 것처럼 형도 그렇게 해 주면 좋겠어.

어머니 형의 말을 못 알아들어서 오해할 때도 있었구나. 엄마도
그런 느낌이 들 때가 있었는데. 말이 좀 빠르고 수준 높은 얘기
를 할 때가 있거든.(잠시 모두 침묵, 더 할 말이 없는 듯 보임.)

어머니 그럼, 문제는 확실해졌네. 형은 동생이 오해한다고 하고
동생은 형이 약 올린다고 하고. 그러니까 서로 기분 나쁘게 한
원인은 '오해'였구나. 그렇다면 오해하지 않을 좋은 방법을 생
각해 보기로 하자.

그들은 해결방법을 서로 의논하여 다음과 같이 결정하였다.

① 형은 아예 놀리는 말을 하지 않는다.

② 형이 혼자서 말을 할 때 동생은 형의 말에 지나친 간섭을 하
   지 않도록 한다.

③ 동생은 자기가 형을 오해한 것이 아닌지 물어본 다음 오해라
   고 하면 그대로 믿어 주고 진짜 놀린 거라면 형은 한 대 맞아
   준다.

④ 형은 말을 천천히 한다.

⑤ 서로 고집을 피우지 않는다.

결정된 해결방법은 형이 동생에게 말을 할 때는 천천히 하고, 형
이 혼자서 무슨 말을 하든 동생은 지나친 간섭을 하지 않도록 노력
하며, 그것이 힘들면 형에게 짜증 내지 말고 '정말 힘들다'고 말하

기로 한 것이다.

그 후 아이들 방에서는 토닥거리며 다투는 소리보다 다정한 대화와 '미안해!' 하는 소리가 자주 들린다. 큰아이는 말을 천천히 또박또박 하려고 애쓰는 모습이 보인다. 특히 그 조그만 사건으로 서로의 감정을 헤아려 주려 노력하는 것을 보면 흐뭇하기만 하다. 좀 귀찮지만 아이들의 마음을 헤아리고 관심을 기울여 대화해 보면 변하는 게 확실하다고 희철이 어머니는 말했다.

초등학교 5학년인 윤정이는 피아노 학원에 가기 싫다고 투정을 부렸다. 어머니는 윤정이를 달래며 말했다.

"너 정말 피아노 학원에 가기 싫구나."

"응, 싫어. 이제 그만 다닐래."

어머니는 말문이 막혔다. 그러나 생각을 가다듬고 자신의 마음을 표현했다.

"난 네가 지금 그만두면 지금까지 배운 것이 아깝고, 또 중학교에 들어가면 시간이 없어서 많이 못 치게 될까 봐 걱정이야."

"괜찮아요. 지금도 웬만큼은 치니까 그만둬도 돼요."

이럴 때 어떻게 말을 해야 할지 답답했다. 그러나 여기서 후퇴하기에는 너무 아쉽다. 문제 해결방법을 배운 윤정이 어머니는 이 방법으로 문제를 해결하려고 윤정이와 마주 앉았다.

1단계와 2단계
윤정이와 어머니의 욕구 들어 주고 말하기

① 윤정이는 피아노 학원에 가기 싫다.

② 레슨을 다 받기 싫은 것이 아니라 '바흐'만 싫다.(힘들고 짜증
   이 남.)

③ 윤정이 어머니는 윤정이가 초등학교 다닐 동안 계속해서 피아
   노 치기를 원한다.

3단계

생각나는 의견 말하기

① 체르니는 계속 친다.

② 동요곡집, 명곡집은 좋아하니까 계속 치고, 치기 싫은 '바흐'
   는 2주일 후부터 친다.

③ 레슨은 일주일에 두 번 받는다.(일주일에 세 번 받았음.)

④ 연습은 학원에서 한다.(학원에서 더 잘 되기에.)

이렇게 해결책을 제안하는 동안 문제는 해결되었다.

제 딸아이는 말했습니다.

"엄마, 저번에는 피아노 레슨 받기가 싫었어요. 며칠 빠졌더니
더 싫었고요. 또 연습을 안 해서 선생님께 꾸중 들을까 봐 걱정도
되고 부담스러웠어요. 그런데 엄마랑 얘기하고 나니까 그 다음날은
재미있었어요. 그리고 바흐도 지금은 14번 쳐요. 12번은 힘들었는
데 13번은 괜찮았어요. 바흐는 다른 애들은 안 치고 현주 언니랑
저만 쳐요. 오늘도 엄마랑 얘기하니까 피아노를 더 많이 치고 싶어
요. 엄마, 저 선생님 말씀대로 바흐도 치고 열심히 할게요. 엄마, 전

엄마가 참 좋아요."

　이런 방법으로 문제 해결하는 데 10분도 안 걸렸어요. 저는 제 사랑스런 딸을 꼬옥 껴안았습니다. 정말 행복한 부모 자녀 관계란 이렇게 살맛 나게 해 주는구나 하고 새삼 깨달았습니다.

　병철이 어머니가 중요한 일이 있어 저녁 늦게 귀가해 보니 늘 고집이 세어 걱정인 병철이가 울고 있었다. 이유인즉 양치질을 마친 병철이는 과자를 먹으며 엄마를 기다리겠다고 하고, 병철이 아버지는 시간이 늦었으니 오늘은 그냥 자고 과자는 내일 아침에 먹으라며 못 먹게 했다는 것이다. 아버지의 힘에 굴복한 병철이는 울음으로 억울함을 나타내고 있었다. 얘기를 들은 병철이 어머니도 남편과 같은 생각이었다. 병철이 어머니는 이 문제를 문제 해결의 대화 방법으로 풀어 나갔다.

1단계와 2단계

병철이와 병철이 어머니의 욕구 들어 주고 말하기

① 병철이는 잠자기 전에 과자를 먹고 싶다.

② 병철이 어머니는 병철이에게 충치가 생기지 않기를 원한다.(과자를 먹으면 양치질을 해야 한다.)

3단계

생각나는 해결방법 말하기

① 과자를 먹고, 먹은 후에 양치질하고 잔다.

② 지금 이 상태로 잔다.

③ 과자 하나 먹고 잠자기 전에 양치질한다.

④ 과자를 안고 잤다가 아침에 먹는다.

⑤ 과자 하나 먹고 양치질 후 남은 것은 안고 잔다.

⑥ 머리맡에 놓아두었다가 아침에 과자를 먹는다.

4단계와 5단계

해결방법 정하고 실행계획 세우기

③번으로 정했으나 실행과정에서 ⑥번으로 바꾸었다.

병철이 어머니가 병철이와 대화를 나누면서 어떻게 해결해 나갔는지 그 얘기를 들었다.

저는 '이때가 기회다. 배운 대로 해 봐야지' 생각하고 아이에게 말했습니다.

"병철아, 과자가 굉장히 먹고 싶었구나."

"응, 과자가 먹고 싶어. 그런데 아빠가 먹지 말래요."

"과자를 먹고 싶은데 아빠가 못 먹게 해서 섭섭했구나."

"네."

"아빠가 왜 못 먹게 하셨을까?"

"이 닦아서 안 된대요."

"그렇구나. 이를 닦고 과자를 먹으면 안 된다고 하셨구나."

"응. 그래도 난 먹고 싶어요."

“그래, 그럼 엄마가 과자를 줘야겠구나. 그런데 엄마도 아빠 말씀처럼 병철이가 과자를 먹고 나서 이를 닦고 잠자기를 바래. 자, 과자 먹고 이 닦아야 하는데.”

“네.”

병철이는 과자를 받아 들고 잠시 왔다갔다 하다가 말했다.

“엄마. 나 이 과자 내일 먹을래. 그 대신 내가 안고 잘 거예요.”

“그래, 그런데 과자를 안고 자면 과자가 부서져 버릴 텐데.”

“응, 이렇게 하면 돼요.” (과자를 머리맡에 올려놓는다.)

“아, 그러면 되겠구나. 엄마, 세수하고 올게.”

병철이는 고개를 끄덕이며 활짝 웃더군요. 제가 세수하고 들어와 보니 잠이 들었더라고요. 다음날 아침 눈을 뜬 병철이는 과자 봉지를 집어 들고 말했습니다.

“엄마, 나 이 닦고 밥 먹으면 이 과자 먹어도 되지요?”

“그럼, 먹어도 되지. 우리 병철이가 엄마, 아빠 마음을 편하게 해 줘서 정말 고맙구나.”

병철이는 깡충깡충 뛰면서 빨리 세수하겠다고 화장실로 들어갔습니다. 저는 아이의 자존심이 상하지 않게 인격적으로 대하려고 노력했습니다. 그러면서 깨달은 점은 고집이 센 쪽은 제 아들이 아니라 저나 남편이었다는 것이었습니다.

덜렁대는 아들, 덜렁대는 어머니

제 남편은 술을 아주 좋아합니다. 밖에서 마시고 오지 않는 날은 집에서라도 꼭 마십니다. 술의 양은 팩에 들어 있는 소주 한 개 정도이고 안주는 남편이 손수 준비해서 기분 좋게 마십니다. 술을 너무 좋아하는 남편 때문에 저는 스트레스를 많이 받고 있습니다. 어느 날 오후, 남편이 술도 좀 마셨고 기분도 적당히 좋은 것 같아서 문제 해결의 대화방법을 실행해 보기로 했습니다.

"당신은 술 마시면 참 행복한 것 같아요."

"그래서?"

"술 마시는 당신을 보는 제 마음은 두 갈래예요. 한편으로는 당신처럼 기분이 좋고 또 한편으로는 당신 건강이 나빠지면 어떡하나 걱정도 되고요."

"그래서?"

"요즘 제가 공부하는 데서 이런 걱정이 있을 때 해결하는 방법을 배웠거든요. 당신도 손해 보지 않고 저도 스트레스 좀 덜 받는 방법을 함께 찾아봐요."

"그래? 내가 손해 보지 않는 방법이라니까 결국 술은 마셔도 된다는 얘기 같은데, 그렇다면 어디 한번 해 볼까?"

우리는 문제 해결의 대화방법을 한 단계씩 진행했습니다.

1단계와 2단계

남편과 아내 욕구 들어 주고 말하기

① 남편은 퇴근 후 술을 마시고 싶을 때 자유롭게 마셨으면 한다.

② 아내는 남편의 건강을 위해서 가능하면 집에서는 술을 안 마시거나 마시더라도 조금씩 마셨으면 한다.

3단계

생각나는 해결방법 말하기

① 마시고 싶을 때 언제든지 마신다.

② 주말에 한 번, 평일 중에 한 번 마신다.

③ 아예 마시지 않는다.

④ 한 번에 소주 반 팩만 마신다.

4단계와 5단계

해결방법 정하고 실행계획 세우기

술의 분량에 대해서 남편은 소주 반 팩을 마시고 싶지만 반을 남겨 놓으면 술기운이 빠져서 버리게 되므로 팩 하나를 한꺼번에 다

마셔야 한다고 했다. 아내는 남긴 술을 술기운이 빠져나가지 않도록 빈 병을 구해서 잘 보관하겠다고 했다. 횟수는 주말에 한 번, 평일 중에 한 번 마신다. 술의 양은 한 번에 소주 반 팩을 마신다. 안주는 아내가 준비한다. 만일 남겨 놓은 술을 잘 보관했는 데도 술기운이 빠져 버리면 다른 방법을 찾기로 했다.

방학 동안에 이 프로그램에 참가하여 남편과의 욕구 갈등을 해결했다는 김 선생은 다음의 말을 덧붙였다.

남편이 제 얘기를 들어 주고 진지하게 협조하려고 관심을 보이니까 제 스트레스가 반은 풀린 듯했습니다. 설령 결정된 약속이 지켜지지 않는다 해도 훨씬 더 수용하기 쉬울 것 같습니다. 처음에 남편이 '그래서?'를 반복할 때 예전 같으면 빈정대는 것 같아 자존심도 상하고 아니꼬워서 팩 토라져 버려 더 이상 얘기가 진전되지 않았을 겁니다. 그런데 '남편이 뭐라고 해도 다 수용하자. 남편의 행동이 전혀 변할 기미가 보이지 않더라도 수용하자'는 각오로 임했기 때문에 얘기가 진전될 수 있었습니다. 2주일 동안 실행해 보고 그 후에 다시 얘기하자고 했습니다. 요즘은 뭔가 좋은 일이 있을 것 같은, 아니 어쩌면 남편과 처음 사귀던 시절로 돌아간 듯합니다.

다음은 이 프로그램에 참가했던 한 아버지의 체험담이다.

저는 그날 욕구 갈등이 있을 때 해결하는 방법을 배우고 밤 10시

20분쯤 집에 도착했습니다. 거실에 들어서자 고등학생인 남매가 텔레비전 앞에서 다투고 있었습니다. 예전 같았으면 그 광경을 보자마자 "아니! 이 녀석들이 또 싸우네, 다 큰 녀석들이 정말 언제까지 싸울 거야?" 하고 화부터 냈을 겁니다. 그러나 그날은 막 교육을 마치고 와서인지 전혀 화가 나지 않았습니다. '아이들이 어떤 문제로 갈등이 생겼구나. 내가 어떻게 도와줄까?' 하는 이성적인 상태였습니다. 다툼의 내용은 〈주말의 명화〉를 시청하려는데 누나는 MBC에서 방영하는 영화를, 동생은 KBS에서 방영하는 영화를 보고 싶다고 했습니다.

교육 전에는 "너희들, 그만한 문제 가지고 다투다니 정말 한심하다. 고등학생들이 금방 닥쳐올 대학입시를 앞두고 그렇게 영화에만 매달려 있을 거야?" 하고 일장훈계를 했을 겁니다. 그러나 그날은 아이들의 얘기를 성의껏 들어 주었습니다. 두 아이는 각자 그 영화를 꼭 보아야 할 이유를 열심히 설명했습니다.

'그렇다, 지금이 문제 해결의 대화방법을 사용할 시기다'라고 생각하고 배운 방법으로 해결해 보자고 마음먹었습니다. 아이들의 얘기를 다 들은 후 1단계와 2단계인 '아이들의 욕구와 감정 듣기 및 말하기' 단계에 들어갔습니다.

"애들아. 그래, 누나는 MBC에서 방영하는 영화를 보고 싶고, 원석이는 KBS에서 방영하는 영화를 보고 싶은데 한 대의 텔레비전으로 너희들이 보고 싶은 대로 볼 수 없으니 문제구나. 무슨 좋은 방법이 없을까? 우리 함께 좋은 해결책을 찾아보자."

제가 얘기하자마자 딸아이가 말했습니다.

"아빠, 제가 양보할게요. 지난번엔 제가 보고 싶은 영화를 봤어요."

"아냐, 누나! 괜찮아. 내가 누나 보는 영화 볼래."

결국 누나가 양보했습니다. 아이들의 욕구만 충분히 들어 주어도(비록 자녀들의 마음을 헤아려 주는 것이 어설프기는 했지만) 하고 싶은 욕구와 감정이 정상적인 상태가 되어 문제가 순조롭게 풀리는 것을 체험했습니다. 저는 두 아이가 그렇게 대견스러울 수가 없었습니다. 정말 이렇게 효심이 큰 아이들의 아버지라는 사실이 너무나 감사했습니다. 다음날 아침, 아이와 함께 등교하면서 저는 딸에게 말했습니다.

"네가 보고 싶은 영화를 못 봐서 서운했지?"

"아뇨, 동생과 함께 본 영화도 아주 재미있었어요."

"아빠는 네가 얼른 동생에게 양보하는 걸 보고 이제는 다 컸구나, 그리고 사려 깊은 아이가 됐구나 하는 마음이 들어서 든든했단다. 정말 고맙다."

"에이, 아빠는! 저는 그날 아빠에게 싸우는 걸 또 들켜서 야단맞겠구나 생각했어요. 그런데 우리가 하는 말을 다 들어 주시니까 저도 모르게 얼른 양보하고 싶었어요. 아빠, 착한 딸이 될게요. 그리고 열심히 공부해서 아빠 기쁘게 해 드릴게요."

저는 가슴이 뭉클했습니다. 그리고 생각했습니다. '이제까지 어쩌면 부모가 부모 노릇을 잘못해서 아이들을 한 번이라도 더 싸우게 했는지 모른다. 더 책임감 있고 더 사랑이 넘치는 아이들이 되었을 텐데 많은 기회를 놓치게 했는지도 모른다. 그러나 지금이라도

이 교육 프로그램을 만나게 되어 얼마나 다행인가.'

　제 아들은 초등학교 4학년인데 덜렁대고 천방지축이에요. 툭하면 넘어져 다치고 꿰매고 상처투성이에요. 온몸에 상처 없는 곳이 없을 정도지요. 저는 아이가 다칠 때마다 화가 치밀어서 야단치고 때렸어요. 아프다고 우는 아이에게 이렇게 윽박질렀지요.
　'왜 덜렁대냐, 덜렁대긴. 그러니까 자꾸 다치잖아! 이리 와, 약 발라 줄게.'
　약 발라 줄 때 아프다고 떼를 쓰면 또 이렇게 야단 쳤지요.
　'왜 그래, 왜? 좀 참아. 약 바르면 괜찮다니까. 엄살 떨지 마! 뚝 그쳐, 뚝!'
　어느 날 제가 넘어져서 눈물이 날 정도로 아팠어요. 아프다고 투덜대는데 아들이 달려와 말하더라고요.
　"엄마, 조심하지 왜 덜렁댔어요. 이 정도는 괜찮아요. 저는 이것보다 훨씬 더 많이 다친 적도 많은데요 뭐."
　전 어이가 없어 대답도 못한 채 얼굴을 찡그리고 가까스로 아픔을 참는데 아들이 또 말하는 거예요.
　"엄살 떨지 말고 가만 계세요. 약 발라 드릴게요. 좀 참으면 괜찮아요."
　전 아들의 말에 더 이상 참을 수가 없어 소리 질렀습니다.
　"야! 괜찮긴 뭐가 괜찮냐? 네가 늦어서 쫓아가다 그랬잖아."
　"엄만 괜히 야단이야. 약 발라 드린다는데."
　소리 지르고 나서 아차 했어요. 맞아, 아들 모습이 바로 내 모습

인 것을. 정신이 번쩍 들자 창피하고 미안해서 아들을 똑바로 쳐다
볼 수 없더라고요. 그런데 얼마 전에 아들이 또 넘어져서 다쳤어요.
전 교육받은 대로 아파하는 아들의 마음을 읽어 주었어요.

"용진아, 많이 아프지. 우리 용진이가 아파서 어떡하나. 엄마가
약 발라 줄게. 아프지?"

다른 때 같으면 울음을 그치라고 아무리 달래도 악을 쓰며 울던
아이가 그날은 울음을 참으면서 말했어요.

"괜찮아요, 엄마. 약 바르면 나을 거예요. 엄마, 다음부턴 조심할
게요."

"야아! 우리 용진이 아주 용감하고 멋있네. 그리고 앞으로 조심
하겠다니까 엄마도 기분 좋은데."

용진이는 약간 어리둥절해 하다가 묻더라고요.

"그런데 엄마, 엄마가 왜 이렇게 착해졌어요?"

"으응, 엄마가 요즘 좋은 엄마가 되려고 공부하고 있거든."

"아아, 그랬구나. 어쩐지 ……."

아들은 계속 고개를 끄덕거리며 중얼거리는 거예요. 전 어색하
기도 하고 민망하기도 했지만 기분은 괜찮더라고요. 그리고 참, 요
즘 용진이가 좀 덜 넘어지고 또 침착해진 것 같아요.

아마도 용진이는 앞으로 어머니가 넘어져서 다치면 '엄마, 조심
하지. 왜 덜렁댔어요'라는 말 대신에 '엄마, 많이 아프죠. 정말 많
이 아프겠네요. 엄마가 많이 아파서 어떡해요. 제가 약 발라 드릴게
요. 그리고 엄마, 엄마 아프니까 아빠 빨리 오시라고 전화할까요?'

라고 말하게 될지도 모른다. 그리고 용진이 어머니의 대답은 다음과 같을 것이다.

'괜찮아, 용진아. 참을 만해. 용진이가 정성껏 아프지 않게 약을 발라 줘서 금방 나을 거야. 이렇게 엄마를 걱정해 주는 아들이 있어서 엄만 정말 행복해. 엄마, 앞으로 조심할게.'

이런 말을 듣는 용진이는 틀림없이 어머니를, 아니 모든 이웃을 진실로 사랑하는 사람이 될 것이다. 부모를 깊이 사랑하지 않는 사람이 그 누구를 사랑할 수 있겠는가.

부모 역할이 두려워요

교육에 참가한 부모들은 "올바른 부모 노릇하기가 이렇게 힘든 것인가. 별생각 없이 부모 노릇할 때는 그저 그런대로 죄책감 없이 잘 되어 가는 듯했는데 교육을 받고 보다 더 좋은 부모가 되려고 하니 정말 어렵다"라는 이야기를 많이 한다.

다음은 부모 역할의 어려움을 느끼게 해 주는 사례다.

지윤이는 중학교 1학년이다. 초등학교 입학 후 지금까지 지윤이의 시험 때가 되면 내가 옆에 붙어 앉아 문제집을 풀고 예상문제를 찾아서 함께 공부했다. 초등학교 3학년 때까지는 고분고분하더니 4학년이 되면서 차츰 팅기기 시작했다. 강제성을 띠지 않으면 안 되었다.

"난 졸린데 왜 자꾸 공부하라고 하는 거예요?"

당장 내일이 시험인 데도 걱정이 안 된단다. 나는 아이와의 관계가 힘에 겹다고 느끼기 시작했지만 그런대로 지탱되고 있었다. 때마침 이 프로그램이 소개되었고 거기에 참가했다. 네 번째 참가 후, 지윤이의 시험이 있었다. 아직 교육 내용에 익숙하지는 않지만 나는 아이 스스로 하도록 기회를 주었다. 시험 보기 전날, 나는 볼일이 있어 나가면서 말했다.

"지윤아, 이번엔 너 혼자 양심껏 충실히 공부했으면 좋겠다."

아이에게 이렇게 말하고 두 시간쯤 후에 돌아왔다. 문제집을 했는데 보통 때라면 같은 시간에 십분의 일도 못했을 분량을 다 해 놓았다. 해답지를 보고 했으리라 짐작하면서도 잠잘 시간이라 그냥 자게 했다. 다음날 아침 지윤이는 채점도 다 하고 틀린 문제 점검까지도 끝냈다고 했지만 나는 다시 점검했다. 짐작대로 한 문제도 안 틀리고 다 맞았다.

평소 같으면 "너 해답 보고 했지?" 하고 다그치며 닦달했을 텐데 언뜻 대화에 방해되는 말이라는 생각이 떠올랐고, 또 시험 보러 가는 아이 기분 상할까 봐 마음은 뒤틀렸지만 말을 바꾸었다.

"응, 잘했어. 성심껏 했는지는 결과를 보면 알 수 있겠지" 하며 조용히 보내 주었다.

야단치지도 않고 화 내는 말도 하지 않았다. 그러나 결과는 엉망이었다. 그런 결과를 예상했었기에 화도 나지 않았다. '일찍 체험했기에 그 정도지, 지윤이가 3학년쯤 되었을 때 내가 이 교육을 받았다면 큰일날 뻔했지' 라고 생각하며 씁쓸하게 웃었다. 나는 결론을 내렸다. 배운 방법대로 하다가는 아이는 끝없이 늘어지고 풀어진다. 아이 스스로 하기를 바라는 데는 한계가 있다. 시험 때는 더 더욱 이러한 방법의 적용이 어렵다는 것을 절감했다. 그 다음날부터 괜스레 화가 났다.

얼마 지나서 학기말 시험이 시작되었다. 시험 보는 중간에 일요일이 끼어 있었다. 토요일 오후, 아이를 불러 말했다.

"너 이제 암기 과목은 혼자 외워 봐. 다 외우면 엄마 불러!"

나는 한발 물러나서 조금 풀어 줬다. 또 늘어진다. 다음날은 일요일, 아침 일찍 깨워서 일어나기는 했지만 늘어져 빈둥거린다. 나는 지윤이에게 선언했다.

"지윤아, 미술은 점심 먹기 전에 끝내! 네가 미술 공부 다 해야 우리 식구 점심 먹어. 네가 미술 공부 다 못 끝내면 우리 식구 아무도 점심 못 먹으니까 알아서 해! 다 하고 나서 얘기해! 엄마가 확인할 테니까."

오전 10시, 11시가 되어도 꾸무럭댄다.

"지윤아, 11시야. 다 했어?"

"아뇨. 할 거예요."

이렇게 대답만 하고 걱정 없이 놀기만 한다. 3일간 옆에 붙어 앉아 했으면 이제는 혼자 할 만도 한데, 내가 잠깐 한눈을 팔면 계속 풀어지고 늘어진다. 기가 막혀 가슴이 답답하다. 더 이상 참으면 복통을 일으킬 것 같다.

"지윤아, 어디까지 했어?"

"여기요."

몇 쪽 되지도 않는데 두 쪽도 못하다니! 더 이상 참을 수가 없다.

"너, 도대체 어떻게 할 생각이야. 나가! 꼴도 보기 싫으니까 나가라고. 엄마 속 그만 썩이고 나가! 제발 나가라고!"

안 나가려고 버티는 아이를 끌고 아파트 문을 열어 밖으로 밀어 냈다. 웬 힘이 그렇게 센지. 문을 쾅 닫았다. 그러나 쾅 하는 순간 '아차, 어디론가 멀리 가 버리면 어떡하지?' 하는 생각이 들었다. 가슴이 철렁 내려앉았다. '문을 열고 내다볼까? 아니야, 엄마 위신이 있지. 말이 안 돼. 그냥 두자, 제가 가면 어딜 가.' 엄마의 큰 소리에 방문을 살며시 열어 보던 동생 지훈이도 제 방에서 꼼짝 않고 있다. '이럴 때 지훈이라도 따라 나가 붙들어 주면 좋으련만.' 그러나 만약 지훈이가 뒤따라 나갔다면 나는 어떻게 했을까. 더 큰 소리로 펄쩍 뛰며 야단쳤을 것이다. 나는 거실 바닥에 주저앉아 기다렸다. 문을 벌컥 열고 아들이 들어와 주었으면 ……. 그러나 만일 들어왔다면 나는 어떻게 했을까. 더 크게 고함지르며 내쫓았을 것이다.

소리 내어 울고 싶었다. 3년 같은 30분이 지나자 지훈이를 시켜 형이 문 밖에서 뭘 하고 있나 내다보라고 했다. 형이 문 밖에 없다고 했다. 밖에 나가서 찾아보라고 했다. 거의 한 시간이 지나서 전화가 왔다. 형이 들어오지 않았느냐고. 나는 갑자기 겁이 났다. 지훈이에게 들어오라고 하고 내가 찾아 나섰다. '내가 지금까지 한가하게 앉아 있다니!' 아파트 옥상으로 올라갔다. 옥상 구석구석을 돌며 아래를 찬찬히 살펴보았다. 저 아래 어디쯤 떨어져 있을지 모른다는 생각에 다리가 후들거렸다. 네 귀퉁이를 다 돌자 조금은 안심이 되었다. 다시 온 동네를 정신없이 헤맸다. 학교 운동장, 놀이터, 시장 골목 등등. 일요일인데 왜 이렇게 텅 비어 있을까. 내 아이도 없지만 동네 아이들도 없다.

순간 '이곳은 누가 사는 도시인가?' 번개처럼 스쳐 가는 의문 속에 무엇인가 똘똘 뭉쳐진 아득함이 지친 내 가슴으로 왈칵 밀려왔다. '이게 아닌데, 이게 아닌데.' 나는 뜻도 없이 중얼거렸다. 아파트 단지가 넓은 것도 원망스러웠다. 맥이 빠지고 축 늘어진 채 집에 들어왔다. '혹시 그사이에 집에 들어와 있을까?' 지윤이는 집안 어디에서도 찾을 수가 없었다. 기대했던 내가 우습다. 오후 3시. 점심은 모두 굶었다. 교육을 받으면서 들었던 다른 이들의 얘기가 떠오른다.

"엄마, 지옥이 어딘 줄 아세요? 바로 이곳, 우리 집이 지옥이라고요."

"엄마, 엄마가 우리를 어떻게 때린 줄 아세요? 개 패듯 팼다고요, 개 패듯이요."

'내 아들 지윤이는 이다음에 나를 어떻게 기억할까?'

나는 가슴이 아팠다. 어렸을 때는 얼마나 사랑스러운 아이였던가! 꼬박꼬박 인사 잘하고, 방긋방긋 웃으며 말도 잘하고, 시험도 거의 백점만 받았는데. 그래, 그러고 보니 아들에게서 웃음이 사라졌구나. 웃던 모습이 까마득하다. 언제부터인가 말도 없어졌다. 우리 집 장남인 지윤이는 늘 전 과목 만점으로 나를 살맛 나게 하더니 점점 틀린 개수가 늘어갔다. 전 과목에서 두서너 개, 대여섯 개, 열 개가 넘더니 중학교에 들어가서는 석차가 11등. 그것도 학년 전체에서가 아니라 반에서.

나는 휘어잡아야 했다. 이런 성적으로 어떻게 서울에 있는 대학에 들어간단 말인가. 나는 훌륭하고 떳떳한 부모가 되고 싶다. 그래도 서울에 있는 웬만한 대학에는 보내야 이다음에 아들이나 며느리가 나를 원망하지 않겠지. 게다가 남편의 벌이가 시원찮아서 일류족집게 과외를 시킬 수도 없지 않은가. 내 마음이 초조한 만큼 나는 아들을 닦달했다. 초등학교 1~2학년 때 전 과목 만점을 받아 오던 만족감에 연연해 하면서 그 만족이 대학입시까지 계속되기를 바랐는데 무너지기 시작했다. 시험에서 하나 둘 틀리기 시작하자 내 표정이 굳어졌다. 나의 희망을 앗아가는 아이의 시험지 앞에서 난 웃을 수가 없었다. 굳어져 무서운 내 얼굴 앞에서 어떻게 아들이 웃을

수 있단 말인가. 나는 독재자였다.

시계를 보았다. 오후 4시 4분. 창으로 갔다. 9층에서 아득히 내려다보이는 아파트 정원, 오늘 따라 낯설다. 눈으로 구석구석을 헤맸다. '아! 저기 보이는 저 작은 물체.' 그것은 멀리서도 알아볼 수 있는 내 아들이었다. 갑자기 울컥 치밀어 오르는 말 못할 감정을 삼켰다. 정원 한구석 이름 모를 나무 아래 쪼그리고 앉아 있는 내 아들. 유난히 작고 초라해 보인다. 비에 흠뻑 젖은 작은 참새 한 마리. 훨훨 날고 싶은, 날아야 할 저 작은 참새를 내 손안에서 꼼짝 못하게 하다니!

나는 후닥닥 달려 나가 승강기 앞에 섰다. 스위치를 눌렀다. 3층에서 움직이지 않는다. 계단으로 뛰어 내려갔다. 왜 뛰었는지 모르겠다. 숨을 헐떡이며 아들 앞으로 달려갔다. 아들임을 확인하자 나는 갑자기 침착해졌다. 어떻게 그럴 수 있었는지 모르겠다.

"지윤아, 어디 갔었어? 자, 집에 가자."

힘이 쭉 빠져 있는 아들을 일으켰다. 지윤이는 아무 반항 없이 이끄는 대로 일어섰다. 현관 밖으로 끌려가지 않으려고 버티던 억센 힘이 이렇게 연약해지다니, 그 감당하기 힘들었던 강한 힘을 누가 이렇게 빼놓았단 말인가. 나는 막막한 기분으로 아들을 데리고 아파트 안으로 들어왔다.

"지윤아, 씻고 이리 와서 앉아!"

앗차! 움찔했다. 집 안에 들어오자마자 나는 또 명령하고 있었다.

"아냐, 괜찮아. 싫으면 안 씻어도 돼. 이리 와."

그러나 아들은 화장실에서 씻고 나왔다. 나는 아들에게 물었다.

“어디 갔었어?”

“…… 여기저기 돌아다녔어요.”

“엄마가 얼마나 걱정했다고. 지금이 몇 시야. 어딜 그렇게 돌아다녔어? 배고프지?”

아들은 고개를 숙이고 죽이면 죽겠다는 듯이 무표정하게 앉아 있다가 조그만 소리로 말했다.

“배고프지 않아요. 그냥 쉬고 싶어요.”

‘아, 나는 또 내가 궁금한 일만 캐묻고 시킬 일만 얘기하고 있구나. 이제 또 시작하면 문 밖으로 내쫓은 내가 왜 빨리 들어오지 않았느냐, 왜 걱정시켰느냐, 내일 시험 보는 것 잊었느냐 하면서 30~40분 훈계하고 설득하겠지.’

“그래, 지윤아. 들어가 쉬고 배고프면 얘기해!”

“미안해요. 저도 잘 안 돼요. 조금 쉬고 공부할게요.”

나는 아무 말도 못하고 아들을 일으켜 방으로 들여보냈다. 왠지 아들에게 무참히 패배당한 것 같았다. 아니, 어쩌면 나 자신의 무분별한 신념에 패했는지도 모르겠다. 나는 깨달았다. 이제까지 하던 방법은 고분고분하던 초등학교 3학년 시절에 막을 내렸어야 했다는 것을. 이제 내 힘으로 조이고 휘어잡기는 틀렸다는 것을.

다른 때 같았으면 나를 애태운 아들을 미워하며 속을 끓이다가 아들을 발견하면 짐승처럼 낚아챘을 것이다. 힘없는 아들을 끌고 와 애태우고 기다린 만큼 화풀이를 하고, 억지로 씻게 하고 밥 먹인 후 일장 연설을 하고, 옆에 바짝 붙어 앉아 공부를 시켰을 것이다. 그러나 그날은 여느 때와는 달랐다. 다행인 것은 마지막에 나를 자제할 수 있었던 것이다.

그날 처음으로 아들에게서 '미안하다'는 말을 들었다. 잘 안 된다, 쉬었다 공부하겠다며 아들이 마음을 열었다. 아들이 말을 하지 않고 방으로 들어가 버렸다면 지금처럼 편안하게 패배감을 받아들일 수 있었을까. 이제야 알 것 같다. 내가 강하게 거부했던, 새롭게 배우고 있는 따뜻한 대화방법의 영향이라는 것을. 나는 배운 대로는 못했지만 지윤이를 데리고 들어와서 방으로 들여보낼 때까지 '어떻게 말을 할까?'를 생각하며 내 감정대로 하지 않고 아이의 입장을 순간순간 헤아리며 말하려고 노력했다.

나는 다시 생각해 본다. 아들의 하루를 내 계획에 맞춰 보내도록 휘어잡지 않고, 아들을 믿고 맡겨 두었다면 어떻게 되었을까. 하루 종일 놀다가도 어느 순간 '그렇구나!' 하고 깨달으면 그 시각부터 열심히 할 수도 있었을 텐데, 밤을 새며 할 수도 있었을 텐데.

그동안 몇 시간의 교육을 받으면서도 내 신념이나 가치관에 어긋난다고 느꼈고 때때로 거부감마저 생겼기에 지난주엔 이 교육에 참석하지 않았다. 이젠 새롭게 시작하는 마음으로 끝까지 참여해야겠다.

긴 여행에서 돌아와 "이젠 어머니 역할이 두렵다"고 얘기하는 지윤이 어머니의 입술과 손끝은 계속 떨렸다. 교육학을 전공했다는 야무지면서도 여린 그 젊은 어머니는 그 이후 몇 단계를 한꺼번에 뛰어넘은 듯했다. 고통으로 휑 비어 버린 자리를 차곡차곡 알곡으로 채워갔다.

때때로 교육에 참가한 부모들과 얘기를 나눈다. 부모로서 우리가 진심으로 바라는 자녀의 모습에 대해서.

"아침 일찍 일어난다. 세수하고 손발을 씻는다. 차려 주는 아침밥을 다 잘 먹는다. 부모 마음에 드는 옷만 입는다. 빠르지도 늦지도 않은 시간에 '학교 다녀오겠습니다' 하고 예의바르게 인사하고 학교에 간다. 시험 보면 언제나 일등이다. 중간에 어디 들르지도 않고 학교 수업이 끝나면 곧바로 집으로 온다. '학교 다녀왔습니다' 하고 예의바르게 인사한다. 손발 씻고, 주는 음식 다 먹고, 숙제한다. 시간 맞춰 학원에 간다."

"아니에요, 그만 하세요. 사실 그런 아이를 원하는 것만은 아니에요. 적당히 놀고 적당히, 왜 그런 아이 있잖아요. 제 일 제가 알아서 잘 하고 또 놀기도 하면서요 ……."

부모님들은 서로 말을 막으면서도 저마다 그들이 원하는 자녀의 모습을 줄줄이 늘어놓는다. 아는 것 틀리지 않고 시험 잘 보고, 숙제는 해 놓고 놀아야 하고, 몇 가지 특기를 가져야 하고, 건강하고 너그럽고 …….

아이는 부모의 욕구에만 맞추어야 하는 어른의 소유물인가?

다음의 사례에서도 부모 자신을 되돌아보게 한다.

어느 날 제 아들이 저를 쳐다보며 엉뚱한 말을 하는 거예요.

"엄마, 엄마는 완벽해요. 빈틈없이 완벽해서 버릴 게 하나도 없어요."

저는 당연한, 너무도 당연한 애기여서 아들에게 물었지요.

"그래, 그래서?"

"그런데요. 애들 눈에 완벽하게 보이는 엄마는 빵점 엄마래요."

저는 그 말 같지 않은 말에 흥분했습니다.

"누가 그랬어?"

"르누아르요."

"르누아르가 뭐하는 사람인데?"

"몰라요. 책에 그렇게 써 있었어요."

"르누아르는 화가야, 화가. 그것도 모르면서 르누아르가 어쩌고 저쩌고 엄마를 놀리고 있어."

결국 제가 지르는 소리에 아들은 슬그머니 일어나 나가 버렸어요. 소리를 지르고 나서 텅 빈 마음으로 가만히 생각해 보니 전 정말로 빵점 엄마였어요.

책에서 본 르누아르의 얘기에 얼마나 공감을 했으면 그 내용을 기억했다가 어머니에게 그런 말을 했을까. '자녀가 원하는 부모의 모습이 어떤지 알아야 뉘우치고, 깨달아야 회개한다'고 한다. 올바른 부모가 되기를 원한다면 자녀를 바라보는 부모의 시각부터 바뀌어야 한다.

이해는 하지만 존경할 수 없는 어머니

자녀가 어렸을 때는 부모의 틀 안에 갇히기도 하고 부모의 생각대로 따라와 주기도 한다. 그러나 자녀가 점점 성장하면서 성장한 만큼의 힘이 꿈틀대기 시작하면 부모의 틀은 깨지기 시작한다. 이때 부모는 자녀교육의 실패감으로 절망하게 되고 그동안의 삶에 대한 허탈감으로 방황하고 우울증에 빠지기도 한다. 이에 대한 좋은 예는 다음 어머니의 이야기 속에서 찾을 수 있다.

제게는 아들이 둘 있는데 큰아들은 공부를 잘했어요. 모 대학 공대를 4년 동안 장학생으로 다녔고, 재학 중 어느 대기업에서 학비 보조금을 받고 아르바이트도 하면서 돈을 저축했습니다. 물론 자기가 받은 장학금도 저축했고요. 그러나 등록금은 집에서 꼬박꼬박 받아 갔습니다.

아들이 대학교 3학년 2학기 때였어요. 집을 팔고 다른 집으로 옮기면서 형편이 좀 어려웠습니다. 그때 아들에게 "네가 저축한 돈에서 한 학기 등록금만 네가 좀 내라"고 했더니 안 된다는 거예요. 부모는 자녀를 당연히 교육시켜야 할 의무와 책임이 있다면서 아들은 당당한 기세로 이렇게 말했지요.

"제가 언제 재수한다고 부모님 힘들게 해 드린 적 있습니까? 지방 대학 다닌다고 교통비가 더 많이 들었습니까? 아니면 과외한다고 과외비가 들었습니까? 그러면서도 부모님 어깨에 힘 주고 다닐 만한 대학에 다니니 이 정도면 되는 거 아닙니까? 웬만한 용돈도 제가 벌어서 썼지 사사건건 용돈 달라고 했습니까? 그런데 등록금을 저더러 내라고요? 저 나쁜 놈 만들지 마시고 다시 더 말하지 않도록 해 주십시오."

정말 기가 막혀서 ……. 저는요, 아들 일이라면 발 벗고 나섰어요. 고등학교 3년 동안 다른 일 다 제쳐 놓고 점심시간에 맞춰 새로 지은 도시락을 싸 가지고 학교에 가서 수위 아저씨께 맡겨 두어 먹게 했어요. 저는 외출이나 웬만한 약속은 3년 뒤로 미루고 오로지 아들 뒷바라지에 정성을 쏟았습니다. 입학원서 사다 주고, 주민등록등본 해다 주고, 사실 공부하는 일 이외에는 모두 제가 쫓아다니면서 했지요. 물론 공무원인 남편 월급으로는 형편이 안 돼 과외도 못 시켰고 용돈도 넉넉히 주지는 못했지만요.

그 아들이 대학을 졸업하고 직장에 나가서 첫 월급을 받아 온 날이었습니다. 부모님께 드릴 말씀이 있다며 말하더군요.

"첫 월급은 모두 드리지만 다음 달부터는 못 드리겠습니다. 제 월급 제가 계획을 세워 저축하고 집 사고 결혼하겠으니, 이제부터 저에 대해서는 걱정 푹 놓으세요."

제 남편은 얼마나 충격을 받았는지 그 이후에 우울증으로 신경정신과에 2년째 다니고 있습니다. 아이가 아직 어렸을 때 제가 가끔씩 "큰애는 너무 이기적이니 당신이 얘기 좀 잘 해 보세요" 하고 말하면 "괜찮아, 괜찮아" 하더니 다 큰 후에 이렇게 후회하게 되네요. 남편은 아들이 공부 잘하니까 모든 면에서 우등생인 줄 알더라고요. 공부 잘하는 장남 믿고 오순도순 한집에서 살려고 했는데 이젠 다 틀렸어요, 다 틀렸다고요.

그 후 전 그 녀석에게 밥값을 내라고 했어요. 돈을 버니까 집에 사는 동안 내라고 했죠. 10만 원씩 두 달 내더니 용돈이 모자라 못 내겠다고 그것도 그만두더라고요. 그래도 자식이니 때릴 수도 내쫓을 수도 없고, 부모 자식간이라는 게 그렇더라고요. 그래도 제게는 아들이 둘이어서 그나마 다행이에요. 작은아들은 공부를 못했어요. 아니, 시간 들여 공부를 하지 않았습니다. 밤낮으로 열심히 공부하는 형더러 바보 같다고 해요. 책상 앞에 쭈그리고 앉아 놀지도 못하고 운동도 못하는데, 그게 뭐 대단하냐고요. 작은아들은 제가 뭐 도와 준 것도 없어요. 도시락 한 번 싸다 주지 않았고 입학원서 사는 일, 동사무소 가는 일도 혼자서 척척 했습니다. 대학입시에서 떨어지고 재수해서 전문대학에 들어갔습니다. 전문대학 입학원서를 사러 갈 때였습니다. 가는 길에 지하철 역에서 복권을 한 장 샀답니다. 그게 백만 원짜리에 당첨되었어요. 그 돈을 몽땅 저에게 주는 거였어요. 맡기는 것이 아니고 그냥 드린다면서요.

자기는 열심히 돈 벌어서 부모님 다 갖다 드린대요. 앞으로의 계획도 다 되어 있어요. 전문대학 나오면 2년 정도 일본에서 기술을 배우고 싶답니다. 4년제 대학 보내 주는 셈치고 도와주면 일본에서 공부하면서 아르바이트를 하겠대요. 돈은 얼마든지 벌 자신이 있고 부모님과 함께 살면서 잘해 드리겠다고 합니다. 학교 다니는 동안은 성적이 좋지 않아서 포기하다시피 했던 작은아들 덕택에 희망을 잃지 않고 살 것 같습니다.

부모와 자녀의 관계는 참으로 신비스런 관계인가 보다. 부모는 자녀에게 아무것도 바라지 않고 무조건적인 사랑으로 자신을 다 내준다고 하면서도 저 깊은 곳 마음 밑바닥에선 더 큰 것을 바라고 있지는 않는지, 앞으로 남은 인생 모두를 자녀에게 맡기고자 하지는 않는지. 그러기에 자신의 곁을 떠나고자 하는 기미가 보이면 어쩐지 서운하고 외로운 것이 아닐까. 자녀가 독립하여 떠나려고 '이제 제 걱정은 그만 하시고 몸도 마음도 편안히 사십시오'라고 하는데 편치 않고 외로운 이유는 무엇일까. 그것은 부모가 자녀에 대한 기대와 욕심을 버리기가 그만큼 어렵다는 뜻이 아닐까.

부모와 자녀는 함께 살아가면서 옷 색깔을 선택하거나 머리 모양을 바꾸는 일, 친구나 배우자를 선택하는 일, 인생의 목표나 생활방식 등 구체적인 일에서부터 추상적인 일에 이르기까지 서로 생각이 다른 경우가 많다. 이러한 일들은 하루아침에 형성되는 것이 아니라 자녀가 어렸을 때부터 보며 자란 부모의 모습을 닮아 가면서 조금씩 정립되기 시작한다.

다음의 사례를 통해 부모의 가치관이 자녀에게 어떤 영향을 끼치는지. 또 갈등을 어떻게 풀어 나가는지 생각해 볼 수 있다.

10여 년 전, 우리 아이들이 초등학교 다닐 때였다. 3학년 이상의 학생 1백여 명이 시골 바닷가에 위치한 학교로 여름 캠핑을 갔다. 몇 명의 어머니가 아이들의 식사를 준비해 주기 위해 같이 갔는데 나도 함께 갔다. 프로그램 중에 그룹별 연극 경연 대회가 있었고, 우승팀에게는 상을 주었다. 갑자기 심사위원들이 개인 연기상을 주자고 했다. 여러 명의 후보들에게 즉흥적인 연기를 하게 했다. 연기할 내용은, 남자 어린이는 술 마시고 밤늦게 집에 들어갈 때의 남편 역할이었고 여자 어린이는 밤늦게 술 마시고 들어오는 남편을 맞이하는 아내 역할이었다.

남편 어! 문 열어, 문. 남편이 왔는데 문 안 열어? 문!

아내 여보, 나 늦었어. 미안해. 시간이 이렇게 늦은 줄 몰랐어. 전화도 못하고 미안해, 여보. 나야 나, 문 좀 열어 줘!

남편 야! 난 뭐 마시고 싶어 마시냐. 다 그런 거야. 나도 어쩔 수 없다고. 껵, 남편이 일 때문에 늦었는데, 야! 넌 만날 신경질이냐, 신경질. 문 열어, 문!!

아내 흥! 큰소리는, 돈이면 다야? 남들처럼 재벌이라도 되면 아예 술독에 빠지겠네. 도대체가 날마다 웬 술이야, 술이!

아내 또 마셨어. 또? 어유, 지겨워. 지금이 몇 시야. 술 안 마시고 일찍 들어오면 누가 잡아간대요? 어유!

 어머! 당신 이렇게 취해서 어떡해요. 안주는 제대로 드시면서 마셨어요? 건강도 안 좋은데 정말 걱정이네요. 자, 잠시만요, 이것 좀 마셔요. 칡차예요. 술 해독에 좋다고 해서 경동시장에서 샀어요.

자연스럽고 꾸밈없는 아이들의 연기는 관람하는 어머니들을 난처하게 했다. 또한 아이들의 대사와 표정 그리고 행동 하나하나는 그대로 그 집안의 모습이거나 주위 환경을 반영하는 것이었다.

일요일에 저는 집에 있었답니다. 유치원 다니는 딸이 손가방을 어깨에 메고 이것저것 쑤셔 넣으면서 "늦었어, 늦어. 저리 좀 비켜, 빨리. 늦는단 말이야. 어머니, 애 좀 봐 주세요" 하는 거예요. 제가 바쁘게 출근 준비할 때 쫓아다니며 귀찮게 하는 딸아이에게 하던 말투 그대로, 그리고 허둥지둥 손가방에 쑤셔 넣는 모습까지 어쩜 그렇게 똑같이 흉내낼 수 있을까요. 자식은 부모의 거울이라더니 정말 거울이에요, 거울.

출근할 때의 제 모습을 재현하는 딸을 통해 저 자신을 객관적으로 보게 되었답니다.

이렇게 자녀는 부모를 그대로 닮는다. 그러므로 자녀가 정직하기를 바라면 부모가 정직하게 사는 모습을 자녀에게 보여 주어야 한다.

저는 아들을 낳기 위해 딸 넷을 낳고 다섯 번째로 아들을 낳았습니다. 3대 독자인 남편과 아이들 그리고 아들만을 고집하시는 시어머님, 그 속에서 엉망으로 구겨진 저 자신을 봅니다. 저는 자라면서 이다음에 엄마가 되면 절대로 제 어머니 같은 엄마는 안 될 거라고 다짐을 했었습니다. 7남매가 아니라 열 명의 아이들이 득실거려도.

공무원이셨던 아버님은 선비같이 조용하시고 어질고 착하셨습니다. 제 눈에 비친 어머니는 깔끔하고 완벽하셨으며, 여장부셨고 호랑이셨습니다. 아버님도, 우리 7남매도 어머니 앞에선 꼼짝 못했습니다. 어머니가 계시면 숨쉬는 것조차 조심스러웠습니다. 7남매의 맏이인 저는 항상 바삐 일했으나 욕심 많으신 어머니는 만족해하지 않으셨습니다. 저는 이다음에 엄마가 되면 지혜롭고 어질게, 그리고 부드럽고 포근하게, 특히 일이 많은 큰아이에겐 더욱더 다독거리며 고마운 친구같이 살아야지 하는 다짐을 수없이 했습니다.

그런데 현재의 제 모습은 과거에 제가 가장 싫어하고 혐오했던 어머니 모습 그대로입니다. 다른 점이 있다면 시어머님이 계셔서 조금은 조심하려고 하는 것뿐입니다.

제 어머니가 저와 형제들에게 거침없이 하셨던 그 수많은 말들을 저도 똑같이 제 아이들에게 쏟아붓고 있습니다. 여덟 식구 뒷바라지로 하루 종일 허덕이며 쌓였던 감정들을 몽땅 쏟아 붓고 나면 후련해지기 때문입니다. 그동안 참 많은 죄를 지었습니다. 특히 저를 가장 많이 도와주는, 이제 초등학교 6학년인 큰딸에게. 이게 내력인지 혈통인지, 모르겠습니다.

이 교육을 받기 시작하면서부터 입만 열었다 하면 쏟아져 나오려는, 아이들의 말문을 닫게 하는 말을 사용하지 않으려고 애를 써도 그 습관을 고치기가 너무나 어려웠습니다. 그래서 3주째인 오늘까지 몇 번을 포기했다 시작하고, 포기했다 다시 시작했는지 모릅니다. 그렇지만 끝까지 해 보겠습니다. 이 교육을 열 번 스무 번 받는 한이 있더라도 제가 되고 싶었던 어머니가 되기 위해서 말입니다. 지금도 저는 제 어머니를 사랑하면서도 미워합니다. 어머니께 받은 깊고 큰 상처가 아직도 아물지 않은 채 남아 있기 때문인가 봅니다. 그것은 표현할 수 없는 고통입니다. 그러기에 저는 제 아이들을 사랑하면서 또 아이들에게 사랑받는 어머니로 남고 싶습니다. 그렇게 되도록 끊임없이 노력할 것입니다.

지금 돌이켜 생각해 보아도 제 어머니를 이해는 하지만 좋아할 수는 없으며, 존경하는 마음도 전혀 생기지 않습니다.

위 사례는 부모가 자녀의 모범이 되는 일이 얼마나 어려운지를 깨닫게 해 주는 또 한 번의 계기가 되었다. 자녀는 부모가 원하는 대로 성장하는 것이 아니라 부모가 행동하는 대로 닮는다고 한다.

다음의 시는 우리를 생각하게 한다.

엄마·아빠가 같이 읽는 시

지난날 우리에겐 아이가 탄생했어요.
평범한 출생이었죠.
이일저일 바빴고, 치러야 할 고지서도

많았기에 내 아이는 내가 없는 사이에

걸음마를 배웠고,

나도 모르는 사이 말을 배워

나는 아버지같이 되겠어요, 아버지.

꼭 아버지를 닮을 거예요.

언제 오세요, 아버지.

글쎄다.

하지만 함께 보게 될 때는

즐거운 시간을 갖게 되겠지.

내 아들이 지난달 열 살이 되었군요.

공 사 주서서 참 고마워요.

아버지, 함께 놀아요.

공 던지기 좀 가르쳐 주세요.

오늘은 안 되겠다, 할 일이 많다.

아들은 괜찮아요 하며

밝은 웃음을 머금은 채 나갔다.

나는 아버지같이 될 거예요, 아시죠.

나는 아버지같이 될 거예요.

언제 오세요, 아버지.

글쎄다.

하지만 그때는 즐거운 시간을 갖자꾸나.

내 아들이 며칠 전 대학에서 돌아왔더군요.

사내답게 컸길래 나는 말했지요.
내 아들아 네가 정말 자랑스럽구나.
잠시 함께 앉아 있으려무나.
아들은 고개를 저으며 미소로 말하길
차 열쇠 좀 빌릴 수 있을까요?
이따 봐요.
언제 돌아오니, 아들아.
글쎄요.
하지만 그때 함께 좋은 시간을 갖도록 하죠.

나는 은퇴한 지 오래이고,
아들은 이사를 나갔죠.
지난달 아들에게 전화를 해서
괜찮다면 한번 볼 수 있겠니?
그러고 싶어요, 아버지 – 시간만 낼 수 있다면요.
새 직장 때문에 바쁘고,
애들은 감기에 걸렸어요.
얘기하게 되어 반가워요, 아버지.
전화를 끊고 나자 선뜻 깨닫게 된 것은
내 아들이 나랑 똑같이 컸다는 것.
내 아들이 꼭 나와 같다는 것.
언제 집에 오니, 아들아.
글쎄요.

하지만 그때는 즐거운 시간을 갖도록 하죠.
아버지.

- 작가 미상 -

아빠, 나 아빠 사랑해

부모와 자녀가 어떤 일로 서로 의견이나 생각이 다를 때, 즉 서로의 가치관이 다를 때 잘 해결되지 않으면 지금까지 이루어졌던 부모와 자녀와의 따뜻한 관계가 쉽게 깨질 수 있다.

몇 년 전, 모 아파트 옥상에서 한 청년이 투신자살을 했다. 그 청년은 그날 선을 보기로 약속되어 있었다. 그러나 선볼 상대는 본인이 결혼 상대로 선택한 사람이 아닌, 부모가 억지로 정해 준 상대였다. 청년은 부모의 강요에 의해 욕구가 좌절되었다. 그렇다고 해서 부모를 설득하여 자신의 생각을 관철시킬 힘도 없었고, 또 자기가 원하는 사람 이외의 다른 사람과 결혼할 생각도 없었다. 결국 청년은 죽음으로써 자신의 주장을 표현할 수밖에 없었다. 이렇게 부모와 자녀 간의 가치 충돌은 어느 한쪽을 죽음으로 몰아갈 수도 있다. 그러므로 서로의 가치 충돌을 해결하는 능력은 어렸을 때부터 키워야 한다.

서로 다른 가치관을 해결하는 데 가장 큰 영향력을 끼칠 수 있는 방법의 하나는 부모가 모범적인 행동 유형을 자녀에게 제시하는 것이다. 이에 관한 사례를 몇 가지 소개하고자 한다. 50대 중반의 한 어머니의 체험은 이러했다.

저는 집에서 친구들과 모였을 때 화투를 했습니다. 그것이 건전하고 바람직한 것은 아니라고 생각했기 때문에 아이들이 배울까 봐 저는 아이들 앞에서 조심했습니다. 제가 조심스러워하니까 친구들이 우리 집에서 할 때는 거실에서 하다가도 초인종 소리가 나면 얼른 싸안고 "야, 야, 이 집 화투 시어머니 오신다" 하면서 안방으로 들어갔습니다. 그래서 아이들은 저희들이 화투하는 모습을 거의 볼 기회가 없었고 저는 우리 아이들은 화투 그림을 봐도 뭔지 모르리라고 생각했습니다.

큰딸이 고등학교 1학년 때였습니다. 명절날 형제들이 모여 오랜만에 편을 짜서 화투를 했습니다. 그때 제 뒤에서 '그건 지금 내면 안 되고 저건 끝까지 내주지 마세요' 하면서 가르치는 사람은 큰딸이었습니다. 화투 그림조차 모르리라고 생각했던 것은 단지 제 희망일 뿐이었습니다.

그 다음날 딸이 집에 있는 시간에 집 안 구석구석을 뒤져서 화투를 모두 태워 버렸습니다. 그때 저는 부모가 아이들에게 완벽하게 숨기면 아이들도 부모에게 완벽하게 숨긴다는 것을 알았습니다.

제 아들은 중학교 3학년입니다. 저는 요즘 아들에게 할 말이 많은데 어떻게 말해야 할지 막막합니다. 연락도 없이 늦게 들어오는 아들에게 예전 같으면 왜 늦었느냐, 전화도 못하느냐, 시계도 볼 줄 모르느냐, 너 때문에 엄마 애간장이 다 탄다 등등 이런 여러 가지 답답한 말을 나오는 대로 마구 해댔을 텐데 나 자신을 달래고 달래서 조용하게 말했습니다.

"네가 연락 없이 늦으니까 엄마는 불안하고 걱정이 됐단다. 혹시 무슨 일이 있는 건 아닌가, 깡패한테 잡혀 갔으면 어떡하나. 이런 생각이 들면 가슴이 두근거려서 일이 손에 잡히지 않아."

그런데 아들은 제가 기대하는 대로 "죄송해요, 어머니. 사실은 이러저러해서 늦었어요. 이제부터 열심히 공부하고요, 혹시 늦어지면 전화 꼭 할게요" 하며 감격적인 포옹을 하는 게 아니라, 나를 쓱 비켜 지나가며 들릴 듯 말듯 구시렁거리는 것이었어요.

"엄마는 괜히 걱정이야. 내가 뭐 한두 살 먹은 어린앤가. 애완용 새처럼 새장에만 갇혀 있어야 하나 ……."

감격적인 사과의 말을 한다고 해도 꾹꾹 참은 화가 풀릴까 말까 한데 구시렁거리기까지 하니 화를 걷잡을 수가 없더라고요. 그렇다고 사정없이 소리치자니 배운 게 있어서 그럴 수도 없었어요. 그래서 요즘은 머리가 아파요. 앞으로 '나' 표현방법을 연습해 두었다가 기회를 봐서 차근차근 얘기하려고 합니다.

그런데 사실은 걱정이 됩니다. 제가 제 친정어머니께 구시렁거리는 것을 아들이 여러 번 보았거든요. 칠십이 다 되신 친정어머니는 우리 집에 오시면 우선 걱정부터 늘어놓으셔요. 냉장고 속이 이게 뭐냐, 네 시어머님이 보시면 나더러 뭐라시겠냐, 화분에 물은 언제 주었느냐, 요전에 전화 안 받던데 어디 갔었느냐, 여자가 살림

안 하고 맨날 무슨 볼일이 그리 많으냐 등등 끝이 없어요. 옛날에는 말대꾸를 참 많이 했는데 이젠 그럴 수도 없잖아요. 처음 몇 번은 적극적으로 경청도 해 보고 해명하기도 했지요. 그러다가 말대꾸 대신에 혼자서 구시렁거리게 돼요.

"이제 그만 좀 걱정하시지. 내가 뭐 한두 살 먹은 어린앤가. 난 뭐 아무 데도 안 가고 갇혀 살아야만 하나……."

제가 만일 아들이 구시렁거리는 데 대해 아무리 모범적인 '나' 표현을 한다고 해도 "엄마도 외할머니께 맨날 그렇게 하시잖아요"라고 하면 할 말이 없지요. 그렇다고 "할머니는 내게 화나게 하는 말만 하시니까 나는 그럴 수밖에 없지만 내가 네게 화나게 하는 말을 하지 않았는데 왜 구시렁거리느냐?"라고 할 수도 없지요. 오늘은 꼭 배워 가야 해요, 제가 아들에게 어떤 말을 해야 좋을지를요.

위의 두 어머니가 지닌 궁금증에 대한 해답은 다음 사례에서 배우게 될 것이다. 두 딸을 둔 아버지의 체험이다.

제게는 초등학교 1학년과 유치원 다니는 두 딸이 있습니다. 모든 아빠가 그렇듯이 저도 전부터 정말 좋은 아빠가 되어야겠다고 생각해 왔고, 또 아이들이 질문을 하면 '아무리 바빠도 친절하고 상냥하게 이해시키리라. 아이들이 어려도 신사 숙녀처럼 대해 주리라' 다짐하며 좋은 아빠가 되는 행복한 꿈을 꾸곤 했습니다. 드디어 아빠가 되었고 교육할 수 있는 기회가 왔습니다. 우윳병을 들고 우유를 마시던 아이가 우유를 방바닥에 쏟으며 좋아하는 것이었습니다.

"유진아, 우유 쏟지 마. 먹는 음식을 쏟으면 안 되는 거야."

잠시 후에 아이는 또 쏟았습니다.

"하지 말라니까. 아빠가 안 된다고 했지?"

잠시 후에 또 쏟았습니다.

"하지 말라고 했잖아. 한 번만 더 해 봐라, 혼내 줄 거야."

그러나 아이는 또 쏟았습니다. 참는 데도 한계가 있죠. 때렸습니다. 저의 자녀교육은 이렇게 시작되었습니다. 이래라저래라 명령하는 것 외에도 훈계, 해결방법 제시 등 대화에 방해되는 말과 힘을 사용했습니다.

"자, 숙제 도와줄게. 오늘 숙제는 뭐지? 자, 우선 자세부터 똑바로 해야지, 바르게 앉아. 연필은 한쪽만 깎지, 왜 위아래를 다 깎았어? 노트가 이게 뭐야? 글씨는 또박또박 써야지, 이건 다시 써. 아니, 이건 왜 틀렸어? 이렇게 쉬운 것도 틀려! 수업시간에 선생님 설명 안 듣고 뭐했어?"

아이는 내가 짜증을 내고 큰 소리치면 겁에 질려 더듬거렸고 그럴수록 저는 실망과 울분으로 아이를 닦달했습니다. 저는 원망스러웠습니다. 어쩌다 저런 애를 낳았을까, 아내는 애를 왜 저 모양으로 키웠을까. 나와 딸의 관계는 엉망이 되었습니다. 그나마 희망이 보이면 몇 대 때리고, 암담하면 아예 "네가 알아서 해" 하고 포기하며 옆으로 밀어 버렸습니다. 거기다 아내까지 끼어들 때는 온 집안이 뒤죽박죽이 되어 버립니다. 그러던 어느 날 전 깜짝 놀랐습니다. 큰 애가 작은애를 무릎 꿇게 하고 야단치고 있었습니다.

"너는 언니 말을 들어야 해, 안 들어야 해? 언니가 공부하는 데 방해해야 돼, 안 해야 돼? 잘못했어, 안 했어? 매를 맞아야 돼, 안 맞아야 돼? 몇 대 맞아야 돼?”

제가 큰아이에게 하는 것과 너무나 똑같았습니다. 어떻게 해야 좋은 아빠가 되는 건지 참으로 암담했습니다. 그 후 이 교육을 받게 되었고 비로소 모든 잘못은 아내도 아니고 아이도 아닌 바로 제 자신에게 있다는 것을 알았습니다. 저는 크게 깨달은 대로 아이들에게 사과했습니다.

“그동안 아빠는 나쁜 아빠였다. 좋은 아빠가 되도록 노력할게.”

이 대화방법은 제게 신선한 충격을 주었습니다. 이제까지 가장 효과적이고 완전한 방법이라고 생각했던 것은 거의가 ‘어떻게 완벽하게 아빠 역할에 실패할 수 있나’ 하는 것이었음을 알게 되었습니다. 그 후 문제가 있을 때마다 아이들의 마음을 읽고 나를 표현하는 방법으로 대화를 풀어 나갔습니다. 문제 해결에 초점을 맞추지 않고 자녀의 자존심을 존중해 주고 좋은 관계를 유지하려 애썼습니다. 문제를 만나면 서로가 성장할 수 있는 기회로 만들기 위해서 먼저 자녀를 인격체로 대해 주었습니다. 그러자 문제는 자연히 쉽게 풀렸습니다. 이제는 문제를 만나도 두렵지 않고 오히려 성장할 수 있는 기회가 왔구나 하고 기쁜 마음으로 문제를 대면하게 됩니다.

얼마 전의 일입니다. 퇴근하여 차를 주차시키고 내리는데 큰아이가 쪼르르 달려와 “아빠!” 하고 부르며 제 품에 안겼습니다. 아이는 30분 전부터 기다렸다고 했습니다. 처음 있는 일이라 정말 기뻤습니다. 그런데 싸늘한 늦가을 저녁 공기를 맞으며 어둑어둑한 이곳에서 30분을 기다리다니, 뭔가 문제가 있구나 하는 생각이 들어 아이의 마음을 헤아려 보았습니다.

"유진이 표정이 아빠한테 뭔가 얘기하고 싶은 것 같은데……."

"아빠, 엄마가 나를 막 때렸어."

딸아이는 대답과 함께 울음을 터뜨렸습니다.

내용은 이러했습니다. 동생과 함께 동생 방에서 장난감을 가지고 놀다가 다투었답니다. 동생이 언니에게 자기 방이니 나가라고 해서 언니는 나왔고, 혼자 놀다 심심한 동생은 언니 방에 와서 "언니야, 같이 놀자"고 했답니다. 그러나 화가 나 있던 언니가 "여기는 왜 왔니?" 하고 대꾸하자 동생은 나갔고, 다시 언니가 동생 방에 있는 피아노를 치러 가자 다투기 시작했답니다. 동생은 "여기 왜 왔어, 나가"라고 소리 질렀고 언니는 "방은 네 방이지만 피아노는 내 거야. 난 피아노 치러 온 거야"라고 대꾸했습니다. 이렇게 서로 다투다가 언니가 동생을 발로 찼답니다. 동생은 울면서 엄마에게로 갔고 엄마는 동생의 이야기를 듣고는 "너 이리 와. 왜 동생을 발로 찼어?" 하면서 큰딸을 때렸답니다.

예전의 저였다면 싸운 내용을 들으면서 또 화를 냈을 겁니다. 그리고 큰애가 얘기하는 중간중간 화를 돋우는 말을 해서 큰아이를 답답하게 했을 텐데, 그날은 딸아이가 속마음을 다 털어놓도록 애썼습니다. 금세 밝아진 큰아이와 현관문을 들어서는 순간 작은애가 뛰어나오며 통곡을 했습니다.

"아빠! 언니가 발로 찼어."

저는 두 아이를 데리고 안방으로 갔습니다. 작은애의 못다 한 얘기를 들었습니다. 두 아이는 아빠가 누구에게 승리의 팔을 들어 줄 것인지 긴장하고 있었습니다. 저는 말했습니다.

"아빠가 곰곰이 생각해 보니까 너희들 둘 다 잘못이 없어. 아빠가 잘못했어."

그러자 예민한 작은애가 물었습니다.

"아빠가 뭘 잘못했어요?"

"아이들은 때로 실수할 수 있거든. 언니가 어려서 실수했을 때 아빠가 괜찮다고 너그럽게 용서해 주었다면 언니도 수진이가 실수했을 때 괜찮다고 용서해 줄 수 있었을 텐데, 아빠는 언니가 어렸을 때 실수하면 야단치면서 때려 주었거든. 언니는 아빠한테 배워서 동생이 실수하니까 야단치고 때린 거야. 그러니까 아빠 잘못이지. 아빠가 잘못했어. 미안해. 아빠를 용서해 줄 수 있겠니?"

두 아이는 눈물 가득한 눈으로 저를 쳐다보며 고개를 끄덕였습니다. 수진이에게 "지금도 언니가 미워?" 하고 물었습니다.

"아니요."

유진이에게도 같은 질문을 했습니다.

"아니요."

"그러면 사이좋은 자매는 어떻게 하지?"

"언니, 미안해."

"나도, 미안해."

두 아이는 꼭 껴안았습니다.

저는 그날 두 아이를 데리고 나가

서 아빠 잘못을 용서해 준 기념으로 선물을 사 주었습니다. 문방구에서 예쁜 그림이 그려진 노트를 한 권씩 산 후 승강기를 기다리고 있을 때 큰딸 유진이가 "아빠, 귀 좀요" 하면서 제게 할 말이 있다는 표정이었습니다. 고개를 숙여 유진이 가까이 갔더니 제 귀에 속삭였습니다.

"아빠, 나 아빠 사랑해요."

아! 그때의 감동. 전 잊을 수가 없어요.

이 교육은 훈련이라고 했습니다. 그러나 저는 이 교육이 기술이나 훈련이 아니고 예술이라고 생각합니다. 인간성 자체를 변화시키는 굉장한 그 무엇, 즉 신앙적인 차원이라고 생각합니다. 제 체험 발표가 여러분의 남편이 이 훈련을 받게 되는 데 도움이 되었으면 합니다. 제 아내도 꼭 받도록 하겠습니다. 자녀는 부모가 함께 받쳐 주어야 건강하게 성장한다고 믿기 때문입니다.

자세를 한껏 낮춘 아버지의 귀에 발뒤꿈치를 들고 사랑을 속삭이는 작은 숙녀와 감격해 하는 아버지의 모습은 참가자들의 마음에 오래도록 남으리라.

용서는 가정에서부터 배워야 하는 것이 아닐까. 부모에게 용서받는 사람이 형제와 이웃을 용서하게 될 것이다. 이론으로 배우는 용서가 아니라 행동으로 배우는 용서라야 그것을 실천할 수 있으리라. 부모인 나는 자녀와 이웃에게 어떻게 용서하는 모습을 보여 주고 있는지 생각하게 된다.

사랑이란 이름의 독선

때때로 내가 좌절감에 빠질 때마다 어느 작가의 이야기는 나를 추스르는 데 큰 힘이 되곤 한다.

미국의 여류 작가 델마 톰슨의 남편은 군인이었다. 그녀의 남편은 전쟁 중에 사막 근처의 육군훈련소에 배속되었고, 델마 톰슨 역시 사막 근처의 오두막집에 살게 되었다. 그곳은 섭씨 46°C를 오르내리는 무더위로 견디기 어려웠고, 바람에 날리는 모래가 음식에 섞이기 일쑤였다. 그녀는 몹시 괴로웠다. 말 상대자는 멕시코 사람과 인디언뿐 영어가 전혀 통하지 않았다. 그녀는 부모님께 편지를 썼다. "도저히 견딜 수 없으므로 집으로 돌아가겠다. 이런 곳보다는 차라리 형무소가 낫겠다"고 호소했다. 편지를 받아 본 아버지는 단 두 줄의 회답을 보냈다.

"두 사나이가 형무소에서 창밖을 바라보았다. 한 사람은 흙탕을, 다른 한 사람은 별을 보았다."

이 두 줄의 글이 그녀를 작가로 만드는 주춧돌이 되었다. 그 후로 그녀는 현재의 상태에서 항상 좋은 것만을 찾았다. 도저히 견딜수 없는 그곳에서 그녀는 반짝이는 별을 찾았고, 그것을 소재로 《빛나는 성벽》이라는 소설을 썼다. 모든 것은 그대로였지만 훌륭한 상담자의 역할을 한 아버지로 인해 그녀의 마음이 변화되었기 때문이다. 그녀는 유명 작가가 된 후 이러한 말을 남겼다.

"나는 나 자신이 만든 감옥의 창을 통해서 별을 찾을 수 있었습니다."

자녀가 부모에게 상담을 의뢰해 올 때 부모는 준비되어 있어야 한다. 그러기 위해선 우선 자녀의 고민을 평가하거나 비판, 훈계, 설득하기 이전에 자녀의 입장에서 잘 들어 주어야 한다. 먼저 들어준 후에 부모의 준비된 지혜로움으로 안내해 준다. 때로는 변화하려 하지 않는 자녀의 생각도 받아들일 각오가 되어 있어야 한다.

다음 사례들을 통해서도 생각하게 된다.

그날은 학교에서 정리해야 할 일이 밀려 있어 평소보다 좀 늦게 퇴근하는 길이었습니다. 저는 일주일 전에 전학 온 경수를 만났습니다.

"선생님, 지금 퇴근하세요? 안녕히 가세요. 아, 참! 애, 경철아, 이리 와. 선생님, 애는 제 동생이에요. 경철아, 우리 반 담임 선생님이셔. 인사 드려."

아파트 단지 안에서 동생과 자전거를 타고 있던 경수는 예의바르게 인사하고 동생과 옆집에 사는 아이까지 인사하도록 했습니다. 아직 경수를 잘 모르는 상태였지만 저는 인사성 바른 경수를 보면서 감탄스러웠습니다. 초등학교 3학년인 경수는 겉으로는 5학년 정도의 큰 체격과 환한 외모를 지녔습니다.

서울에서 살다가 의사인 아버지가 이곳 인천으로 전근해 왔기 때문에 전학 온 학생이었습니다. 저는 제 아이들과 경수를 비교하면서 집에서 차분히 교육시키지 못한 아쉬움과 자책감 등 여러 가지 감정이 어지럽게 교차되었습니다. 아무튼 경수의 부모님이 존경스럽고 부러웠습니다. 그 일이 있은 후, 발표력도 뛰어나고 예의바른 경수를 날마다 만나는 것이 기분 좋은 일이 되었습니다. 경수는 혼자 있기를 좋아하는 것 같아 보였습니다.

일주일이 지난 어느 주말이었습니다. 경수는 청소 당번이었습니다. 그날은 왠지 교실 주위가 묘한 긴장감에 휩싸인 듯했습니다. 아이들이 여기저기서 술렁대었고, 청소를 하고 있는 경수는 태연하려 했으나 언뜻언뜻 불안감이 스치는 모습이었습니다.

"경수야, 청소 빨리 하고 나와!"

누군가 날카롭게 교실 안을 향해 외쳤습니다. 저는 경수를 부른 그 아이를 불렀습니다. 왜 경수를 부르는지 이유를 물었더니 아무 일도 아니라고 버티다가 결국 털어놓았습니다. 지금 몇 명이 교문 앞에서 경수가 나오기를 기다리고 있다는 것입니다.

그동안 경수는 자기 마음에 들지 않는 아이들을 선생님 몰래 데려다가 욕하고 때린 후에 선생님이나 부모님께 일러바치면 가만두지 않겠다고 으름장을 놓았답니다. 맞은 아이들은 혼자 힘으로는 대항할 수 없기 때문에 모여서 경수를 혼내 주기로 했답니다. 저는 정말 깜짝 놀랐고 실망도 컸습니다. 어떻게 경수가 그럴 수 있을까? 남달리 예의바른 경수가 왜 다른 아이들을 괴롭힐까? 어떤 방법으로 이 문제를 해결할까? 저는 암담하면서도 한편으로는 배운 대로 하면 될 것 같은 희망을 가져 보았습니다. 교문에서 경수를 기다리고 있는 아이들을 교실로 불렀더니 20명 정도 되었습니다. 자연스럽게 서로 토론할 수 있도록 이끌었습니다.

아이들은 저마다 억울한 사연을 털어놓았습니다. 경수 옆을 지나다가 팔뚝을 건드려서 맞은 아이, 하나밖에 없는 볼펜을 빌려 달라기에 거절했다가 맞은 아이, 말을 걸었다가 귀찮게 한다고 맞은 아이……. 아이들은 자기 기분에 맞지 않으면 무조건 무시하고 때리는 경수를, 무엇이든 자기 마음대로 했던 폭군 네로 황제 같다고 입을 모았습니다.

경수도 자신의 생각을 털어놓았습니다. 자기를 귀찮게 하거나 자기 마음에 들지 않을 때 욕하고 때리는 것이 무슨 잘못이냐고 했습니다. 아이들과 경수가 나눈 대화 중에 저를 놀라게 한 내용은 이러했습니다.

학생 1 너는 감정도 없니? 네가 아무 잘못이 없을 때 다른 사람이 욕하면 기분이 좋아?

경수 난 감정이 없어. 욕하더라도 내가 잘못이 없으면 욕하거나 말거나 상관없어.

학생 2 너는 엄마가 맛있는 햄버거를 해 준다고 하시고는 맛없는 햄버거를 주셔도 괜찮니?

 맛이 있으면 먹고 맛이 없으면 안 먹으면 되지, 그게 뭐가 문제야?

 선생님, 경수는 불쌍해요. 욕을 들어도 아무렇지 않고 감정이 없으니 정말 불쌍해요. 이제부터 일부러 욕도 하고 때려 보기도 하고 사랑의 마음도 표현하면서 감정이 생길 때까지 도와줘야겠어요.

 좋은 생각이에요. 우리들이 도와주어야겠어요. 그리고 선생님, 이렇게 마음을 터놓고 얘기하니까 후련해요. 앞으로 이런 시간 자주 가졌으면 좋겠어요.

저도 아이들의 이야기를 듣고 제 생각을 말했습니다.

"모두들 솔직하게 얘기해 줘서 정말 고맙다. 난 너희들이 자랑스러워. 너희들의 좋은 의견에 선생님도 그대로 따를 거야. 특히 앞으로 경수를 도와주겠다는 너희들의 생각에 감탄하고 있어. 너희들 모두에게 박수를 보내고 싶어."

누가 시작했는지 우리는 모두 박수를 쳤습니다. 전 그날 아이들에게서 많은 감동을 받았습니다. 비록 아이들이 서로 나눈 이야기는 어설프고 두서가 없었지만 나름대로 자신들의 속마음을 털어놓고 상대방을 이해하려고 노력하는 걸 보면서 여느 어른들의 토론에서보다 더 많은 것을 느꼈습니다. 우리 반 아이들이 그렇게 멋있을 수가 없었어요. 그 이상의 결론을 내릴 수 없었다고 봅니다. 제가 이런 교육을 받지 않았다면 그 상황에서 "왜 싸워? 다 엎드려. 너는 무릎 꿇고, 네가 잘못했어. 아무리 한 사람이 잘못했어도 20대 1이 뭐야? 너희들 5시까지 팔 들고 서 있어" 하고 말했을 것입니다.

선생님의 지시나 명령, 훈계 없이 자기들의 토론 과정에서 팽팽한 갈등이 깨끗이 끝나자 학생들은 만족감에 흥분한 것 같았습니다. 모두가 환하게 상기된 모습이었습니다. 그 후 경수 주위에는 차츰 친구들이 모이기 시작했습니다. 경수는 친구들이 자기에게 잘 대해 줘서 학교생활이 즐겁다고 했습니다. 저도 무더운 여름방학 내내 공부한 보람을 찾을 수 있었고, 교직에 대한 새로운 애정도 갖게 되었습니다.

서로 다른 의견은 자연스런 토론 과정에서 해결되기도 한다. 경수의 친구들은 변할 수 없는 경수의 생각을 금방 변화시키려고 조급하게 굴지 않았을 뿐만 아니라 경수의 생각이 변화될 때까지 도와주고자 했다. 상대방의 생각이 자신과 다르다고 비난하거나 나무라지 않고 '아, 경수는 그런 생각 때문에 그런 행동을 할 수밖에 없었구나' 하고 수용하여 도와주려고 했다. 그날 그 자리에서 경수의 생각을 변화시킬 수는 없었지만 경수는 차츰 변하기 시작했다. 어린 학생들이 가치관이 충돌했을 때 얼마나 순수하게 풀어 가는지 어른들은 본받아야 할 것이다.

서울 서초동에 사는 도현이 어머니는 교육을 받기 시작하면서 다음과 같은 답답함을 털어놓았다.

제 아들은 고등학교 1학년입니다. 저는 아들이 잠시 쉬거나 공놀이하는 것을 보면 숨이 막힐 것 같습니다. 학년 전체에서 2, 3등 하는데 그 노는 시간까지 공부하면 틀림없이 1등을 할 수 있을 거예요. 제 아들은 과학을 좋아해요. 저는 의사가 되기를 원하는데 제 아들은 전자공학을 하겠다고 해요. 과학경시대회에서도 큰 상을 여러 번 받았어요. 작년엔 과학고등학교에 시험 본다는 걸 말렸더니 합격자 발표하던 날 방문을 잠그고 통곡을 하더군요. 겨우 달랬습니다. 아직은 어려서 잘 모르겠지만 의사가 된 다음에는 틀림없이 엄마에게 고마워할 것이라고 말해 주곤 합니다.

그런데 문제는 얼마 전 친구에게, 엄마가 있는 집에 들어가면 갑갑해서 숨이 막힐 것 같다고 얘기했다는 거예요. 저는 이해할 수가 없었어요. 제 생활의 모든 것을 희생하고 오로지 그 애만을 위해서 살아 왔는데 그런 말을 듣다니요. 먹을 것, 입을 것, 공부할 것, 무엇 하나 부족함 없이 다 해 주었는데 뭐가 모자라 답답하다는 건지 전 도대체 알 수가 없어요.

답답함을 호소했던 도현이 어머니였지만 이 교육이 끝나는 날 자신의 소감을 이렇게 털어놓았다.

"이제 알겠어요. 제가 얼마나 독선적이었고 아이를 숨이 막히도록 갑갑하게 했는지를요. 그동안 저는 제 아들이 원하는 것은 거들떠보지도 않고 무시했어요. 제가 원하는 것만 중요하게 생각했습니다. 아들의 생각은 언제나 불안하게 여겨졌고 제 판단만 옳다고 확신하고 있었습니다. 제가 가르쳐 주고 이끌어 주지 않으면 잘못될 것만 같았습니다. 이제 아들이 과학고등학교 합격자 발표하던 날 흐느끼던 고통을, 그 큰 좌절과 절망을 조금이나마 알 것 같습니다. 이 교육을 통해서 부모는 아이에게 부모의 뜻에 따라 줄 것을 강요할 것이 아니라 부모가 아이의 뜻을 이루도록 도와주어야 한다는 것을 깨달았습니다. 도현이의 대학 진학문제도 제가 원하는 의과대학이 아니라 아들이 원하는 전자공학과에 진학하도록 도와줄 것입니다."

도현이가 어머니의 뜻에 희생되어 구석에 몰려 있을 때 도현이를 도와줄 수 있는 사람은 아버지일 것이다. 그런데 아버지는 바쁘다는 이유로 자녀교육에 무관심하다. 도현이가 좁고 답답한 틀 속에서 자신의 이상과 꿈이 짓밟힌 채 몸부림 칠 때, 아버지는 과연 어디에 있었는가. 도현이가 날개를 접힌 채 퍼덕거릴 힘조차 다 빠져 버렸을 때에야 비로소 관심을 갖는다면 너무 늦지 않을지.

중학교 2학년인 제 딸은 자기를 부를 때 "해원아!" 하지 말고 "우리 해원아!", "우리 해원이 왔구나", "우리 해원이, 배고프지?" 하고 '우리' 자를 붙여서 부르라고 해요. 그런데 저는 그게 안 돼요. 순하고 착한 동생에 비해 심술이 많은 언니인 해원이에게 '우리'라는 말이 선뜻 안 나와요. 그리고 그렇게 부르고 싶지도 않아요. 억지로라도 해 보려고 하지만 안 돼요.

자녀에 대한 사랑이 미움으로 굳어져 버린 어머니의 마음을 여는 일 또한 쉽지 않다. 해원이 어머니의 고백은 우리에게 많은 걸 생각하게 한다.

누군가가 "행복은 대개의 경우 쾌락은 아니다. 그것은 대체로 승리인 것이다"라고 말했다 행복을 얻기 위해서는 승리해야 한다. 그것도 자신과의 싸움에서. 자신과의 싸움은 가장 어려우면서도 또한 가장 쉬운 일이 아닌가. 말을 할 수 있는 사람이라면 '우리'라는 단어를 말로 표현하는 것은 얼마나 쉽고 간단한가. 가정에 행복을 실어다 주는 사랑의 가교가 된다는 데도 할 수 없다면 누가 어떻게 무슨 수로 해원이 어머니를 도울 수 있겠는가. "아! 나에게 눈 뜨고 세상을 볼 수 있는 날이 3일만 주어지기를!" 하고 절규한 헬렌 켈러의 말이 도움이 될까?

우리는 매 순간마다 일어나는 갈등들을 떨쳐 버릴 수는 없어도 갈등을 해결하고자 하는 마음으로 바꿀 것인지 아닌지는 선택할 수 있다. 그러나 그것은 자신 이외의 누구도 그에게 강요할 수는 없다.

차라리 귀신을 속여라

한국지역사회교육서울협의회에서 《그날 엄마랑 마주 앉아》라는 조그만 책을 만들었다. 남녀 중학교 2학년 학생 약 1천1백 명에게 그들의 눈에 비친 어머니의 모습을 쓰게 하여 그 중 33명의 글을 뽑아 엮은 것이다. 아래의 글은 이 책에 실린 한 학생의 글이다.

나는 어렸을 때 대단한 말썽꾸러기에다 개구쟁이었다. 한번은 이런 일이 있었다. 내가 자전거를 타고 노는데 동네 한 꼬마가 아주 멋진 총을 갖고 왔다. 원래 잘 알던 아이라 총 좀 구경시켜 달라고 했더니 글쎄 나한테 반말을 막 하면서 안 된다는 것이었다. 그래도 나는 어린 마음에 한 번만 보겠다고 하면서 계속 졸랐다. 하지만 그 꼬마는 계속 자기 총만 자랑하면서 반말로 욕까지 하고 덤비기 시작했다. 그래서 나는 너무 화가 나서 그 아이를 밀고 도망갔다. 그런데 막 우는 소리가 들렸다. 다시 그 자리로 가 보았더니 그 아이가 넘어지면서 땅에 있던 돌부리에 부딪혀 얼굴에서 피가 흘렀다.

이것이 화근이었다. 그 꼬마네 엄마가 우리 집으로 찾아오고 우리 엄마는 어쩔 줄 몰라 죄송하다면서 연방 굽신거리고 ……. 나 때문에 남한테까지 그렇게 굽신거리는 엄마가 불쌍했다. 하지만 그날 밤 한마디의 꾸중도 듣지 않았다. 어머니는 꾸중은커녕 장난감까지 사 주셨다. 그때 나는 어머니의 사랑을 느꼈다. 정말 어머니의 은혜는 하늘보다 높고 바다보다 깊음을 느끼며 울던 기억이 난다. 그것이 아마 일곱 살 때의 일일 것이다.

그날 저녁 어머니가 아들에게 논리적으로 설득하거나 충고했다면, 경고와 비난의 말을 퍼부었다면, 일곱 살이었던 아들은 그날 밤을 어떻게 보냈을까. 어머니의 사랑을 느끼며 감동의 눈물을 흘릴 수 있었을까.

우리는 사람을 대할 때 그 사람의 과거를 읽을 수 있다. 사랑받고 자란 사람에게서는 사랑을, 너그러운 이해 속에서 자란 사람에게서는 너그러움을 느낄 수 있다.

따뜻하고 정겨운 추억을 지닌 사람은 얼마나 큰 행운인가. 그 추억이 부모님의 훌륭한 본보기에서 비롯된 것이라면 더욱더 큰 축복일 것이다. 향을 쌌던 종이에서는 향내가 나고 생선을 쌌던 종이에서는 비린내가 나듯이 사람에게 있어 과거는 참으로 중요한 부분이다. 그러므로 부모는 곤란한 문제나 갈등에 직면했을 때 자녀들의 훌륭한 본보기가 되어야 한다. 사소한 사건 하나하나를 신중한 자세로 해결하는 모습은 자녀들에게 소중한 추억으로 남을 것이다.

제 아들은 초등학교 6학년입니다. 지난 봄방학의 어느 날 아침이었습니다. 안방에 있던 남편이 아들에게 소리 질렀습니다.

"야! 종식아. 너 여기 화장대 위에 있던 돈 2천 원 가져갔지? 빨리 가져와."

"아뇨. 전 안 가져갔어요."

"거짓말하지 마! 오늘 아침 이 방에 들어온 사람은 너밖에 없어. 빨리 가져와."

남편은 아들과 실랑이를 벌이다 출근 시간 늦겠다고 서둘러 나가면서 제게 말했습니다.

"틀림없이 저 녀석이 가져갔단 말이야. 범인은 저 녀석이라고. 당신이 받았다는 그 교육방법 있잖아, 잘해 보라고."

남편은 옷을 갈아입기 위해 주머니에 있던 잔돈 6천 원을 화장대 위에 꺼내 놓고 화장실에 다녀왔는데 돈을 넣기 위해 봤더니 2천 원이 없어졌다는 것입니다. 저는 마음이 편치는 않았지만 남편의 뜻에 따르기로 했습니다. 그러나 막막했습니다. 아들이 저렇게 정색을 하며 아니라고 하는데 의심하여 돈 가져갔느냐고 물어보는 것이 조심스러웠습니다. 그렇다고 돈 2천 원 가지고 아들에게 일부러 뒤집어씌울 남편도 아니어서 난감했습니다. 저는 해결방법이 얼른 떠오르지 않아 부지런히 설거지를 하고 안방을 구석구석 청소했습니다. 혹시 어느 구석에 떨어져 있지 않나 살피면서요.

청소를 마치고 욕실에서 빨래를 하며 생각에 잠겨 있었습니다. 이럴 때 아이의 마음을 헤아려야 하나, 아니면 '나' 표현방법을 써야 하나? 어떤 방법으로 어떻게 해야 하나 생각하고 있었습니다.

그때 언뜻 이상한 예감에 촉각이 곤두섰습니다. 누군가 안방 문을 살그머니 여닫는 소리가 들렸습니다. 저희 집 아이들은 안방을 자유롭게 드나드는데 저렇게 조심스럽게 문을 여닫는 사람이 누굴까 몹시 궁금했습니다. 그때 아들의 우렁찬 목소리가 들렸습니다.

"엄마, 엄마! 빨리 이리 와 봐요. 빨리요."

저는 빨래하던 손을 급하게 씻고 물이 뚝뚝 떨어지는 손을 문지르며 아들이 부르는 안방으로 갔습니다.

"엄마, 아빠가 안방에서 돈 2천 원 잃어버렸다고 했지요? 여기 있잖아요, 여기. 화장대 옆에 떨어졌는데 아빠는 괜히 날 의심한단 말이야. 엄마, 여기 있어요."

자세히 설명을 늘어놓는 아들에게 자칫했으면 이렇게 다그쳤을 것입니다.

"야! 너는 엄마, 아빠를 뭘로 봐? 그렇게 바본 줄 알아? 조금 전에 엄마가 이 방 구석구석 청소하면서 다 찾아봤어. 날 속이려고? 너 정말 앞으로도 엄마, 아빠 속이고 이렇게 거짓말할 거야? 날 속이려면 차라리 귀신을 속여라, 귀신을. 날 속인다고? 어림없어."

저는 끝없이 솟아나는 마음 안의 불같은 감정들을 쏟아붓지 않고 침만 꿀꺽 삼켰습니다.

"그래? 으응, 여기 있었구나. 아빠가 꼼꼼히 찾아볼 시간이 없으셨나 보다. 엄마도 빨래 끝내고 찾아보려고 했는데. 사실은 엄마도 못 찾으면 어떡하나 걱정했는데 정말 고맙다. 아빠 오시면 말씀드릴게. 고마워!"

당당하던 아이가 쑥스럽고 어색한 듯 힘없이 방을 나갔습니다.

저는 떨떠름했습니다. 그냥 이대로 내가 바보가 되어야 하는지, 꼬치꼬치 캐묻고 따지고 이실직고하도록 만들어야 하는지, 저는 마음이 복잡했습니다. 퇴근한 남편에게 얘기했더니, 위임했으니 알아서 잘해 보라고 빙긋이 웃기만 했습니다.

다음날 오후에 저는 아이들을 불러 놓고 가족회의를 하자고 제안했습니다. 봄방학이 끝나고 새 학기가 시작되면 어떤 각오로 1년을 보낼 것인지 발표하기로 했습니다. 중학교 2학년인 큰딸은 생활계획표를 만들어서 꼭 실천하겠으며 군것질을 줄이고 엄마도 도와드리는 착한 딸이 되겠다고 했습니다. 초등학교 4학년인 막내딸은 시험지를 미루지 않고 그날그날 꼭 하겠으며, 피아노 연습도 짜증 내지 않고 할 것이며, 텔레비전도 어린이 프로만 보겠다고 했습니다. 입을 꼭 다물고 앉아 있던 종식이의 각오가 발표되는 순간이었습니다.

"저는 딱 한 가지예요. 정직한 사람이 되자. 이게 제 각오예요."

'어머나!' 저는 가슴이 내려앉았습니다. 그리고 뭉클했습니다. 저 녀석이 얼마나 괴롭고 답답했을까. 그런데 종식이의 표정은 후련한 듯 금방 밝아졌습니다. 저도 종식이와 같은 심정이 되는 듯했습니다. 저는 아들의 손을 꼬옥 잡았습니다. 아들도 손에 힘을 꼬옥 주었습니다. 생각하고, 기다리며 말한 보람이 있었습니다.

종식이는 세월이 흐른 뒤에 부모님을 회상하면서 동양화를 대하듯 아늑한 그리움에 미소 짓겠지. 초등학교 6학년생의 얄팍한 잔꾀에 바보처럼 속아 주신 어머니의 크신 포용력을 회상하면서 자신의 자녀들에게도 그런 여유로움을 가지고 문제를 해결하게 되겠지.

올해 대학생이 된 아들을 둔 한 수강자가 말했다.

제 아들이 초등학교 1, 2학년 무렵에 있었던 일입니다. 어느 날 아들은 남편의 양복 주머니에서 만 원짜리 한 장을 꺼내 갔습니다. 우연히 목격한 저는 모르는 척 아들의 행동을 살폈습니다. 밖에 나갔다 왔는데 무엇을 열심히 사 먹었는지 입 주위가 거뭇거뭇했습니다. 주머니에도 무엇인가 비밀스런 물건들이 그득해 보였습니다.
아들은 대문 근처에서 우물쭈물하다가 한쪽 구석에 잽싸게 땅을 파고 천 원짜리 몇 장인가를 묻었습니다. 저는 현장을 덮쳐 꼼짝없는 현장 물증으로 훔친 사실을 자백받고 싶었습니다. 참는 데 정말 힘이 들었습니다. 저는 순간 제 친정어머니 생각이 났습니다. 약삭

빠른 저에게 항상 속아 주시던 어머니 생각에 저도 바보가 되기로 했습니다. 다음날 저는 아들을 불렀습니다.

"재원아! 너 용돈 필요하지? 엄마는 네가 아직 어리다고 용돈 줄 생각을 못했어. 이제부터 용돈을 줄게. 이 돈으로 쓰다가 모자라거나 꼭 더 쓸 데가 있으면 얘기해. 엄마가 더 줄게."

"아, 아뇨. 괜찮아요, 괜찮은데……."

아이는 얼굴이 벌개지면서 엉거주춤 돈을 받았습니다. 그 후에 아들의 그런 행동은 다시는 볼 수가 없었습니다. 그런데 얼마 전 대학생이 된 아들과 그 얘기를 나눌 기회가 있었습니다.

"재원아, 엄마가 너 어렸을 적 비밀 하나를 알고 있는데 얘기해도 될까?"

"뭔데요, 어머니?"

"으응, 어느 날 네가 아버지 ……(중략)…… 그러더니 대문 앞에 땅을 파서 돈을 묻더라고."

"…… 어? 어머니 아셨어요? 전 아무도 모르는 줄 알았는데. 그래서 그 다음날 용돈을 주셨군요. 긴가민가했는데……."

아들이 눈을 껌벅이며 제 손을 잡더라고요. 제 아들도 아마 아버지가 되었을 때 제가 했던 방법으로, 아이들을 닦달하지 않고 교육하리라 생각합니다. 저의 친정어머니가 살짝살짝 하는 저의 거짓말을 진실처럼 들어 주시고 이해해 주셨던 것처럼 말입니다.

대개의 부모들은 이런 추억을 간직하고 있으리라. 지금은 대학생인 우리 집 작은아들이 초등학교 2학년 때였던 것 같다. 그때 작은아들의 용돈은 한 달에 1천2백 원 정도였다. 어느 날 밖에서 헐레벌떡 뛰어 들어오더니 급히 5천 원을 달라고 했다. 그것도 아주 급하게. 나도 급하게 5천 원을 아들에게 주었다. 아들은 얼른 받고 재빠르게 대문을 향해 뛰어나갔다. 나는 저렇게 급하게 필요한 5천 원의 용도는 무엇일까? 생각하며 대문을 향해 서 있었다.

아들은 대문 앞에서 주춤하더니 고개를 갸웃거리며 잠시 망설이다가 현관 앞에 서 있는 나에게로 되돌아와 물었다.

"엄마! 이렇게 많은 돈을 왜 어디다 쓸 거냐고 물어보지도 않고 그냥 주세요?"

"으응, 엄마는 너를 믿거든. 네가 설명할 시간도 없이 급하게 필요한 데가 있구나 하고."

"…… 엄마, 저를 믿어 주셔서 고맙습니다."

그때 쪼끄맣고 어린 아들이 깡충 뛰어올라 내 목에 매달려 뽀뽀해 주던 상큼한 향기는 오늘도 어제 일처럼 기억된다. 그날 5천 원을 어디에다 어떻게 썼다는 말은 다 잊었지만 남은 돈이라면서 갖다 주었던 10원짜리 동전까지도 선명하게 기억된다. 그 후 아들의 용돈 사용에 대해서는 서로가 자유로웠다. 아들이 필요하다면 나는 믿고 준다. 용돈 사용에 대해 사려 깊은 아들의 마음을 알기 때문이다. 우리는 가끔 이 문제에 대해 토론한다. 돈은 버는 것도 중요하지만 쓰기가 더 어려우며, 얼마를 어떻게 벌었느냐와 벌어 놓은 돈을 어디에 어떻게 쓰느냐에 따라 삶의 질이 평가된다는 것을.

자녀에게 있어 부모는 정확하고 깔끔하며 한 치의 오차도 용납하지 않는 완전한 쪽보다는 어딘가 모자라 어리석고 바보스러운 편이 더 유익하지 않을까. 한 수강자의 고백도 들어 본다.

어느 날 유치원에 다니는 제 아들이 심각한 표정으로 제게 와서
말했습니다.

아들 엄마, 내가 무슨 말이든지 솔직히 말하면 안 때릴 거지?

전 순간적으로 가슴이 철렁 내려앉는 것 같았습니다. 어제 오후
부터 어물어물 제 눈치를 살피는 것 같았기 때문입니다. 뭔가 큼직
한 일을 저질렀나 보다 생각되어 다급했습니다.

어머니 말해, 안 때릴게. 뭔데? 무슨 일인데?
아들 엄마. 때릴 거야, 안 때릴 거야?
어머니 아, 안 때린다니까. 말해, 빨리 말해!
아들 엄마, 정말 안 때릴 거지?
어머니 그렇다니까. 빨리 말해 봐!
아들 으응, 있잖아, 유치원에서 …….
어머니 그래, 유치원에서 어떻게 했어?
아들 말하잖아. …… 으응, 내가 저금할 돈 5천 원, 나는 선생님
께 낸 줄 알았는데 나중에 보니까 깜빡 잊고 안 내서 가방에
있었어.
어머니 그래서?
아들 그래서 처음엔 친구들에게 보여 주기만 했는데 애들이 자

꾸만 뭘 사 먹자고 해서 좀 사 먹었어. 그리고 이 돈은 남았어요. 엄마, 여기 있어. 엄마, 잘못했어요.

아들은 쓰다 남은 돈 3천2백 원을 내놓았습니다. 어이가 없었습니다. 이렇게 거짓말을 하다니! 유치원생인데 벌써부터 이렇게 그럴 듯한 거짓말을 시작하여 버릇이 들면 큰일날 것 같았습니다.

"정말이야, 정말? 돈을 냈는지 안 냈는지 몰랐으면 그냥 가져와야지, 사 먹고 싶으니까 그럴듯하게 거짓말을 해? 하느님은 거짓말하는 사람을 제일 싫어하셔. 거짓말해서 사 먹는 건 도둑질하는 것과 같아. 하느님은 도둑질하는 사람에게 벌을 내리시고 지옥에 보낸단 말이야. 너 지옥에 가고 싶어? 넌 맞아야 돼. 도저히 그냥 넘어갈 수 없어. 일어서, 종아리 걷고 어서!"

저는 정신없이 때렸습니다. 그렇게 혼이 나야 다시는 그런 거짓말을 하지 않을 것 같았습니다. 그날 밤 아이는 울다 잠이 들었고 잠결에 흐느꼈습니다. 그런 일이 있은 후 아이는 웬만한 말에도 '진짜?'라는 말을 몇 번씩 목청 높여 하느라 목소리까지 잠겼습니다. 전 막연히 느꼈습니다. 그렇구나, 뭔가 내가 단단히 잘못했구나 하고요. 부모 노릇하기가 이렇게 어려운지요.

부모는 자녀의 잘못된 행동을 때려서 고치려 한다. 위 사례에서 자녀의 입장은 어떨까. 솔직히 말하면 안 때리겠다던 어머니에게 맞았으니 '정말로 안 때린다'는 말의 의미를 어떻게 받아들일까. 그리고 아이는 생각할 것이다. 하느님은 어린이를 사랑하신다는데 저금할 돈으로 친구들이랑 뭐 사 먹었다고 지옥으로 보내시다니, 더 큰 잘못을 하면 지옥보다 훨씬 무서운 곳으로 보내시겠지. 그리고 솔직히 말하면 안 때린다고 해 놓고 때린 엄마도 거짓말을 했으니까 지옥에 가겠지. 이런 생각들로 혼란스러울 것이다.

감정대로 쏟아 놓는 부모의 말과 행동은 아이들을 혼란에 빠지게 하고 흐린 판단의 올가미를 씌우게 된다. 그렇다면 앞의 대화를 바꾸어 본다.

아들 엄마, 내가 무슨 말이든지 솔직히 말하면 안 때릴 거지?

어머니 엄마에게 야단맞을까 봐 걱정되는 일이 있구나. 네가 그렇게 걱정하는 걸 보니까 때릴 수가 없네.

아들 정말 안 때릴 거지?

어머니 그래, 엄마가 약속할게.

아들 으응, 엄마. 유치원에서 저금하는 돈 …… (중략) …… 남은 돈 여기 있어요. 엄마, 잘못했어요.

어머니 그래, 네가 많이 불안했구나. 엄마한테 정직하게 말해 줘서 고마워. 하느님은 잘못을 뉘우치고 용기 있게 말하는 사람을 용서하고 사랑하셔.

아들 진짜 그럴까?

어머니 물론, 처음부터 잘못을 하지 않으면 더 많이 사랑하시겠지. 그러나 사람은 때때로 실수할 때가 있어. 그럴 때 잘못을 뉘우치고 솔직히 말하면 하느님은 너그럽게 용서해 주실 거야. 그리고 네가 그 돈을 더 쓰고 싶었을 텐데도 돈을 다 쓰지 않고 남겨서 기특하게 보실 거야.

아들 응, 엄마. 애들이 자꾸 더 사 먹자고 했는데 나는 안 된다고 했어.

어머니 그랬구나. 우리 아들 멋있네. (아들을 껴안고) 하느님, 우리 아들이 유혹에 더 깊이 빠지지 않도록 도와주셔서 감사합니다.

아들 엄마, 다시는 절대로 안 그럴게요. 그런데 엄마, 내가 거짓말했는데 왜 야단치고 때리지 않아요?

아들 네가 야단맞거나 매 맞을 거라는 생각을 하는 건 이미 잘못을 반성한다는 것이거든. 다음부터는 거짓말하지 않겠다는 결심을 한 거니까 야단치거나 때릴 이유가 없지.

위와 같은 대화에서 아이는 어머니의 사랑과 하느님의 사랑을 느끼고 배우며 우리 주위에서 일어나는 유혹과 죄와 용서에 관해 배우게 될 것이다. 그 배움을 위해 나는 오늘도 이 글을 쓴다.

10여 년 전 어느 교수님으로부터 어머니에 대한 이야기를 듣고 그분을 나의 본보기로 삼은 적이 있다. 물론 지금까지도 그렇다.

교수님은 초등학교 저학년 때까지 성적이 좋지 않았다. 언제나 시험지에는 비가 죽죽 내렸다.(틀린 답은 빗금이 그어짐.) 어느 날은 분명히 시험을 보았는데 시험지가 없었던 적도 있었다. 그런데 공부 잘하는 여자 짝꿍의 시험지는 두 장이었다. 짝꿍의 시험지를 이름까지 보고 썼기 때문이다.

그렇게나 개구쟁이였던 그 교수님은 20~30점 받은 시험지를 펼쳐 들고 집으로 뛰어 들어가서 까막눈인 홀어머니에게 이렇게 외쳤단다.

"엄마! 나 오늘도 백 점이야!"

"어이구, 기특해라, 내 새끼. 오늘도 또 백 점 받았어!"

아들의 시험지를 펼쳐 본 다음 아들을 안아 주고 볼기짝을 사랑스럽게 톡톡 두드려 주었다. 그런 날은 반찬이 특별히 좋았고, 어머니는 아들이 시험만 보면 백 점이라고 동네방네 자랑하며 다니셨다. 시험 보았을 때마다 어머니가 잘 속아 주셨기 때문에 시험 보는 날은 신이 났다.

그러던 어느 날 우연히 어머니의 등 뒤에서 바라본 어머니 모습이 가엾어 보였다. '어머니가 글을 모른다고 내가 만날 거짓말만 하다니, 정말 어머니가 불쌍하다. 이제부터 열심히 공부해서 진짜 백 점짜리 시험지를 갖다 드려야지' 하고 결심했다.

그것이 계기가 되어 정직한 아들이 되려고 노력하다 보니 명문 대학의 교수가 되었노라고. "만일 어린 내가 거짓말을 했을 때 어머니가 정확하게 파헤쳐 야단쳤다면 나는 철저히 어머니를 기만하고 괴롭혔을지도 모른다"고 교수님은 말했다.

자녀를 거목으로 키우려고 하면 부모는 거목의 역할을 하지 않아야 한다. 충분한 햇볕을 받고 비바람과 마주치면서 강인하게 성장할 수 있도록, 그늘을 이루는 나무들은 스스로 저만큼 물러나야 한다.

그 교수님의 어머니는 빗금이 죽죽 그어진 시험지와 동그라미가 가득한 시험지를 진실로 구분하지 못하셨을까, 아니면 알면서도 모른 척하신 것일까.

나에게는 아직도 풀리지 않는 수수께끼로 남아 있다.

보이지 않는 그 방황의 끝

25, 26년 전이었던가. 그 기억은 왜 내게서 떠나지 않는지…….
대화방법의 강사가 된 나는, 고민이 있는 자녀를 편안하게 도와주
는 방법을 공부하면서 끊임없이 내 주위를 맴도는 한 소년의 그림
자를 떨쳐 버릴 수가 없다. 처음엔 희미하더니 점점 또렷해지는 것
은 그만큼 죄책감이 크기 때문일까, 아니면 두 아들을 키우면서
'말'을 조심하도록 나를 깨우쳐 준 고마움 때문일까.

그 소년은 중학교 3학년이었는데 수업 시간에 엉뚱한 질문을 많
이 했다. '어떤 이유에서든 자살은 다 나쁜 것인가요?' 주로 이런 내
용의 질문이었던 것으로 기억된다. 급우들은 그를 괴짜로 보았고 담
임선생님에게는 골칫거리 학생이었다. 그러한 그를 안타까워하며
걱정하던 같은 반 친구가 어느 날 내게 이런 도움을 청했다.

"선생님, 정민이를 도와주세요. 정민이는 학교에 오면 첫 시간부
터 끝나는 시간까지 책상에 엎드려 자요. 선생님들과 반 친구들에

게 놀림감이 되는 게 안타까워요. 선생님 시간에만 잠자지 않는 걸 보면 선생님 말씀은 들을 것 같아요."

나는 정민이를 특별하면서도 예리한 데가 있는 학생이라고 생각할 때가 있었지만 내가 담임을 맡은 학생이 아니었고, 수업 시간에만 그 반에 들어갔기 때문에 특별한 관심은 없었다. 같은 반 반장인 영환이가 정민이에 대한 정보를 제공해 주기 전까지는.

정민이는 명문이었던 K중학교 입학시험에 떨어졌다. 삼수까지 했으나 또 떨어졌다. 정민이는 검정고시를 통해 중학교 과정 없이 K고등학교에 간다고 우겼다. 그러나 집에서는 강제로 후기 중학교에 입학시켰다. 정민이의 의사와 상관없이 어머니의 힘에 의해 결정된 중학교 생활은 반항의 세월이었다. 말을 하지 않는 방법으로 불만을 표현했다. 그동안 담임선생님께도 많이 맞았다고 했다. 영환이는 다음의 말을 덧붙였다.

"정민이는 참 착해요. 그런데 왜 그렇게 반발을 하는지, 왜 꼭 K중학교에 가고 싶어했는지 전 그 이유를 모르겠어요. 그리고 삼수했는데도 나이는 우리랑 똑같아요. 학교에 일찍 갔나 봐요. 정민이는 2학년 때까지 성적도 아주 좋았어요. 지능검사를 했는데 우리 반에서 제일 높아요. 정민이는 좀체 말을 하지 않아요. 담임선생님께서도 정민이가 말을 하지 않아서 굉장히 화가 나신대요. 선생님께서 정민이에게 말씀하시면 아마 정민이도 자기 마음속을 다 털어놓을 것 같아요."

영환이의 우정이 갸륵하고 기특해서 기회를 만들었다. 퇴근 시간에 맞추어 정민이를 불렀다.

"선생님, 저 바쁜데 왜 부르셨어요?"

"오늘 선생님이 정민이랑 얘기하고 싶어서."

"전 바빠요. 빨리 집에 가서 공부해야 해요."

나는 반강제로 정민이를 데리고 학교 근처 빵집으로 갔다.

"영환이랑 친한가 봐. 영환이가 정민이 걱정을 많이 하던데."

"왜요? 영환이가 왜 제 걱정을 해요?"

"정민이가 수업 시간에 계속 잠을 자서 다른 사람에게 놀림당하는 걸 보면 안타깝대."

"전 아무렇지도 않아요. 저는 수업 시간에 공부할 게 없어요. 다 아는 거예요. 괜히 시간만 낭비하게 돼요. 그러니까 저는 집에서 공부하고 학교에서 자는 거예요."

"학교에서 배우는 건 다 아는데 성적이 3학년 올라와서 많이 떨어진 이유는 무엇 때문일까?"

"학교 성적에는 관심이 없어요. 저는 제가 바라는 학교에 들어가기만 하면 되니까요. 저는 K고등학교에 꼭 합격해야 해요."

"K고등학교에 꼭 들어가야 할 어떤 이유라도 있니?"

"그럼요. 전 K고등학교 졸업하고 S공대에 들어갈 거예요."

"S공대에 들어가기 위해서 K고등학교에 간다고?"

"그것도 그렇고요, 어쨌든 K고등학교에 들어가야 해요. 그리고 S공대도 나와야 하고요."

"S공대 나온 다음에는 무엇을 하고 싶은데?"

"유학 가야죠. 미국에 유학 갈 거예요."

"유학 가서?"

"공학을 전공해서 공학박사가 될 거예요."

"그래? 공학박사가 된 다음에는?"

"…… 미국에서 공학박사 학위 받으면 돈도 많이 벌게 되고, 명예도 어느 정도 얻게 되죠."

"명예도 얻고, 돈도 벌면 뭘 하고 싶은데?"

"……."

"그 다음 생각은 아직 안 했나?"

"아뇨, 생각은 다 되어 있어요. 그 목적을 위해서 밤에 잠을 안 자면서 공부하는 걸요."

"그 목적이 뭔데?"

"(좀 머뭇거리다가) 돈을 벌고 명예도 얻으면 여자들이 나를 많이 따르게 되잖아요. 그러면 이 여자 사귀다가 버리고 저 여자 사귀다가 버릴 거예요. 전 여자들에게 복수할 거예요."

아! 나는 어리둥절했다. 가슴이 뛰고 할 말을 잃었다. 저 조용하고 침착한 성격과 귀공자같이 준수하고 깨끗한 외모, 그 안에 저렇게 엄청난 복수의 불길이 감추어져 있다니! 그리고 보니 정민이의 눈빛이 타는 듯했다. 흠칫했다. 나는 잠시 마음을 가라앉혔다.

"그럴 만한 이유가 있겠지?"

정민이는 거침없이 털어놓기 시작했다.

"제 고향은 지방에 있는 꽤 큰 마을이에요. 아버지는 그 동네에서 유명한 갑부였고 제 어머니는 정식 부인이 아니었어요. 저는 늘 혼자였고 아버지는 할아버지 같았어요. 제 아버지가 할아버지 같다고 동네 아이들에게 놀림도 많이 받았어요. 저는 아버지가 집에 오시면 저를 돌봐 주시는 아주머니랑 밖에 나가서 놀았어요. 아주머니는 저를 학교 운동장으로 데리고 갔어요. 그래서 학교 다니는 아이들이 친구가 되었고, 저는 친구들이 있는 학교가 좋았어요. 아이들 따라 책도 읽고 셈도 했어요. 그래서 저는 다른 아이들보다 2년 먼저 입학했어요. 제가 떼를 써서 학교 가던 날을 기억해요. 처음엔 장난처럼 다녔는데 성적이 좋았기 때문에 그냥 다니게 된 거죠. 우리 집에서 가끔 큰 싸움이 벌어졌어요. 저는 그때마다 아주머니 손에 이끌려 밖으로 나와 집에서 멀리 떨어진 곳으로 갔어요. 몇 번인가 싸움이 계속된 후 어머니와 저는 서울로 이사 왔어요. 그때 저는 초등학교 4학년이었고 광화문 근처에 있는 학교로 전학 왔어요.

아버지는 가끔 서울에 오셨고, 아버지가 오시면 아주머니가 없는 데도 저는 혼자 나가서 놀아야 했어요. 시골에서 전학 온 제게는 모든 것이 낯설기만 했어요. 어느 날 학교 등나무 밑에서 집에 들어갈까 말까 망설이는데 우리 집 근처에 사는 우리 반 여자애가 말을 걸어왔어요. 저와 그 애는 그때부터 친해졌고 반이 달랐던 5학년 때도, 한 반이 된 6학년 때도 친했어요. 그 친구 생일에는 제가 그 집에 갔고 제 생일에는 걔가 우리 집에 왔어요.

드디어 중학교 입학시험을 보게 되었어요. 그 친구는 S여중, 저는 K중학교에 시험을 봤어요. 그 애는 합격했고 저는 떨어졌지요. 저는 처음으로 성적 때문에 그 친구에게 열등의식을 느꼈어요. 시험에 떨어지고 나니까 왠지 그 친구를 만나는 일이 두렵고 어색했어요. 그러나 저는 용기를 내어 그 친구 집 대문을 두드렸어요. 대문을 열고 나를 쳐다본 그 애는 '흥, 나 시간 없어!' 라는 말을 하고 대문을 쾅 닫고 들어가버렸어요. 쾅 닫히던 그 대문 소리, 선생님, 전 그 소리를 잊을 수가 없어요. 그날부터 전 결심했어요. K중학교, K고등학교 그리고 S대, 미국 유학, 박사학위. 그래요, 그래서 여자에게 복수할 거예요. 전 여자가 싫어요.”

정민이의 강한 눈빛에 촉촉한 물기가 어렸다.

“저는 밝은 낮이 싫어요. 태양이 아주 없었으면 좋겠어요. 달도요. 그냥 캄캄한 밤만 계속되었으면 좋겠어요.”

지금도 정민이가 내게 했던 말들이 선명하게 되살아난다.

“네가 그렇게 싫어하는 여자가 얘기하자고 해서 미안한데.”

“…… 선생님은 달라요.”

그 뒤에 무슨 말인가 했던 것 같은데 희미하다.

그날 이후 정민이와 다시 얘기할 기회가 없었다. 한두 번쯤 더 애기할 기회를 가질 수도 있었는데 여자를 복수의 대상으로 증오하는 정민이가 나는 내심 두려웠다. 그러나 지금 생각해 보면 두려움보다는 정민이를 도와줄 자신이 없었던 게 더 솔직한 심정이었던 것 같다. 고등학교 입학원서를 쓰는 시기에 성적이 되지 않는 K고등학교를 고집하는 정민이와 담임선생님의 갈등이 심했다고 들었다. 또 K고등학교에 실패했다는 것도. 그리고 3년이 지났던가. 여름방학이 가까운 어느 날 교무실로 전화가 왔다.

“선생님, 아! 계셨군요. 선생님, 저예요. 선생님께 차 한잔 사 드리고 싶은데요.”

정민이는 눈부시게 하얀 유니폼을 입고 있었다.

“선생님, 저 K고교 실패하고 바로 검정고시 준비를 했습니다. K

고교 외에 다른 학교에서 잘 지낼 자신이 없었어요. 검정고시로 대학입시 자격을 받고 국립 H대학 항해과에 다니고 있습니다. 방학이라 올라왔습니다. 선생님께서 학교를 그만두셨나 걱정했어요. 저는 항해사가 되어 온 세상 여기저기를 두루 돌아다니며 살 거예요.

"아직도 낮이 싫어? 밤이 더 좋다고 했던가?"

"선생님, 잊지 않으셨군요. 조금은 나아졌지만 아무래도 밤이 편안해요. 제 얘기 그때 처음으로 선생님께 말씀드렸어요. 아! 그날 밤 참 오랜만에 편안하게 잠을 잘 수 있었습니다."

나는 그다음의 궁금증을 캐물을 수 없었다. 아직도 성공해서 여자에게 복수하고 싶은 마음에는 변화가 없느냐고. 그날 찻값은 정민이가 냈다. 그날도 방황하는 외로운 그늘을 그에게서 느낄 수 있었던 것은 정민이의 과거를 알기 때문이었을까, 아니면 그에게 묻은 해풍 때문이었을까.

정민이와 나는 꽤 인연이 있었나 보다. 그 후 나는 결혼하면서 학교를 그만두었다. 5~6년이 지나 우리 집 큰아이가 유치원 다닐 때쯤이었다. 버스 정류장에서 전투경찰복을 입은 정민이를 나는 금방 알아볼 수 있었다.

"처음엔 어딘가 정처 없이 방랑하고 싶어서 항해과를 선택했으나 적응하기 어려웠습니다. 다시 H대학 공대에 시험 봐서 합격했습니다. 3학년 재학 중에 전투경찰에 지원했습니다. 그동안 아버님이 돌아가셨고 제가 어머니를 모시게 되었습니다. 돈이 없어 하고 싶은 일을 못하리라고는 전혀 생각을 못했습니다. 전투경찰은 군복무를 하면서도 조금은 여유롭게 자신을 되돌아볼 수 있는 기회가 될 것 같아 지원했습니다."

"어머님께서 외로우실 텐데, 정민이 결혼은?"

"결혼요? 저는 어려울 것 같습니다. 그동안 기회는 많았어요. 때로는 괜찮다 싶은 여자도 있었어요, 그런데 결혼 애기만 나오면 싫어져요."

겉으로는 건장한 장년의 모습인데 내면으로는 아직도 방황의 끝이 보이지 않았다. 전투경찰의 강한 유니폼에도 그의 외로움은 배어 있었다. 아니, 외로움에 푹 적셨다가 금방 건져 올린 듯했다. 영원히 아물지 않을 것 같은 상처, 아직은 세상살이에 여린 그의 마음에 던져진 파문, 할아버지 같은 아버지를 둔 어린 정민이가 알게 모르게 받은 상처와 서러움과 분노, 그 혼돈 속에서 등불이 되어 주었던 여자 친구에게서 받은 싸늘한 냉대의 말과 쾅 닫아 버린 문소리에 피어오르던 꽃송이가 꺾이다니. 기분대로 던진 한마디의 말과 행동의 파문을 그 어린 소녀는 알고 있을까. 지금쯤 정민이와의 우정을 작은 기억 속에 묻어 버린 채 어머니가 되어 아이를 키우고 있겠지.

그 여자 친구에게도 그런 언행을 할 만한 이유가 있었을지 모른다. 그러나 대화란 일방적으로 혼자만의 생각을 표현해 버리는 것이 아니지 않은가. 그것도 3년 동안 다정하게 지냈던 친구에게. 더구나 실망과 좌절 속에 빠져 있는 친구에게 말이다. 정민이의 어머니와 그 여자 친구의 어머니가 아이들의 행동에 좀더 관심을 가졌더라면, 그 여자 친구가 좌절감에 허덕이는 정민이를 조금이라도 도와줄 수 있었다면, 정민이의 삶을 희망이 넘치는 건강한 삶으로 바꾸어 놓을 수도 있었을 텐데. 아니, 바로 내가 도와줄 수도 있었을 텐데.

인간은 30조분의 1의 확률로 태어난다고 하니 나만, 내 자식만 소중한 것이 아니라 이 세상에 태어난 모든 이웃이 다 소중한 것을.

그 후 15년이 흘렀나 보다. 다시는 정민이를 만나지 못했다. 정민이의 얘기는 쉽게 아물지 않는 상처처럼 이따금씩 나를 아프게 한다. 희미하던 기억이 또렷해지는 것은 정녕 죄책감인 듯싶다. 정민이의 굳게 닫혀진 마음의 문을 조심스럽게 열어 줄 수도 있었을 텐데…….

나는 미안한 마음으로 기다린다. 어느 날 문득 버스 정류장에서 정민이를 만날 수 있기를. 그리고 그때 만나면 "선생님, 제 아이들이에요. 제 사랑스런 딸들 그리고 아내예요. 햇빛이 찬란한 휴일이면 기분이 좋아서 아이들과 함께 버스를 타고 가까운 공원을 찾습니다"라며 환하게 웃는 정민이를 만날 수 있기를 고대하며 기도 드린다.

엄마, 도로 또 맞는 거예요?

유치원에 다니는 세영이는 화장대를 타고 5단 서랍장 위로 올라가 뛰어내린다. 다치지는 않았지만 고꾸라질 듯 아슬아슬하게 뛰어내리는 세영이를 본 세영이 어머니는 가슴이 덜컥 내려앉는다. 동시에 불안하고 걱정이 되어 화가 난다.

어머니 세영아, 뛰지 마! 다쳐.
세영 안 다쳐. 볼래, 엄마? 나 안 다친다니까.

세영이는 다치지 않은 것에 신이 나서 다시 화장대를 타고 서랍장으로 올라가 뛰어내린다.

어머니 뛰지 마! 엄마가 뛰지 말라면 뛰지 마! 엄마 말 안 들어?
세영 안 다친다니까.

어머니 이 녀석이, 지난번에도 다쳐서 병원에 갔었잖아. 또 뛰기만 해 봐라. 맞을 테니까.

세영 알았어. 엄마는 뭐든지 못하게 해. 나만 미워하고…… 나도 엄마 미워!

세영이는 토라져 자기 방으로 들어가 문을 닫아 버린다. 세영이 어머니는 자신의 마음에 들지 않는 세영이의 행동을 변화시키려고 명령(뛰지 마!), 경고, 위협(또 뛰면 때린다.) 등의 말을 했다. 이러한 말들은 세영이의 거친 행동을 막을 수는 있지만 어머니와의 따뜻한 관계를 무너뜨린다. 세영이도 어머니의 말을 들으며 어머니가 자신을 사랑한다고 느끼기보다는 미워한다는 생각이 들 수 있다. 사랑하는 딸이 다칠까 봐 걱정하는 어머니의 의도와는 전혀 다르게 해석된다.

세영이의 같은 행동을 자녀와의 대화방법을 배운 세영이 아버지는 어떻게 변화시켰는지 살펴본다.

그동안 제 아내는 높은 데서 뛰어내리는 세영이와 종종 다퉜습니다. 그때마다 저도 방법을 몰랐기 때문에 답답했습니다. 그날은 제가 대화방법을 배웠기 때문에 세영이와 아내가 다투기 시작했을 때 기회다 생각하고 아내의 양해를 얻어 끼어들었습니다. 저는 제 불안한 느낌부터 얘기하려다가 우선 세영이의 강한 욕구부터 이해해 주어야겠다고 생각하며 말했습니다.

아버지 세영이는 거기서 뛰는 게 재미있구나.

세영 응, 아빠. 나 학교 가면 뭐든지 다 잘할 거다.

아버지 그렇구나, 세영이가 학교에 가서 잘하려고 연습하는구나.

세영 그래, 언니가 학교에서 잘하고 오면 엄마 아빠 좋아하잖아.

아버지 저런, 세영이도 언니처럼 학교 가면 잘해서 엄마 아빠 기쁘게 해 주려고?

세영 그래요.

 아빠도 세영이가 학교에 가서 선생님께 칭찬받으면 참 기
쁘겠어. 그런데 걱정이 있어.

 그게 뭔데, 아빠?

 으응, 우리 세영이가 높은 데서 뛰다가 혹시 다치기라도
해서 석고붕대를 하고 꼼짝 못하게 되면 세영이가 그토록 가
고 싶어하는 학교에도 못 가게 될까 봐 걱정이 돼.

 (잠깐 생각하더니) …… 아빠, 그럼 나 여기서 뛰어도 돼?

 그럼, 되고말고!

세영이는 거실 소파의 나지막한 보조 의자에서 뛰었습니다. 전
에는 그 의자에서 뛰라고 사정하고 부탁해도 듣지 않던 아이였습니
다. 그 낮은 의자를 스스로 선택하여 저를 안심시키려는 세영이가
얼마나 고맙고 사랑스러웠는지요. 그리고 세영이의 마음을 움직여
행동을 변화시킬 수 있었던 제 말도 요술방망이처럼 신기했습니다.
이제 말하는 기초부터 배우는 기분입니다.

세영이 아버지의 행복한 표정은 그 얘기를 듣는 모든 수강자에
게 부모됨의 의미를 깨닫게 해 주었다. 다음은 자녀의 행동을 변화
시키려면 인내가 필요하다는 것을 깨닫게 해 주는 사례들이다.

저는 참는 것부터 배워야겠어요. 제 아이는 귤껍질을 방바닥에
그냥 놓아두고 먹으면서 텔레비전을 보고 있었습니다. 그걸 보는
순간 저는 참을 수가 없었어요.

"너는 맨날 방바닥에 아무거나 어질러 놓고 그래. 바닥에 그렇게 어질러 놓으려면 귤이고 뭐고 아예 먹지 마!"

"어질러 놓으려는 게 아니에요. 저도 이 만화만 보고 깨끗이 치우려고 했어요. 그것도 못 기다려 주세요? 제 귀가, 엄마 아들의 귀가 아직은 튼튼해요. 부드러운 목소리로 해도 다 알아들을 수 있어요. 엄마는 요즘 뭐 때리지 않고, 큰 소리 안 치고, 신사나 숙녀처럼 대화하는 방법을 배우신다면서요?"

점잖은 목소리로 얘기하는 고등학교 1학년인 아들에게 얼마나 창피했는지요. 전 정말 기다리지도, 믿지도 못했습니다.

또 다른 어머니는 말했다.

제 아이는 이제 초등학교 6학년에 올라갔어요. 어느 날이었습니다. 보통 때는 오후 3시가 조금 넘으면 오는데 5시가 되어도 안 오는 거예요. 안에서는 부글부글 끓기 시작했습니다. '이 녀석 오기만 해 봐라. 그냥 둘 줄 알고!' 기다리며 애태운 만큼 혼내 주어야겠다는 생각을 했습니다. 어떻게 혼내 줄까를 생각하다 불현듯 지금 배우고 있는 대화방법이 떠올랐습니다. '그렇지, 이럴 때가 기회라는데. 그래, 배운 대로 한번 해보자.' 저는 마음을 가다듬고 기다렸습니다. 아이는 거의 6시가 다 되어서야 헐레벌떡 뛰어왔습니다.

속으로는 들어오는 아들을 보며 '야! 너 지금이 몇 시야? 어떻게 집이라고 찾아 들어올 생각을 했어? 도대체 어디 갔었어?' 하고 외치고 싶었지만 참고 말했습니다.

"원영아, 늦었구나!"

"엄마, 미안해요. 친구들이랑 야구를 했는데요, 우리 팀이 이겼어요. 아주 아슬아슬하게 이겼어요."

속으로 말했어요. '이겨! 아니, 야구에 이겨서 뭘 해! 그게 고등학교 보내 준대, 대학교 보내 준대. 다른 아이들은 영어다 수학이다 과외하느라 정신없는데, 너 그렇게 하다 중학교 들어가면 어떡하려고 그래?' 하고요. 그러나 겉으로는 부드럽게 말했습니다.

"그래, 신났겠다. 배고프지?"

"응. 엄마, 나 밥 빨리 먹고 숙제하고 공부할게요."

이렇게 대답하는 아들을 보면서 저는 '참기를 잘했구나' 하고 생각했어요. 아들이 공부한다고 방으로 들어간 뒤 30분쯤 지났을 때 기특한 아들을 대우해 주려고 먹을 것을 들고 갔더니 아들은 책상에 엎드린 채 잠이 들어 있었어요. 소리 질러 깨울까, 재울까 망설이다가 그냥 재웠습니다. 다음날 아침, 아들은 일어나 숙제만 겨우 마치고 부랴부랴 학교로 뛰어갔습니다. 다음날도 전날과 비슷한 시간에 땀에 흠뻑 젖은 채 들어왔어요. 한 번 더 참아 보자고 결심했지요. 그때 제 안에서 일어난 감정과 겉으로 표현되는 이성적인 행동의 차이는 아마 하늘과 땅 차이만큼이나 컸을 겁니다.

어느 어머니가 표현했듯이 쓸개가 녹아내릴 정도의 인내가 필요하다는 말을 되뇌며 저도 쓸개가 다 탈 때까지 참아 보자고 다짐했습니다. 그런데 화요일부터 시작된 그 야구가 빠지는 날도 없이 토요일까지 계속되었습니다. 정말 인내의 한계를 느꼈습니다. 저는 적어도 토요일엔 일찍 들어와서 "엄마, 그동안 죄송해요. 이제 저도 그만 놀고 정신 차려서 오늘부턴 안 졸고 열심히 공부할게요"라고 말하리라 기대했어요. 그런데 기대했던 토요일엔 더 늦게 7시가 다 되어 들어왔어요. 이제 더 이상 참을 수가 없었습니다.

"나가, 나가라고. 나가라니까! 여기가 누구네 집이라고 들어왔지. 여기가 네 집이야? 난 너 몰라, 전혀 모르는 남이라고. 여기가 자기 집이라고 생각하는 사람이, 글쎄, 이게 하루 이틀이야. 도대체 넌 날 말려 죽이려고 작정을 했나 봐. 이렇게 엄말 말려 죽이려면 차라리 나가서 죽어라."

그날은 보통보다 몇 배 더 화가 치밀었어요. 그날까지 참고 참았던 울화가 한꺼번에 터져 나오니까 억누를 힘이 없었어요. 하나밖에 없는 아들 떳떳하게 잘 키우려는 이 엄마 마음을 몰라주는 아들이 정말 원망스럽고 야속하게 생각되었어요. 서글프기도 하고 뭐라 말로 표현할 수가 없었어요. 내쫓으려는 저와 나가지 않으려는 아들 사이에 치열한 싸움이 벌어졌고, 저보다 힘이 더 센 아들은 저를 밀어내고 자기 방으로 들어가서 문을 잠그고 큰 소리로 울기 시작했습니다. 펄펄 뛰던 저는 아들의 울음소리에 조금씩 정신이 들었습니다. 얼마나 시간이 지났는지 조용해졌습니다. 그날 따라 늦게 들어온 남편은 제 우울한 표정을 보고 묻더군요.

"무슨 일이 있었어? 왜 그래? 원영이는 어디 갔어?"

"무슨 일은요, 원영이는 오늘 피곤해서 일찍 잔다고 했어요. 그냥 가만히 두세요."

저는 아들 방으로 들어가려는 남편을 말렸습니다. 혼자 거실에

앉아 생각했습니다. '아이들의 버릇을 고치기 위해 열흘, 보름, 6개
월, 1년, 아니 몇 년씩 걸리는 사람도 있다는데 나는 얼마나 기다렸
단 말인가. 겨우 일주일도 참을 수 없다니! 그리고 엄말 말려 죽이
려면 차라리 나가서 죽으라고 말하다니. 그런 끔찍한 말을 내 입으
로 하다니! 이 말을 언젠가 내 어머니에게서 듣고 며칠 동안 고민
했고 또 가끔씩 되새기며 어머니의 사랑에 회의를 느꼈는데 바로
그 말이 서슴없이 내 입에서 튀어나오다니! 어머니는 중학교를 나
오셨지만 고등학교 3년, 대학교 4년을 더 배운 나도 별수 없구나.
아니, 어쩌면 어머니가 하실 때보다 더 날카롭게 소리 질렀는지도
몰라' 하는 생각이 들어 무척 괴로웠습니다.

　요즘 이 교육을 받으면서 차츰차츰 제 잘못을 뉘우치고 있었습
니다. 그러면서도 막상 어떤 문제에 부딪혔을 때 달라진 게 없다
고 생각하니 정말 괴로웠습니다. 제 어머니가 쓰시던 억양·말
투·단어들, 그 범위에서 별로 벗어나지 못하고 그대로였습니다.
저는 12시가 다 되어 아들 방을 노크했습니다. 세 번째 노크에서야
아들은 슬며시 문을 열어 주었습니다. 저는 힘없이 의자에 앉아 고
개를 숙이고 있는 아들의 어깨에 손을 얹으며 말했습니다.

　"원영아, 미안해. 엄마가 너무 심한 말을 했어. 특별히 잘못한 것
도 없는데. 9시, 10시까지 늦은 것도 아닌데, 미안해."

　"아녜요, 제가 잘못했어요. 저도 계속 놀다 와서 엄마에게 미안
했는데, 엄마가 잘해 주셔서 오늘까지만 하고 야구를 끝내려고 생
각했어요. 평일에는 조금씩만 노니까 마지막으로 토요일에 한 번
실컷 놀고 끝내려고 하다 오늘은 더 늦었어요."

'아차! 그랬구나. 오늘 하루만 더 참았으면, 아니 오늘 하루만 더 기다렸으면 모든 일이 기분 좋게 잘 끝날 수 있었을 텐데. 난 왜 이렇게 성급할까.' 저는 얼마나 후회했는지 몰라요. 그날 아들은 앞으로의 계획에 대해서도 얘기했습니다. 결국 자녀에게 도움이 되는 부모가 되기 위해서는 기술도 중요하지만 모든 일에서 참을성 있게 기다릴 줄도 알아야 한다는 걸 깨달았습니다.

저도 하나뿐인 아들을 잘 키워야겠다는 일념으로 온갖 정성을 기울였어요. 유치원 때부터 조기 교육이다 문제지다 학원이다 쫓아다녔어요. 제 욕심에 얽매이는 자신을 보며 안타까워하던 중 이 교육을 받게 되었습니다. 저는 아이를 옭아매고 있는 많은 끈들을 풀어 주어야겠다고 생각하고 많이 노력하고 있습니다.

며칠 전이었어요. 아파트 놀이터를 볼 수 있는 우리 집 거실에서 계속 아이를 지켜보았습니다. 아이가 얼마나 즐거워하는지요. 전에는 아들이 신나게 노는 것을 보면 가슴이 끓어올랐습니다. 저는 얼른 달려가 신나게 노는 아이를 한심스러운 녀석이라고 나무라면서 데리고 올라와 피아노를 연습시키고 문제지를 풀게 하고 숙제를 하도록 강요했습니다. 그런데 그날은 아들이 신나게 웃으며 노니까 저도 신나더라고요. 편안한 마음으로 즐겁게 노는 아들을 지켜볼 수가 있었습니다. 밤늦게까지 해야 할 숙제가 잔뜩 밀렸는데도요. 저렇게 행복해 하는 것을…… 저 충만한 기쁨, 저 해맑은 웃음이 앞으로 만나게 될 시련이나 고난을 딛고 일어설 수 있는 원동력이 될 거라는 생각에 코끝이 시큰하더라고요.

남편의 출퇴근을 돕는 저는 남편이 퇴근할 시간이 되어 집을 나가면서 놀이터에 있는 아들에게 갔습니다.

"영록아, 엄마가 아빠 모시러 가야 하는데 집에 아무도 없어서 어떡 할까?"

"응. 엄마, 알았어요. 나 자전거 갖다 놓고 집에 가서 숙제하고 있을게요."

"혼자 괜찮겠니?"

"예 엄마. 다녀오세요."

그날 따라 영록이는 깍듯이 인사까지 하더라고요. 아들은 하던 놀이를 그만두고 얼른 자전거를 끌고 아파트 현관으로 들어갔습니다. 그 밤 잠든 아들의 책상 위에서 다음의 일기를 보았습니다.

나는 오늘 늦게까지, 어둑어둑할 때까지 놀이터에서 실컷 놀았다. 정말 재미있고 신나게 놀았다. 내 친구 명철이와 환이는 정말 재미있고 좋은 친구다. 엄마가 아빠를 모시러 가면서 집에 아무도 없다고 하셨다. 그런데 엄마는 나에게 하나도 화내지 않고 기쁘게 웃으면서 말씀하셨다. 그렇게 늦게까지 실컷 놀았는데도 하나도 화내지 않으셨다. 우리 엄만 정말 착하시다. 우리 엄마는 나의 천사다. 나는 이제부터 열심히 공부해서 훌륭한 사람이 되어 엄마를 기쁘게 해 드리겠다. 나 혼자 집에 있어도, 누나가 없어도 하나도 무섭지 않다. 귀신이 있으면 나와 봐라. 나의 엄마는 나의 천사다.

일기의 제목은 '나의 천사' 였습니다. 그 옆에 숙제한 노트를 보니 얼마나 정성껏 깨끗이 했는지요. 저는 엄마가 될 자격이 조금 생긴 것 같았습니다. 그런데 어제 오후였습니다.

"영록아, 다음 주 목요일부턴 네가 학교에서 돌아올 때 엄마가 집에 있을 거야."

"엄마, 왜? 엄마, 목요일은 공부하러 가시잖아요?"

"그래, 그런데 그 공부가 내일만 하면 끝나거든."

"어? …… 엄마, 그러면 이제부터 도로 또 맞는 거예요?"

환하던 아들의 얼굴이 금방 일그러지면서 울먹이는 목소리로 저 뒤통수를 치더라고요.

"아! 그래, 그랬구나."

저는 아들을 끌어안았습니다. 영록이는 제 품에서 흐느껴 울더라고요. 제게 갇혀 꼼짝 못하던 아들의 '자유'가 흐느끼고 있는 것 같았습니다.

"영록아, 미안해. 그동안 엄마가 널 꼼짝 못하게 하고 엄마 마음대로 해서 너를 힘들게 했지. 앞으로 좋은 엄마가 될게. 엄마가 공부한 지 거의 일 년이 되었거든. 이제 좀 쉴 건데 다시 나쁜 엄마가 될 것 같다 하면 네가 얘기해 줘. 엄마 또 공부하러 갈게."

저는 아들을 달랬습니다. 그러고 보니 제가 이 교육을 받는 동안 아들을 한 번도 때리지 않았더라고요. 말로 해도 이렇게 잘 따르는 아이를……. 제 아들은 이제 겨우 초등학교 2학년입니다.

'이제 겨우 초등학교 2학년'이라는 영록이 어머니의 강한 표현에서 우리들은 그 안에 숨겨진 많은 의미를 깨달을 수 있었다. 이저

겨우 초등학교 2학년 된 아들과 그렇게 많은 갈등을 겪다니, 앞으
로 또 얼마나 많은 갈등과 어려움이 남아 있을까. 아들 얘기를 하며
울먹이던 영록이 어머니의 눈물에서 지금까지의 후회스러움과 앞
으로의 희망이 함께 반짝이고 있음을 볼 수 있었다.

상지네 집 이야기

상지는 미술대학을 지망하는 여고 3년생이다.

상지는 새벽 6시 30분쯤 일어나 7시까지 학교로, 다음에는 독서실로, 다시 미술학원으로 직행한다. 이렇게 내닫다가 밤 11시 30분이 넘어서야 집으로 돌아온다. 집에 오면 씻고 어머니가 준비해 놓은 간식을 먹은 다음 이것저것 정리하고 끄적이다 보면 새벽 1시 전후가 된다. 그리고 다음날 다시 6시 30분쯤 일어나 똑같은 하루를 시작한다.

상지에게는 고등학교 1학년인 남동생 상훈이가 있다. 상지 어머니는 이 교육을 받기 전에는 상훈이와 서로 불만스러운 게 많아 늘 삐걱거렸다. 상지와는 그런대로 잘 지내는 편이었지만 시각의 차이가 있었다. 상지는 자신이 어머니에게 맞춘다고 생각했고, 상지 어머니는 고등학교 3학년인 딸에게 잘해 주려고 자신이 온갖 정성을 다 기울이기 때문에 잘 지낸다고 생각하고 있었다.

그러던 상지 어머니가 대화방법을 배우면서 변화하기 시작했다. 우선 상훈이와의 관계에서부터 그 변화를 느낄 수 있었다.

아침 7시 30분부터 자율학습을 시작하는데 상훈이는 시작 시간 5분 전에야 꾸물거리며 신발끈을 맨다. 상훈이 어머니는 소리 지를 수밖에 없다.

"잘한다, 잘해. 또 늦는다, 늦어. 제발 빨리 좀 해, 빨리! 엄마 속 좀 작작 썩이고!"

"괜찮다니까요."

"괜찮긴 뭐가 괜찮아? 내 속이 터진다니까."

"지각은 제가 하고 맞는 건 전데, 왜 엄마 속이 터져요?"

"이 녀석이, 몰라서 물어? 빨리 가, 빨리!"

이런 식의 대화가 이젠 바뀌었다.

"상훈아, 난 네가 늦을까 봐 몹시 걱정이 돼."

"괜찮아요. 어제는 운동장 돌면서 휴지 줍기를 했는데 오늘은 뭐 풀 뽑죠."

"으응, 그러니까 어제는 운동장 청소하려고 늦게 갔구나?"

"에이, 다 아시면서 그래요. 어머니, 다녀오겠습니다."

상훈이는 7시 27분에 유유히 나가고 어머니는 가라앉은 목소리로 말한다.

"그래, 잘 갔다 와."

대답은 하지만 아들이 문 밖을 나가면 현관에 털썩 주저앉아 가슴을 쓸어내린다. 그러면서도 상훈이 어머니는 교육을 받은 이후 상훈이와 큰 소리 없이 잘 지내고 있으며, 상훈이도 차츰 바뀌어 가는 것 같다고 했다. 예를 들어, 상훈이는 얼마 전에 머리 모양을 '방위 패션'으로 바꾸었다. 머리를 감은 후 짧은 앞머리에 무스를 듬뿍 발라 똑바로 위로 치켜세운다. 상훈이 어머니가 이 교육을 받지 않았다면 펄쩍 뛰었을 것이다. '고등학생의 머리가 방위 패션은 무슨 방위 패션이냐, 신경 쓰려면 공부에나 신경을 써야지' 하고 퍼부었을 것이다. 상훈이 또한 거기에 맞서 덤볐을 테고 결국 '삐걱삐걱'이 '우지끈'으로 바뀌었을 것이다. 그러나 요즘은 달라졌다.

"상훈아, 넌 그 머리 모양이 맘에 드는 모양이구나."

"네, 어머니. 방위 패션을 하면 키가 훨씬 더 커 보이고 멋있어 보여요."

"아, 그래서 네가 그 머리를 했구나. 그런데 엄마는 네가 선생님께 주의받게 될까 봐 걱정이 돼서 일이 손에 잡히지 않아."

"괜찮아요. 제가 안 걸리게 들어가요. 규율부 학생이랑 지도 선생님들이 다 들어가신 다음에 살짝 교실로 들어가면 돼요."

"그래, 그렇다면 걱정은 되지만 할 말이 없구나."

그 후 3일이 지났다. 상훈이의 머리 모양이 다시 예전 모양으로 돌아왔다.

"상훈아, 머리 모양이 변했네."

"네, 어머니. 앞머리에 힘을 주었더니 왠지 눈에도 힘이 들어간 것 같아서 사람들 보기가 민망하고, 선생님께서 쳐다보실까 봐 조마조마해서요."

상훈이 어머니는 아들과 싸우지 않고도 아들의 행동이 변했다면서 인내하며 배운 대로 하면 무엇인가 된다고 배움에 대한 예찬론을 편다.

이번에는 상지와 있었던 일이다.

그날은 밖에 볼일이 있어 오후 3시 30분경 집에 돌아왔다. 현관에 들어서자 누군가 사람이 다녀간 것 같아 아이들 방부터 열었다. 상지의 방문을 열자 가슴이 덜컹 내려앉았다. 책가방이 방바닥 가운데 놓여 있고 교복은 벗어던진 듯 아무렇게나 침대 위 여기저기 널려져 있었다. 그것을 본 상지 어머니는 불안과 함께 괘씸한 생각이 확 치밀어 올랐다.

'아니! 이 시간에 웬일이야. 오늘 별다른 일이 없는데 ……. 담임선생님께 전화를 해 볼까. 아니야, 화실에 해? 그렇지, 화실에 먼저 해 보자.' 수화기를 들고 숫자판을 누르려는 순간, 요술단지처럼 떠오르는 게 있었다.

'그렇지, 내 기분 따라 행동하지 말아야지. 그동안 내 감정에 따른 선택들 때문에 일어난 결과를 얼마나 후회했던가. 기다려 보자.'

상지 어머니는 전화 수화기를 내려놓고 자신을 추스르며 기다렸다. 시계는 6시가 훨씬 넘었다. 지금 들어와도 화실에는 늦는 시간이다. 상지 어머니는 애가 탔다. 치솟아 오르는 감정을 누르고 있는데 피곤하고 굳은 얼굴로 상지가 들어왔다. 보통 때처럼 당장 달려들어 딸의 양 어깨를 잡고 흔들어 대며 '야! 너 미쳤니? 지금 때가 어느 땐데 이러고 돌아다녀, 응? 어디 갔었어, 어디? 대학은 갈 거야, 말 거야. 화실에 돈을 얼마나 갖다 바치는지 알아?' 하고 속사포처럼 쏘아 대고 싶지만 마음을 가라앉히고 말했다.

“상지야, 무슨 일이 있었니? 엄마는 많이 걱정했어.”

“…….”

“수업은?”

“그냥 …… 그렇게 됐어요.”

“늦었는데 화실은?”

“가야지요.”

더 이상 무슨 말을 어떻게 해야 할지 모른 채 현관에 앉아 신발을 신는 상지를 바라보던 상지 어머니는 그제야 변해 버린 딸의 머리를 발견했다. 파마를 한 것이었다. ‘야! 너 수업 빼먹고 겨우 한다는 게 파마였구나. 잘한다, 잘해. 도대체 정신이 있어, 없어?’ 하고 다그치며 소리쳤으면 속이 후련하련만 꿀꺽 삼켰다.

“네 머리 모양이 변했구나.”

그러고는 입을 다물었다. 의식적으로 입술을 꼭꼭 다물지 않으면 그냥 좌르르 쏟아져 나올 것 같다. 말을 막아야 했다. 대답 없이 현관을 나서려던 상지가 잠깐 어머니 얼굴을 가만히 쳐다보고 층계를 내려갔다. 딸을 조용히 보내고 자신을 돌아보며 일렁이는 감정을 정리했다.

밤 11시 40분경. 화실에서 돌아오는 상지의 통원 버스 소리를 듣고 대문 밖으로 나간 상지 어머니는 어깨가 축 처져 걸어오는 상지를 맞으며 부드럽게 말했다.

어머니 힘들었지, 상지야.

상지 엄마, 죄송해요. 사실은 아까 그 시간에 파마하러 갔었어요. (목소리가 떨린다.)

어머니 그랬구나, 상지야. 너 요즘 많이 힘들지. 미안하다. 엄마
가 네 마음을 잘 헤아려 주지 못해서. 네가 늘 잘해서 잘하려
니 하고 믿고만 있으니 …….

상지 엄마, 저 요즘 너무 힘들어서 죽고 싶었어요. 며칠 전에 본
수학능력 모의고사도 너무 형편 없었고…… 불안해요. 오늘
은 버스를 타고 아주 멀리, 아무도 모르는 곳으로 가 버리고
싶었어요. 그런데 할 일이 너무 많고 엄마와 식구들 때문에 떠
날 수 없었어요. 그래서 기분 전환할 겸 파마를 했어요. 다신
안 그럴게요.

어머니 고맙다, 상지야. 정말 고마워. 네가 떠나면 우린 정말 살
수 없단다.

모녀는 층계 한쪽에서 껴안고 울었다. 자녀를 사랑하는 부모의
정이 무엇인지 그 진동이 뼛속까지 울렸다. 그날 따라 상지가 더없
이 소중하고 상훈이까지도 사랑스러웠다.

크고 작은 사건들은 끊임없이 이어지나 보다. 며칠 전에 모녀가
감격적인 장면을 연출했으면 그 감동을 그대로 대학시험 보는 날까
지 연장해 주었으면 좋으련만 또 일이 벌어졌다.

평소 밤 11시 30분이 넘어야 귀가하는 상지가 그날은 보충수업
이 결강이라면서 오후 6시 조금 넘어 급하게 뛰어 들어왔다.

"엄마! 빨리 샤워 좀 할래요. 옷 좀 꺼내 주세요, 빨리요. 6시 30
분까지 학교 앞으로 가야 해요."

상지 어머니는 '시간이 없다면서 샤워는 무슨 샤워냐. 그렇게 하고 싶은 것 다 하면서 무슨 고3이냐, 고3이면 그 정도는 참아야지' 이런 말부터 먼저 떠올랐다. 그러나 입 안에서 말을 바꾸었다.

"네가 늦을까 봐 엄마는 불안해."

상지는 들었는지 말았는지 머리까지 감고 방으로 들어가 헤어 드라이어로 머리를 말리며 손질한다. 어머니는 조급해서 시계만 쳐다보는데 머리에 핀까지 꽂고 나온다. 6시 25분이 넘었다.

"상지야, 오늘은 늦었는데 택시 태워 줄게. 곧장 학원으로 가는 게 어때?"

"안 돼요. 제가 학원으로 그냥 가 버리면 버스 기사 아저씨가 허탕 치니까 미안하고, 지희도 기다릴지 몰라요."

상지가 뛰어나갔다. '저 녀석이 할 일 다 하고 모양 내더니 늦었다고만 해 봐라. 집에서 시간이 다 돼서 나가는데 무슨 재주로 버스를 타냐, 타긴.' 혼자 중얼거리며 상지가 어질러 놓은 욕실을 정리하는데 전화벨이 울렸다.

"누나야? 왜 그래, 왜? 엄마, 빨리요, 빨리. 전화 받아 보세요. 누나가 이상해요, 빨리요."

전화를 받던 상훈이가 다급한 목소리로 어머니를 부른다. 상지 어머니는 가슴이 철렁 내려앉으며 다리가 후들거렸다.

"왜 그래? 왜? 상지야!"

상지는 대답 대신 흐느끼기만 했다.

"상지야, 왜 그래? 거기가 어디야?"

"엉엉, …… 엄마 버스에서 지갑 잃어버렸어요. 엉엉, 남학생들이 서로 밀더니 빼갔나 봐 …… 엉엉 ……."

딸의 말을 듣는 순간 기가 막혀서 옆에 있으면 쥐어박고 싶었다. 정말로 하마터면 '고것 봐라, 고것 봐. 그럴 줄 알았다. 그렇게 서두르더니 뭐는 안 잃어버리겠니? 울긴 왜 울어. 길에서 창피한 줄 알아. 울지 말고 기다려!' 이렇게 나올 뻔했다. 그러나 상지 어머니는 조심스럽게 언어를 선택했다.

"상지야, 엄마 곧 갈게. 네가 길에서 우는 모습 누가 볼라. 엄마 곧 갈게."

택시를 타고 학교 앞으로 갔다. 길 건너편에서 어머니를 보고 건너 오려는 상지에게 거기서 기다리라고 손짓으로 신호를 보내고 상지 어머니는 딸에게로 갔다. 상지의 손을 잡았다. 얼음처럼 차가운 손이 덜덜 떨리고 있었다.

"손이 차구나. 놀랐지?"

"……."

어머니는 상지의 가방을 받아 들었다.

"엄마, 저 10원도 없어요. 지갑에 학생증과 주민등록증, 용돈, 회수권 모두 들어 있는데 ……."

"그래, 큰 경험했다고 치자. 신분증도 다시 만들고 ……. 엄마가 화실까지 데려다 줄까?"

"……."

화실로 가는 택시에서 상지는 말했다.

"엄마, 아까 가방이 열린 걸 보는 순간 가슴이 막 떨리고 무서웠어요. 그리고 엄마가 화낼까 봐 두려웠고요."

“그랬어!”

조금은 안정된 상지의 옆얼굴을 지켜보며 얘기를 듣던 어머니는 왈칵 눈물이 솟았다. ‘그 놀란 중에도 화낼 엄마 얼굴이 떠오르다니. 그동안 얼마나 차갑고 무지한 엄마였나.’ 상지 어머니는 미안한 마음으로 부드럽게 딸의 등을 쓸어 주며 말했다.

“상지야, 오늘은 힘들면 일찍 집에 가서 쉬는 게 어때?”

“엄마, 이제 괜찮아졌어요. 엄마랑 얘기하고 나니까 편안해졌어요. 열심히 할게요.”

상지의 물기 어린 눈에 살포시 웃음이 번졌다. 밤 11시 40분이 넘어서 돌아온 상지는 간식을 준비하느라 싱크대에 돌아선 어머니의 허리를 뒤에서 힘껏 껴안으며 말했다.

“엄마, 사랑해요. 엄마. 요즘 저 때문에 많이 힘드시죠? 열심히 해서 목표로 하는 대학에 꼭 합격할 거예요. 그래서 엄마에게 ‘보람’을 선물로 안겨 드릴게요.”

“고맙다, 상지야.”

뒤돌아서 상지를 꼬옥 껴안은 상지 어머니는 목이 메어 말을 계속할 수 없었다. 눈물이 계속 흘렀다.

상지 어머니는 체험 발표를 마치고 이렇게 덧붙였다.

그때 계속 흐르던 눈물은 딸에 대한 고마움보다는 미안함, 그래요, 자신을 향한 참회의 눈물이었어요. 제가 이 교육을 받지 않았다면 같은 상황에 대처했을 제 모습이 뻔해요. ‘야! 그것 봐라, 그것 봐. 바쁘다면서 샤워하고 머리 손질하고, 거기다가 파마까지 하

고, 또 택시 타고 가라니까 우기더니, 그렇지 뭐. 네가 하는 일 뻔
해. 그렇게 해서 지갑만 잃어버리겠니. 네 몸 무사한 게 운수대통
이지 …….' 이렇게 쏟아 놓았을 언어의 쓰레기들. 그말들을 쏟아
놓지 않은 제 입이 교양 있는 입이 된 것 같아요. 그리고 보니 제가
딸에게 맞춘 것이 아니라 딸이 제게 맞추어서 충돌이 없었다는 말
이 맞아요. 그리고 앞으로 부딪힐 크고 작은 일들에 대해서도 기대
하게 됩니다. 문제를 만날 때 성장하는 기회로 끌어올릴 자신감이
조금은 생겼어요. 감사합니다.

나는 상지 어머니의 얘기를 들으며 그들 가족 한 사람 한 사람을
떠올렸다. 그리고 또 한 사람, 며칠 전 만난 희영이 어머니 생각이
나서 가슴이 아려 왔다. 희영이 어머니에게는 초등학교 2학년 된 아
들과 유치원에 다니는 딸 희영이가 있다. 결혼 전에도 친정어머니
의 손안에서 꼼짝 못했는데, 결혼하니까 남편과 아이들까지도 친정
어머니의 손에서 옴짝달싹할 수 없다며 다음과 같이 털어놓았다.

"제 어머니는 저희 집 근처에 살면서 아침부터 저녁까지 저희 집
의 모든 일을 당신이 당신 맘에 들게 다 해요. 전 김치 담글 줄도 몰
라요. 가끔 숨이 막힐 것 같아요. 어머니께 죄송하지만, 정말로 대
단히 죄송하지만 저더러 어머니를 선택하라면, 저는 지금의 제 어
머니를 선택하지 않을 거예요."

그 독백 속에 담겨진 깊은 상처와 고통을 누가 감히 헤아릴 수
있을까. 이 다음에 상지는 말할 것이다.

"백 번이고 천 번이고 저더러 어머니를 선택하라면 전 제 어머니

를 선택할 것입니다.”

　상지는 이 말을 하면서 얼마나 충만한 행복감에 잠기겠는가. 그리고 그것은 상지에게 얼마나 큰 축복인가.

이젠 예전의 엄마가 아니에요

제 아이는 정말로 이상한 아이였어요. 제 속을 뒤집어 놓기 위해 태어난 아이 같았어요. 어떤 때는 도로 제 뱃속으로 들어가 버렸으면 좋겠다는 생각까지 했습니다. 정말로 심술이 많은 아이였어요. 동생이 변기에 앉아 볼일을 보고 있으면 화장실 문을 박차고 들어가 동생을 끌어내리고 자기 볼일을 봐요. 작은아이는 화장실 바닥에 털썩 주저앉아 울며 소리 지르고, 저는 달려가 변기에 앉은 큰아이를 끌어내려 볼기짝을 몇 차례 때리지요. 그러면 큰아이는 바락바락 악을 쓰며 대들어요. 엄마는 아무것도 모르면서 저만 미워한다고요. 바쁜 아침 시간에 화장실은 금방 난장판이 되지요. 변기에 앉아 있는 동생을 끌어내리다니! 전 이해할 수가 없어요.

작은아이의 아랫도리를 벗겨 씻어 주면서 앞이 캄캄해짐을 느껴요. '세상에! 어떻게 저런 아이를, 하필이면 저렇게 못된 아이를 내가 낳았을까!' 생각하면 하늘이 원망스럽기조차 했답니다. 세수를 할 때도 조용히 한 적이 없어요. 얼굴에 비누칠을 잔뜩 한 동생을 세면기 앞에서 밀쳐 내고 자기가 먼저 해요. 작은아이는 비눗물이 눈에 들어가 따갑다고 소리 질러요. 저는 도저히 이해할 수가 없답니다. 참을성의 한계를 느낄 때가 얼마나 많았는지요. 저는 아이들을 교육시킬 자신을 잃었고 무능한 엄마임을 자인하지 않을 수 없었어요. 그럴 즈음 이 교육을 받게 되어 조금씩 큰아이의 항변에 귀를 기울이기 시작했습니다.

어머니 찬영아, 난 네가 변기에 앉아 있는 동생을 왜 끌어내렸는지 궁금해.

찬영 내가 몇 번이나 빨리 나오라고 했는데도 쪼끄만 소리로 약 올리잖아요. 옷에 쌀 것 같다고 했더니 옷에 싸라, 옷에 싸라 하면서 더 약 올리잖아요.

어머니 그랬구나, 엄마는 그런 것도 모르고 찬영이만 야단치고 때렸구나. 엄마는 찬우가 하는 말을 듣지 못했어. 미안해, 찬영아. 엄마가 앞뒤를 잘 모르고 야단만 쳐서 네가 얼마나 억울하고 답답했을까.

찬영 나도 참고 더 기다리려고 했는데 나오지는 않고 약만 올리니까 참을 수가 없었어요.

어머니 그래, 우리 찬영이가 그렇게 급한데도 참으려고 애썼구나. 미안해. 그런 너를 야단치고 때리기만 했으니 어떡하지?

찬영 괜찮아요, 엄마.

큰아이는 제게 안겨 흐느끼며 울었습니다. 큰아이가 제게 안긴
게 얼마 만인지요. 그동안 큰아이는 저를 피했고 저도 진실로 안아
주고 싶은 마음이 없었습니다. 저는 지금까지 동생이야 어리니까
어떤 행동을 하건 형이 양보하고 참아야 한다고 일방적으로 강요했
습니다. 제가 큰아이에게 강요한 만큼 큰아이도 제 동생에게 강요
했습니다. 큰아이의 마음을 헤아리려는 노력은 거의 하지 않았습니
다. 아니, 때로는 시도하기도 했습니다만 결국 훈계하고 설득하고
해결방법을 제시하여 강요하는 결과만 낳았습니다. 방법을 몰랐던

것입니다.

며칠이 지난 어느 날이었습니다. 찬영이는 동생과 수박을 먹으며 장난을 치고 있었습니다.

"야! 우리 찬영이, 천진스럽게 노는 모습 참 오랜만에 본다."

남편의 이 말이 비수가 되어 저를 강하게 내리치는 듯했습니다. '그렇구나. 내가 저 아이의 천진스러움을, 순수함을 앗아 버렸구나. 눈치 보게 하고, 주눅 들게 하고, 찌들게 만들다니! 그러고 보니 웃음까지 앗아 버렸구나.' 저는 죄책감에 한동안 힘을 잃었습니다. 다시 일어난 저는 변화하기 위해 매 순간 배운 방법을 사용했습니다. 우선 아이의 말에 귀를 기울였습니다. "그래", "그랬어?", "그랬구나" 하며 맞장구를 쳤습니다. 저의 모든 관심을 찬영이에게 기울였습니다. 찬영이의 어두웠던 얼굴은 차츰 환한 웃음을 되찾기 시작했고 점점 마음의 문을 열기 시작했습니다.

어느 날 찬영이가 제게 말했습니다.

"엄마! 사실은 나……시험이 무서워요."

저는 정신이 번쩍 들었으나 평정을 되찾고 말했습니다.

"그래?"

"엄마, 내가 시험 못 보면 엄마나 아빠한테 매 맞잖아. 그리고 어떤 날은 나 때문에 엄마 아빠 싸우고. 난 시험 보는 게 무서워!"

"그랬구나. 미안해, 찬영아."

저는 더 이상 말을 잇지 못했습니다. 제 큰아이는 이제 초등학교 3학년입니다. 저는 아직 어린 아들에게 시험을 무서워하게 만들었던 것입니다. 이 아이에게 시험이 언제 끝나겠습니까. 하마터면 아이들을 시험이라는 공포의 구렁텅이로 빠뜨릴 뻔했습니다. 신나고 즐겁게 보내야 할 시간들을 망쳐 버릴 뻔했습니다. 이제야 눈이 뜨였습니다. 저는 아이들을 완전히 새로운 눈으로 보기 시작했습니다. 아이를 인격적으로 대하려고 의식적인 노력도 했습니다.

며칠 뒤 찬영이가 화장실 앞에 서 있었습니다. 화장실 문을 두드리고 있는데 저는 조마조마했습니다. 세 번, 네 번 두드리다 동생이 나오지 않으면 그 옛날 버릇이 튀어나올 텐데, 그럴 때 나는 무슨 말을 어떻게 해야 하나 하고요. 그러나 찬영이는 다리를 비비 꼬고 비뚤비뚤 왔다갔다 하면서도 정말로 끈기 있게 참더군요. 결국 동생이 나온 다음에 들어갔어요. 큰아이가 그렇게 고맙고 대견스러울 수가 없었습니다. 저는 볼일을 마치고 나오는 아들에게 고맙다는 칭찬의 표현법으로 제 마음을 전했습니다.

"찬영아, 네가 급한데도 끝까지 소리 지르지 않고 참는 모습을 보니까 감격해서 눈물이 나올 정도야. 네가 이제 신사가 되었구나. 그렇게 엄마를 기쁘게 해 줘서 정말 고맙고 또 고마워."

"엄마! 저는 예전의 박찬영이가 아니에요. 이제 변했어요. 엄마도 예전의 엄마가 아니고요. …… 엄마! 저 낳기를 잘했죠?"

아, 저는 아들을 껴안고 한동안 말을 잃었습니다. 이번엔 제가 소리 내어 울고 싶었습니다. 아들을 껴안은 팔에 힘을 주며 말했습니다.

"그래. 그럼, 그렇고말고. 엄만 네가 없었으면 큰일날 뻔했지. 난 정말 네가 좋아."

저는 겉으로 드러내 놓고 네가 도로 뱃속으로 들어갔으면 좋겠다고 말한 적은 없지만 속으로는 수없이 뇌까렸었습니다. 제 아들은 엄마의 마음을 꿰뚫어 보고 있었어요. 며칠 후 외출했다 돌아오는 길에 아파트 입구에서 아이들을 만났습니다. 피아노 학원에 가던 길이었는데 동생 찬우가 울고 있었습니다.

"찬우야, 무슨 일 있었니?"

찬우는 계속 울기만 했습니다. 옆에 있던 찬영이가 동생을 쳐다보며 말했습니다.

"찬우야, 말해 봐. 말하고 나면 얼마나 시원한지 몰라. 빨리 말해. 엄마는 예전의 엄마가 아니란 말이야. 마음이 답답할 때 말하고 나면 정말 시원해. 정말 시원하다니까."

저는 코끝이 시큰했습니다. 예전의 저는 아이들의 말을 귀담아 듣지 않았습니다. 아이들을 모범적이고 훌륭하게 키우려고 했던 제 말들은 오히려 그런 것에 방해되는 말들이었습니다. 그 말들로 넘어지게 하고 상처 입히며, 답답하고 괴롭게 했습니다. 그러면서 엄마 역할 잘하는 줄 착각하고 있었습니다. 지금이라도 아이들을 진심으로 이해하는 방법을 배웠으니 얼마나 다행인지요. 정말 고맙습니다.

이제 찬영이는 동생을 다독거리며 감싸 주는 형으로 변했습니다. 그리고 제게 충격을 준 변화는 찬영이가 놀이터에서 인기 있는 아이로 변해 가는 것이에요. 언제나 외톨이처럼 놀이터 구석에서 맴돌더니 이제는 아이들과 신나게 어울려요. 부모 역할의 막중함을 새삼 깨달았습니다.

의과대학에 다니는 우리 집 큰아이가 유치원 다니던 때, 나를 난처하게 만들었던 질문 중의 하나가 생각난다.

"엄마! 의사 선생님이 도둑놈이에요? 허가받은 도둑이 무슨 말이에요?"

친구 집에 놀러 갔는데 손님들이 계셨단다. 그 중 한 분이 '의사들은 다 허가받은 도둑놈들이야' 하더란다. 아이는 크게 실망한 듯 불안한 표정으로 내게 물었다. 참으로 난감했다. 더구나 그때 나는 아버지를 존경하는 아들이 되기를 바라면서, 아빠는 의사가 되기까지 끊임없는 인내로 어려움을 이겨내신 훌륭한 분이라고 들려주곤 했었다. 아이는 자기도 아빠처럼 외과의사가 되고 싶다고 플라스틱 돼지 저금통이나 토끼 인형을 칼로 자르고 거기에 반창고를 붙여 놓고는 수술을 마쳤노라고 이마의 땀을 닦는 시늉까지 하던 때였다. 생각이 깊었던 아이가 묻지는 않았지만, 하고 싶었을 또 하나의 질문을 생각하면 지금도 가슴이 아린다.

"엄마! 아빠도 도둑놈이에요?"

그 후 꽤 오랫동안 큰아이의 혼동된 의식을 정리하도록 도와주려 애썼던 기억을 잊을 수 없다. 의사 선생님을 도둑놈이라고 하는 부모님의 말을 들으면서 자란 아이가 의사에게 생명을 맡겨야 할 일이 생기면 어떻게 하겠는가. 고통이 사라진다 해도 도둑에게 자신의 생명을 안심하고 맡길 수 있을까.

또 어느 날 큰아이는 "엄마! 이 ××, 저 ××, 개 같은 ××, 이런 말은 나쁜 말이죠?" 하고 물었다. 큰아이가 다니던 태권도 도장의 사범님이 일상용어로 쓰는 말에 대한 의문이었던 것이다. 사범님이 쓰는 말이 나쁜 말은 아닐 것 같고, 엄마는 그런 말을 하지 말라고 했는데 어느 것이 옳은지 생각해 봤지만 잘 모르겠단다.

얼마 전이었다. 퇴근한 남편이 내게 물었다.

"여보! 요즘 대학생들 어떻게 된 거요? 우리 나라 최고의 명문 여대생이 수술 받으며 뭐라고 했는지 알아요? 수술에 대한 설명을 해 주자 '내 뱃속에 거즈 집어넣지 마세요' 이러더라고. 참 기가 막혀서. 수술할 기분이 싹 가시더라고. 요즘 교육이 어떻게 된 거요?"

"글쎄요."

할 말이 없었다. 수술하는 의사가 의도적으로 환자의 뱃속에 거즈를 집어넣을까. 이 말을 듣는 의사가 온 정성으로 최선을 다하여 수술할 수 있을까. 그 대학생이 장차 어머니가 되면 어머니 역할을 어떻게 할까. 그의 부모님은 어떤 분일까. 그러나 그것은 우리 모두의 책임이리라. 어른들은 자신이 무심코 던지는 한마디의 말이 아이들에게 끼칠 영향을 의식하며 말하고 있는지, 서로 돕고 존경하며 살아야 할 고마운 이웃에 대해 부정적인 사고를 갖게 하지는 않는지, 오늘의 청소년들의 부정적인 모습은 이성의 체로 거르지 않고 쉽게 내뱉는 부모의 대화에서 비롯된 것은 아닐는지.

사실 부모 역할은 이론적으로는 잘 해낼 것 같지만 나에게 닥치는 실제 상황에서는 그렇게 쉽지만은 않다.

어느 날이었다. 대학생인 큰아들이 연락도 없이 늦었다. 10분 전 12시였다. '왜 전화도 못하나. 과미팅이다, 동문미팅이다, 클럽미팅이다, 소개팅이다, 끝날 만도 한데 왜 못 먹는 술은 자꾸 먹고 또 먹는담! 이 녀석 오기만 해 봐라. 부모 속을 이렇게 썩이고, 불안하고 초조하게 만들다니. 오기만 해 봐라.'

그런 때일수록 왜 그 발 없는 불안한 소문들은 떠오르는지. 흉측한 소문을 들려주던 이의 떨린 음성까지 떠올랐다. 초조하고 불안한 쪽으로 생각이 옮겨지면 올림픽 대로를 한숨에 왔다갔다 한다. '그래. 어쩌면 전화 못할 사정이 있었겠지. 전화도 못하는 저도 불안하겠지. 집에서 걱정할까 봐 더 초조하겠지.' 나는 자신을 달래고 또 달랬다.

그날 따라 비가 오락가락했다. 12시 10분, 전철에서 내리면 버스가 끊긴다. 버스로 두 정거장 거리인 전철역으로 우산을 들고 나갔다. 드문드문 지나치는 사람이 무섭게 느껴졌다. 역 출구에서 서성였다. 전철에서 나오는 사람이 끊겼다. 웬일일까? '오! 하느님, 제 아들을 지켜 주소서!' 나는 기도하며 집으로 향했다. 길가의 두툼한 물체들을 유심히 들여다보았다. 혹시 만취해 쓰러진 내 아들이 아닌가, 깡패에게 맞아 만신창이가 된 모습은 아닌가. '아니, 이 녀석이! 이렇게 애를 태우다니! 못 오면 못 온다고, 늦으면 늦는다고 전화라도 해 주지.' 그러나 다시 생각을 바꾸었다. '오, 아니에요, 하느님. 화내지 않겠습니다. 제 아들을 지켜만 주소서!' 길이 엇갈려 이미 집에 들어와 있다가 대문을 열어 줄 아들을 상상하며 초인종을 눌렀다. 뛰는 가슴과 떨리는 손으로.

"어머니세요?"

아들이 반갑게 맞아 주었다. 예상했던 대로 길이 엇갈려 아들은 이미 집에 와 있었다.

“오! 하느님, 감사합니다. 제 아들을 무사히 지켜 주셔서 정말 감사합니다.”

“죄송합니다, 어머니. 만취한 친구를 집까지 데려다 주고 오느라고 이렇게 늦었습니다. 다음엔 꼭 연락을 하겠습니다.”

아들의 손을 잡으며 나는 행복했다. 내 어깨를 꼬옥 감싸는 아들에게서 풍기는 술 냄새까지도 싫지 않았다. 화난 감정 그대로 아들에게 쏟아 부었다면 이 행복을 느낄 수 있었을까. 며칠 뒤 길이 막혀 늦은 나를 기다리던 아들이 반기며 말했다.

“오! 하느님, 감사합니다. 저의 어머니를 무사히 지켜 주셔서 감사합니다.”

그 말을 듣는 순간 행복이 가슴 가득이 퍼졌다. 이곳이 바로 천국이었다.

부모 역할을 바르게 하기 위해서는 끊임없는 노력이 필요하다. 여기에는 고통과 어려움이 따른다. 그러나 이 일은 고통을 감수하며 노력할 만한 충분한 가치가 있는 것이다. 부모 역할은 부모가 해야 할 가장 위대한 역할이며 소중한 임무이기 때문이다.

이해의 선물

우리는 살아가는 동안 많은 사람들에게 알게 모르게 영향을 받는다. 그들에게서 세상을 따뜻하게 사는 방법을 배우기도 하고, 그렇게 살고자 하는 힘을 얻기도 한다. 그들은 들꽃처럼 드러나지 않으면서 지켜보는 사람에게는 평화와 안식을 주며, 또 그 삶이 신선한 충격으로 다가와 안일한 일상을 일깨워 준다. 여기에 우리가 나눈 그들에 대한 얘기를 소개하고자 한다.

이야기 하나

저는 그날 병원에서 진찰을 받고 약을 타기 위해 차례를 기다리고 있었습니다. 몸이 불편한 데다 시간까지 오래 걸려서 몹시 짜증이 났습니다. 물론 저처럼 기다리는 대부분의 사람들이 괴로움을 참고 있었을 겁니다. 드디어 제 차례가 되어 약창구로 갔습니다.

"2천2백 원입니다."

저는 말없이 만 원권 지폐를 창구에 내밀었습니다.

"아니! 2천2백 원인데 만 원을 내면 어떡해요? 바빠 죽겠는데."

"누구는 만 원짜리 내고 싶나요. 잔돈이 없으니까 그렇죠."

"다들 만 원짜리만 내니 잔돈을 바꿔 와도 소용이 없다고요. 2천 2백 원이니까 병원 올 땐 돈 좀 바꿔서 오세요."

직원의 야무진 훈계에 '아파 죽겠는데 돈 바꿀 여유가 어디 있습니까?' 라고 대꾸하고 싶었지만 기력도 없고 귀찮아서 입을 다물었습니다. 저는 뒤에서 기다리는 사람을 생각해서 거스름돈을 못 받은 채 옆으로 물러섰습니다. 제 뒤에 서 있던 반백에 허름한 차림의 남자분도 만 원권을 냈습니다. 직원은 조금 전보다 더 짜증스럽게 말했습니다.

"금방 잔돈 때문에 말했는데도 또 만 원짜리예요?"

"아, 네. 그래요. 정말 죄송합니다. 천 원짜리로 준비하지 못했네요. 다음부턴 천 원짜리를 준비해 오겠습니다. 미안합니다."

공손하고 부드러운 그분의 말씨에 제 얼굴이 화끈거리며 빨개졌습니다. 대화방법을 배우고 있는 제가 직원의 나무람에 똑같은 억양으로 반박하다니 저는 말할 수 없이 부끄러웠습니다. 약창구의 직원도 더 이상 아무 말 없이 잔돈과 약봉지를 내밀었습니다.

"고맙습니다."

별다른 잘못도 없이 자신을 나무라던 딸 같은 직원에게 고개 숙여 고마워하던 그분의 뒷모습을 잊을 수가 없습니다. 그분은 제게 한마디의 충고도 하지 않았지만, 제 행동의 부끄러움을 깨닫게 해 주었습니다.

희끗희끗한 머리칼만큼이나 많은 연륜 속에서 자리 잡은 이해심과 겸손, 수용력, 내면 깊숙이 쌓여 온 삶의 의미가 담겨진 언어의 매력으로 그분은 저를 깨우쳐 주었습니다. 그날 '약 받으세요' 하는 직원의 말에 '죄송합니다. 잔돈을 준비하지 못해서요. 다음엔 잔돈을 잘 챙겨서 준비해 올게요'라고 부드럽게 말하지 못했던 것이 지금도 후회스럽지만 저는 그분을 닮으려 노력하고 있습니다. 아마도 그분은 자신의 그날 그 언행이 누군가에게 본보기가 된다는 사실을 모르실 겁니다. 저는, 느끼지 못하지만 그 누군가에게 좋은 모범이 되어야지, 아니 우리 아이들에게만이라도 영향을 줄 수 있도록 살아야지 하며 오늘도 다짐합니다.

이야기 둘

저는 지금도 할머니를 잊지 못합니다. 제 어머니께서 둘째 동생을 낳았을 때 시골에 있는 할머니 집에서 두 달 정도 살았습니다. 그 집은 마당이 유치원 운동장만큼 넓었고 한쪽엔 장독대가 있어서 크고 작은 항아리들이 가득했습니다. 언제나 반짝거리는 항아리들은 어떤 것은 배가 불룩 나와서 드럼통보다 더 큰 것 같았습니다. 할머니 댁 문간채에는 오창댁 아주머니네가 살았는데 그분은 할머니네 집안일을 도와주었습니다. 아주머니네 아이들은 마당에서 놀았는데 우리 식구들이 가면 아주머니는 그 아이들을 얼른 밖으로 내몰았습니다.

한번은 아주머니네 아이들도 학교에 가고 집 안이 텅 빈 듯 조용한 날이었습니다. 저는 마당에서 할머니가 얻어다 주신 강아지와 놀고 있었고, 아주머니는 장독대를 청소하고 있었습니다. 와장창 요란한 소리와 함께 그 큰 배불뚝이 간장 항아리가 깨졌습니다. 간장은 작은 폭포처럼 마당으로 쏟아지며 냇물을 만들었습니다. 할머니가 맨발로 뛰어나왔습니다. 아주머니가 할머니 앞으로 달려가 고개를 푹 숙이고 행주치마를 움켜잡으며 무릎을 꿇고 말했습니다.

"마님, 죽을 죄를 졌습니다."

아주머니의 목소리는 너무 떨려서 우는 소리 같았습니다.

"죽을 죄라니, 당치 않네. 다치지 않았으니 하느님의 도우심이지. 일어서게. 아이들 오기 전에 치워야지."

조금의 동요도 없이 인자하신 할머니의 음성은 어린 제게도 큰 충격이었습니다. 저는 깨진 항아리를 보면서 '아주머니가 이젠 죽었구나' 하며 매 맞는 장면까지 떠올라 가슴이 콩닥거렸거든요. 그때 뚜렷이 이해할 수는 없었지만 넓고 큰 할머니의 사랑을 느낄 수 있었습니다. 세월이 흐를수록, 아이들이 성장할수록 할머니의 그 그림 같은 모습은 교훈처럼 저를 깨우쳐 줍니다. 오래전에 돌아가셨지만 그분의 손녀라는 것을 자랑스럽게 생각합니다.

이야기 셋

"저도요, 아주 멋있는 교장 수녀님에 대한 얘기가 있어요. 들어 보실래요?" 하며 또 다른 수강자가 다음과 같은 이야기를 들려주었다.

초등학교 5학년 학생들이 담임선생님을 따라 복도를 걸어가고 있었다. 그들 중 한 남자 어린이가 뒤에 처져서 복도 바닥에 한쪽

발을 찍찍 끌면서 걸었다. 마침 그 옆을 지나시던 교장 수녀님께서 한마디 하셨다.

"애, 너는 왜 그렇게 맨날 복도에서 신발을 찍찍 끌며 걷니?"

그 어린이는 강하게 반박하며 말했다.

"교장선생님, 저는 '맨날'이 아니에요. '오늘만'이에요. 발이 너무너무 아파서 오늘만이라고요."

"아, 그랬구나. 내가 실수를 했네. 오늘만 그런 걸 내가 네게 억울하게 말을 했구나. 미안하다."

"괜찮아요."

학생은 낮은 소리로 침착하게 대답했다. 며칠 후 그 학생이 교장실 문을 노크했다.

"교장선생님께 드릴 말씀이 있어서 왔습니다."

"그래? 무슨 얘긴지 듣고 싶은데."

"며칠 전 제가 발이 아파서 복도에서 발을 끌고 가던 날 일인데요. 전 그날 교장선생님께서 그렇게 말씀하시리라고는 상상도 못했습니다. 야단맞을 각오로 말했습니다. 그런데 교장선생님께서 인자하게 말씀해 주셨어요. 그날 저는 교장선생님이 정말 멋있다고 생각했습니다. 이 말씀을 드리러 왔습니다."

간접 체험을 마치 자신의 일처럼 흥분하며 발표한 분의 이야기는 여기서 끝났지만, 나는 상상의 날개를 펴서 그 이후에 이어질 장면을 그려 보았다.

학생의 말을 듣자 자리에서 벌떡 일어선 교장선생님은 학생 앞으로 나아가 손을 내밀어 악수를 청하며 이렇게 말한다.

"그러한 나를 멋있게 보아 준 너 또한 멋있구나. 이렇게 근사한 학생을 제자로 둔 나는 오늘 아주 행복해. 그리고 이렇게 멋있고 용기 있는 학생은 이다음에 어른이 되면 이 사회를 위해 꼭 필요한 사람이 되리라 믿어. 나는 너를 위해 기도하고 또 너를 기억할 거야. 내게 큰 기쁨을 주어서 고맙다."

교장선생님은 악수한 손에 힘을 주며 학생의 이름을 묻고 그 이름을 기억의 창고에 입력시킨다. 한편 그 학생은 교장실 문을 나서며 무슨 생각을 할까, 앞으로 복도에서 발을 끌지 않도록 웬만한 아픔은 참아야지 결심하며, 당신만 옳다고 주장하고 충고하는 선생님과 당신의 실수를 솔직히 인정하며 사과하는 교장선생님의 차이는 무엇일까를 생각할 것이다. 그리고 그날 그 학생이 교장선생님의 겸손한 인격에 감동받지 않았다면, 교장실 문을 노크하여 자신의 느낌을 정직하게 표현하는 힘과 용기가 생겼을까. 사람의 만남이란 얼마나 의미 있는 일인가. 결국 멋있는 선생님에게 멋있는 제자가 있음을 다시 한 번 확인할 수 있었다.

들려주고픈 이야기

수강자들과 얘기를 나누면서 언젠가 내가 읽었던 어느 소설 내용이 떠올랐다. 남에게 이해받는 선물이란 어떤 것인지 느끼게 해 주는 감명 깊은 글이었다. 미국의 아동문학가 빌라드는 그의 단편소설 《이해의 선물》에서 이해받는 마음을 아름답게 표현했다. 다음은 내가 느낀 대로 각색한 《이해의 선물》의 내용이다.

소설의 주인공은 관상어 가게를 운영하고 있었다. 어느 날 어린 남매가 와서 요것조것 마음에 드는 것을 골랐다.

"아저씨, 이것으로 주세요. 아니요, 이것보다 더 예쁜 저것으로 바꿔 주세요."

열심히 고르는 아이들을 보며 주인공은 의문스러웠다. 관상어는 한 마리에도 값이 꽤 비싼데 이 어린아이들이 이만큼 살 만한 돈을 갖고 있을까 의아해 하며 아이들에게 물었다.

"애들아, 돈이 있니?"

"그럼요, 충분해요."

당연하다는 듯이 아이들은 큰 소리로 대답했다. 주인공은 궁금증이 풀리지 않았지만 아이들이 고른 것을 들고 갈 수 있도록 준비해 주었다.

"아저씨, 돈 여기 있어요."

한 아이가 계산대 위에 돈을 올려놓았다. 순간 주인공은 황당했다. 계산대 위에 놓인 돈은 관상어 한 마리 값의 절반도 되지 않는 액수였다. 주인공은 아이들을 내려다보았다.

"왜요? 돈이 모자라나요?"

아이가 걱정스럽게 물었다.

"…… 아~니, 돈이 좀 남아."

아이들은 거스름돈을 받고 고맙다는 인사와 함께 환한 웃음을 남기고 가게를 나갔다. 옆에서 남편을 지켜보던 아내가 놀라며 말했다.

"도대체 무슨 까닭인지 말씀 좀 해 주세요. 물고기를 몇 마리나 주었는지 아시기나 해요?"

"그래, 지금 나는 그 아이들을 보며 몇십 년 전의 내 어린 시절로 돌아갔었어."

주인공은 아내에게 자신의 어린 시절 이야기를 들려주었다.

"내가 어렸을 때 우리는 시내에서 좀 멀리 떨어진 곳에 살았어. 시내로 나가려면 기차역까지 걸어가서 기차를 타고 시내로 갔었지. 나는 가끔 어머니 손을 잡고 그 기차역까지 걸어갔었어. 그 역에는 사탕 가게가 하나 있었어. 어머니는 내게 돈을 주시면서 돈만큼 사탕을 고르라고 하셨어. 하얗고 둥근 유리병마다 빨강, 파랑, 노랑, 보라색 등 갖가지 색깔로 먹음직스럽게 유혹하는 사탕들을 돈에 맞게 고르는 일은 나에겐 고통의 시간이었어. 이것을 고르면 저것이 더 먹고 싶고, 저것으로 바꾸면 이것이 더 맛있을 것 같고. 구름처럼 희고 고운 백발의 마음씨 좋은 할아버지는 여러 번 바꾸는 나의 변덕을 인내롭게 받아 주셨지.

'이제 됐어요.'

중대한 나의 결심을 말하면 할아버지는 종이봉지의 입구를 비틀어 봉하셨지. 그러면 나의 괴로운 아쉬움도 끝이 났었어. 어느 날 나는 혼자서 그 가게에 갔었지. 그리고 나는 요것조것 마음 놓고 골랐어. 할아버지가 내게 물으셨지.

'너 이만큼 살 돈을 가지고 왔니?'

'그럼요, 충분해요.'

나는 당연하다는 듯이 큰 소리로 대답했지.

'할아버지, 돈 여기 있어요.'

나는 계산대 위에 은박지에 정성스럽게 싼 버찌 씨 여섯 개를 내

놓았지. 그 무렵 나는 돈에 대해서 아는 것이 없었어. 그저 어머니가 다른 사람에게 무엇인가를 건네 주면 그 사람은 으레 무슨 꾸러미나 봉지를 내주는 걸 보고 아하! 물건을 사고 파는 건 저런 것이구나 하고 생각했지.

할아버지께서는 조용히 한숨을 내쉬고 나를 내려다보셨어.

'왜요? 돈이 모자라나요?'

'아~니, 돈이 좀 남는 것 같아. 거슬러 주어야겠는데 ……'

나는 그 먹음직스런 사탕에 대한 갈증을 풀고 신이 났었지. 사실을 아신 어머니께서는 나에게 혼자서 가게에 가는 일은 위험하니까 다시는 혼자서 가지 말라고 하셨어. 그러나 돈의 출처에 대해서는 묻지 않으셨지. 그런 일이 있고 얼마 후 우리는 그곳을 떠나 이사를 했지. 그리고 또 세월이 흘러 나는 결혼을 하고 오늘까지 그 사탕 가게에 대한 기억을 까맣게 잊고 있었어.

그런데 오늘 아이가 내놓는 돈을 받는 순간 그 할아버지가 내게 물려준 유산이 내 마음속에 살아나는 걸 느꼈어. 오늘 비로소 지난날 내가 그 할아버지에게 안겨 준 어려움이 어떤 것이었나를 알 수 있었고, 그가 얼마나 멋있게 그것을 해결했던가를 깨닫게 되었어. 나는 오늘 그 돈을 보면서 그 조그만 사탕 가게에 들어가 있는 기분이었어. 그 옛날 사탕 가게 할아버지가 그랬던 것처럼 두 어린이의 순진함과 그 순진함을 보전할 수도 있고 파괴할 수도 있는 힘이 무엇인지 알게 되었어. 나는 오늘 그 할아버지에게 받은 아름다운 이해의 선물을 다시 돌려 드리게 되었어."

어린 시절의 추억을 들려주던 남편과 남편의 얘기를 듣던 아내의 눈자위에는 눈물이 맺혔다.

이 소설은 사탕 가게와 관상어 가게를 운영하는 평범한 소시민의 인간 이해에 대한 얘기다. 관상어를 사 간 어린 남매는 그들이 받았던 것처럼 언젠가 또 누군가에게 그 이해의 선물을 나누어 줄 수 있을 것이다. 이러한 사람들의 정겨운 얘기가 있고, 그 얘기를 사랑하는 독자들이 있어 그 이해의 선물이 계속 이어질 때 세상은 살맛 나는 곳이 될 것임을 나는 믿는다.

승재 어머니의 지혜

그날은 승재의 생일이었다. 승재네는 승재의 생일을 축하하기 위해 외식을 하기로 했지만 승재와 승재 어머니의 표정은 어둡기만 했다. 다른 때 같았으면 승재는 신이 나서 동생을 괜히 툭툭 치면서 "야, 너 나 때문에 외식하는 거야. 내게 고마운 줄 알아" 하고 뻐길 텐데 풀이 죽어서 어디 있는지 모를 정도다.

초등학교 6학년인 승재는 지난번에 본 총괄평가의 채점지를 오늘 받아 왔다. 전체적으로 조금씩 떨어졌지만 특히 수학성적은 76점으로 전에 비하면 형편없었다. 수학은 전 과목 중에 승재가 가장 자신 있어 하는 과목이었다. 어쩌다가 한두 문제 틀리기는 했어도 이렇게 많이 틀리기는 처음이다. 승재 어머니는 가까스로 자신을 추슬러 본다. '그래, 그럴 수도 있지. 그래야 앞으로 정신 차리겠지. 이번을 계기로 앞으로 더 잘할 수 있을지 몰라.' 그렇게 꾹꾹 자신의 감정을 눌러 참다가도 그동안 참은 일을 생각하면 울컥 화가 치밀어 오른다. 승재가 5학년이 되면서부터 시험에 대해서 승재에게 얼마나 교양 있게 대해 왔던가. 내일모레 시험을 앞두고 전자오락에 몰두해 있는 승재에게 '애, 너 몇 번 말해야 알아듣겠니? 금방 끝난다고 얘기한 게 벌써 몇 번째야? 빨리 가서 시험 공부 못해!' 하고 싶은 걸 꾹 참고 이렇게 말했었다.

"승재야, 오락도 하고 싶고 시험 공부도 해야 하고, 갈등이 크지?"

"그래도 시험인데요. 공부부터 해야죠. 그만 하고 공부할게요."

그럴듯하게 대답만 하고 그냥 오락기 앞에 앉아 있는 승재를 얼마나 애태우며 바라보았던가. 게다가 사내 녀석이 그만한 일로 풀이 죽은 모습을 보며 참아 내기는 더욱 힘이 들었다.

'봐라, 공부도 안 하고 오락기 앞에서만 실컷 놀더니 결과야 뻔하지, 뻔해. 그러고선 뭘 잘했다고 표정까지 죽을상을 해서 엄마 속을 썩이냐?' 라고 내뱉고 싶은 말들을 쓰디쓰게 삼켰다. 마침 승재 아버지가 정시에 퇴근해서 이러한 식구들의 기분을 알아차리고 잘 맞춰 주었기 때문에 외식은 무사히 끝낼 수 있었다.

승재는 집으로 돌아오는 승용차 안에서 기분이 풀렸는지 말문을 열었다.

"엄마, 오늘 학교에서 혼났어요. 선생님은 제게 너무 심한 말씀을 하셨어요."

"왜? 시험 결과 때문에?"

승재 어머니가 얼른 말을 받았다.

"네, 수학 시험 볼 때 저는 커닝을 하지 않았는데 선생님은 제가 커닝한 줄 아서요."

다른 말은 들리지 않고 '커닝'이라는 말 한마디만 바윗덩이처럼 승재 어머니의 가슴에 내려앉았다.

"뭐? 어쩌다가?"

"메모지에 수학 공식 쓴 걸 민주가 보더니 자기도 써 달라는 거예요. 내가 써 준 그 메모지를 민주가 옷소매에 넣었다가 바닥에 떨어뜨렸어요. 민주가 제 바로 앞자리거든요. 제 글씨니까 선생님께선 제가 커닝하다 떨어뜨린 줄 아신 거예요."

"선생님께 그런 말씀을 드렸니?"

"네."

"승재 마음이 많이 상했겠구나."

시험을 못 본 데다 커닝 오해까지 겹치다니, 승재 어머니는 아들의 말을 들으며 뭔가 뒤엉킨 복잡한 느낌이었지만 잠시 아들에게로 생각을 돌렸다. 그 녀석의 참담했을 속마음을 조금은 이해할 것 같았다. 승재 어머니는 속으로 내일쯤 담임선생님을 만나 오해를 풀어야겠다고 생각했다. 물론 대화할 내용도 준비하고 선생님을 만났다.

"어제 저희 아이에게 커닝에 대한 문제가 있었다는데 궁금해서 왔습니다."

"승재가 뭐라고 하던가요?"

"네. 민주가 부탁해서 수학 공식을 써 주었는데 민주가 그 메모지를 떨어뜨렸다고 하더군요. 그런데 글씨가 승재 글씨여서 선생님께서는 승재가 커닝한 줄 아신다고요."

"승재가 아마 그런 일로 떨면서 당황하지 않았다면 76점이란 점

수가 나오지 않았을 거예요. 아무리 공부를 하지 않았어도요."

"그런 문제로 신경 쓰시게 해서 죄송합니다. 그런데 승재는 집에서 잘 외어지지 않는 수학 공식을 메모지에 써서 책상 앞에 붙여 놓고 외우는 버릇이 있어요."

"그게 아니라 학교에서 새로 작성한 메모지예요. 메모지가 다른 걸요."

그 말을 듣는 승재 어머니는 혹시 승재가 거짓말을 했을지도 모른다는 생각과 아들을 무턱대고 변명하러 온 경솔함에 얼굴이 화끈 달아올랐다.

"예, 그랬군요."

"저는 승재 문제로 화가 나서 우리 반 43명을 성적순으로 세웠어요. 승재가 몇 번째 선 줄 아세요? 열세 번째라고요. 승재가 요즘 장난이 심한 성찬이와 친해졌는데 성찬이가 3등을 했어요. 지난번 성적에 비해서 승재와 위치가 완전히 뒤바뀐 거예요. 승재보고 세상은 이렇게 비정한 거라고 얘기했어요. 성찬이가 너에게 장난치게 해 놓고 혼자 공부해서 네 자리를 차지한 거라고요. 좀 심한 말이다 싶었지만 화가 나서 야단을 쳤어요."

승재 어머니는 놀랐다. 아니, 어떻게 선생님께서 학생들의 우정을 그렇게 무시해 버릴 수 있을까? 그래도 꾹 참고 "예, 그러셨군요"라고 대답할 수밖에 없었다.

학교를 다녀온 승재 어머니는 조심스레 아들에게 말을 건넸다.

"승재야, 오늘 엄마가 네 선생님을 만나고 왔는데 승재 걱정 많이 하시더라."

“하지만 너무 심한 말씀을 하셨어요.”

“커닝 때문에? 커닝 페이퍼는 학교에서 썼다던데?”

“그건 민주가 주면서 써 달라고 했어요. 민주 종이란 말예요.”

“그랬구나. 엄마가 잘 모르면서 선생님을 찾아가 승재 입장을 명확하게 말씀드리지도 못하고 승재 입장만 난처하게 만들었구나. 미안해서 어떡하지?”

“엄마, 그것보다도 저는 선생님께서 저한테 하신 말씀이 더 속이 상하고 억울해요.”

“그래. 어떤 얘긴지 궁금하네. 엄마 듣고 싶어.”

승재는 잠시 머뭇거리다가 금방 눈물을 뚝뚝 떨어뜨리며 울음

섞인 목소리로 말했다.

"친구들 앞에서 성적순으로 세워 놓고 저한테 뭐라고 한 줄 아세요? 너는 엄마가 연필 잡고 옆에서 끌어 줄 때는 잘하다가 엄마가 연필을 놓으니까 이 정도밖에 안 되느냐고. 흑흑. 엄마, 엄마가 알잖아요. 엄마가 연필 잡고 끌어 줬어요? 안 그랬잖아요. 엉엉. 말해 봐요, 엄마? 그랬어요, 안 그랬어요?"

"그래, 그랬구나 ……. 네가 친구들 앞에서 얼마나 창피했을까."

"억울하고 자존심 상했어요."

승재 어머니는 말을 계속했다.

저도 아들을 붙들고 함께 울었어요. 1학기 때 반장이었던 아들이 얼마나 자존심 상했을까를 생각하니 억장이 무너지는 느낌이었어요. 저는 아들에게 무슨 말을 해야 할지, 선생님에 대한 나의 실망을 어떻게 표현해야 할지 암담했습니다. 저는 끓어오르는 분노와 슬픔을 삼키며 아들을 안고 등을 토닥거렸습니다. 아들의 흐느낌이 점점 잦아들었습니다.

그런 일이 있은 후 거의 2주일 만에 참고 기다리던 궁금증을 아들에게 터뜨렸습니다.

"요즘 학교생활이 어때?"

"선생님과의 관계요, 아니면 수업 시간의 제 태도요?"

"둘 다."

"그냥 그래요. 아니, 괜찮아요."

아들의 대답에선 풀리지 않은 아쉬움이 섞인 듯했습니다. 그러다가 승재에게 사건이 생겼습니다. 점심시간에 급식소에 가면서 친구들과 장난하다가 한 친구가 뒤에서 미는 바람에 넘어지면서 입술이 계단 모서리에 부딪혔습니다. 연락받고 병원으로 달려갔더니 아이의 아랫입술이 다 없어진 듯한 모습이었습니다. 스무 바늘을 꿰매었습니다. 다친 일로 담임선생님과 몇 번 전화를 했지만 억울해하는 승재의 마음은 전할 수가 없었습니다. 방학을 며칠 앞두고 선생님을 찾아 뵈었습니다. 물론 이번에도 무슨 말을 어떻게 할 것인가를 궁리했습니다. 선생님께선 저를 보자마자 말했습니다.

"승재 다친 일 정말 죄송합니다. 제가 점심시간에 지도를 해야 하는데 송구스러운 말씀 뭐라 드려야 할지요."

"아니에요. 승재 운이죠, 뭐. 그보다 요즘 승재 학교생활이 궁금하네요."("식구들 모두 마음 아파했어요. 할머니, 할아버지도 걱정을 많이 하셨고요. 남편과 저도 며칠 밤잠을 설쳤습니다. 선생님께서 지도해 주셨더라면 하는 아쉬움이 남습니다. 그리고 요즘 승재의 학교생활도 궁금하고요.")

"승재가 제 위치를 되찾은 것 같습니다. 스스로 깨닫고 행동하는 모습을 볼 수 있어요. 이번 시험엔 수학을 아주 열심히 했더군요. 그때 일이 상처가 되었었나 봅니다. 수학을 다 맞았어요."

"선생님께서 많이 지도해 주셨군요. 그런데요, 제가 지난번에 선생님의 말씀을 듣고 승재와 얘기했는데 메모지는 민주가 주면서 쉬는 시간에 써 달래서 써 주었다더군요."

"그건 오해가 풀렸습니다."

"그랬군요. 그 오해가 풀리기까지 승재가 얼마나 괴로워했는지요. 그리고 친구들 앞에서 엄마가 연필 잡고 끌어 줄 때는 잘하다가 엄마가 연필 놓으니까 못하느냐는 말씀에 대해 억울해 하고 자존심 상해 하면서 무척 괴로워하고 많이 울더군요. 저는 승재에게 성찬이가 좋은 친구로 기억되길 원해요. 그리고 선생님에 대한 기억도 승재에게 아름답게 남길 원합니다.”

“저도 그런 말들을 하고 나서 많이 후회했습니다. 제게는 어머니 같은 자애로운 사랑이 모자라서 아이들의 상처 입은 마음을 어루만져 주지 못하나 봅니다. 게다가 승재가 다치기까지 해서 저도 많이 속이 상했어요. 요즘도 승재가 점심시간에 급식소에 못 가고 교실에 혼자 남아 집에서 싸 온 죽을 먹고 음식 냄새를 없애느라 추운데도 창문을 열어 놓고 앉아 있어요. 친구들 모두가 마음 아파해요. 더욱이 친구들이랑 장난하다 다쳤는데 누구 탓도 하지 않고 미안해하는 친구를 오히려 위로하더군요. 우리 반 아이들 모두가 승재를 참 멋있는 친구로 여긴답니다.”

선생님의 말씀을 듣고 조금은 마음이 놓였지만 아직 떼어 내지 않은 붕대를 생각하니 마음이 아렸습니다.

며칠 전이었습니다. 가족들이 지나간 일들을 얘기하는데 승재가 이런 말을 했습니다.

“엄마, 나는 유치원 다닐 때 개구리 잡던 일, 운동장 구석에서 불장난하던 일, 사촌형이랑 계곡에서 놀던 일들이 가장 기억에 남아요. 그리고 초등학교 때 일은 내가 다친 일. 그래, 그런 일들이 기억에 남아요.”

이번에 겪은 일들을 승재가 추억의 한 페이지에 집어넣는 모습을 보고 비로소 그동안의 체증이 싹 가시는 기분이었습니다. 그리고 이번 일들을 정리하며 조금은 뿌듯했습니다. 지금까지는 학교에서 일어나는 일들은 웬만하면 선생님과 얘기하지 않고 혼자 끙끙 앓다가 아이들 앞에서 불쑥불쑥 불만을 터뜨렸어요. 또 어쩌다가 선생님을 뵙더라도 제 입장만 일방적으로 말씀드렸죠.

'선생님, 승재가 커닝을 하지 않았대요. 승재는 거짓말을 하지 않는 아이예요. 승재를 억울하게 하지 마세요. 민주에게는 물어보셨어요? 제가 물어볼까요? 선생님은 민주 얘기만 믿고 왜 제 아들 얘기는 안 믿으세요. 그리고 어떻게 선생님께서 아이들의 친구에 대한 우정을 그런 식으로 말할 수 있습니까. 점심식사 지도도 안 하시고요. 선생님이 학교에서 하시는 일이 뭔가요?' 하고 따졌을지도 모릅니다. 그리고 승재에게도 '네가 평소에 의심받을 짓을 했으니까 커닝한 민주는 가만두고 너를 의심하지, 그럼 수학 시험 76점 받은 사람 말을 믿을 수 있겠어. 그러게 진작부터 공부 열심히 하라고 했잖아.' 하고 아이의 가슴이 꽁꽁 얼어붙을 말만 골라서 했을 텐데요. 그랬다면 우리 승재는 학교에서 억울하고 집에 와서 더 많이 억울하고, 답답해서 얼마나 힘들었을까요. 생각하면 아찔해요. 그래도 이번 일로 선생님께 하고 싶은 말을 할 수 있었고, 승재에게도 위로를 줄 수 있었던 것 같아 보람을 느낍니다.

우리는 때때로 힘을 지닌 사람들 앞에서 대화의 한계를 느낀다. 힘 있는 사람이 하라면 해야 하고, 하지 말라면 억울하고 분하지만 그만두어야 한다. 힘을 가진 사람이 옳다면 옳고 그르다면 그른 것이다. 어떠한 방법으로도 대화가 이루어지지 않는 서글픈 현실을 만나게 된다. 특히 교사와 학부모, 이들의 관계는 미묘해서 학부모는 교사와 맞서기를 두려워한다. 가끔은 학생들에게 상처를 줄 수도 있는 교사의 말과 행동에 대해서 누가 선뜻 나서서 말할 수 있겠는가. 자칫하면 무례한 학부모가 되어 선생님의 의욕을 떨어뜨릴 수도 있고, 내가 사랑하는 자녀에게 부당한 영향력이 미칠 수도 있기 때문에 학부모들은 교사 앞에서 작아지게 마련이다. 나는 승재 어머니를 만날 수 있었음에 감사드린다. 또한 승재와 선생님, 성찬이와 민주에게도 사랑의 박수를 보낸다.

아들이 담배 피우는 걸 알았을 때

제 아들은 고등학교 2학년 때만 해도 부반장이었고, 성적이 좋은 편이었습니다. 그런데 점점 친구들과 어울려 다니면서 성적이 많이 떨어졌습니다. 좌절감이 컸던지 그 후로 방황하기 시작했습니다. 독서실에 간다면서 밤늦게 들어왔지만 어쩌다 독서실에 찾아가 보면 가방만 있었습니다. 끙끙 앓다가 혼자서는 도저히 감당할 수가 없을 것 같았습니다. 저는 아들이 제 아빠에게 따끔하게 맞으면 정신을 바짝 차릴 거라 생각했습니다. 그래서 남편에게 사실을 말하고 혼내 주라고 부탁까지 했습니다.

남편은 야구 방망이를 준비했다가 그날도 밤 12시가 넘어 들어오는 아들을 사정없이 때렸습니다. 저도 남편 편을 들면서 그동안 묻어 두었던 아들의 비리를 낱낱이 고해 바쳤습니다. 마침 다음날은 일요일이라, 저는 거실에 앉아 방에서 공부하는 아들을 지켰습니다. 하루 종일 꼼짝 않고 방에서 공부하더라고요. 역시 이래야 되는구나. 이래서 아이가 고2가 되면 엄마도 고2가 되어야 한다고 하는구나. 이제부턴 외출도 하지 말고 아들이 대학입시를 치르는 그날까지 아들 방문 앞에서 지켜야겠구나 하고 다짐했습니다.

그러나 다음날 월요일 아침, 도시락까지 싸 들고 여느 날과 다름없이 학교에 간 아들의 책상 위에 남겨진 쪽지에는 다음과 같은 글이 쓰여 있었습니다.

"숨이 콱콱 막히는 이 집구석에서는 더 이상 질식할 것 같아 살수 없으므로 생존을 위해 떠납니다. 그동안 감사했습니다."

넓은 거실과 컴퓨터·오디오·공기 청정기 그리고 에어컨이 설치된 혼자만 쓰는 방, 때맞춰 차려 주는 식사와 간식도 소용이 없었습니다. 그것들은 질식할 것 같은 아들에게 아무런 도움도 주지 못했습니다. 그때 어렴풋이 깨달았습니다. 대학입시가 전부가 아니라는 사실을요. 돌아오기만 해다오. 수소문 끝에 비밀로 숨겨 주던 친구들을 설득해서 아들이 있는 곳을 찾아 집으로 데려왔습니다. 남편과 저는 얼음판 위를 걷듯 조심스럽게 아들과의 관계를 개선하려 애쓰면서 지금 이렇게 고3까지 왔습니다. 좀더 일찍 자녀와의 대화 방법을 배웠더라면 그런 어리석은 방법은 사용하지 않았을 텐데요. 그런데 며칠 전 아들 방 책상을 정리하다가 문득 서랍 속이 궁금했습니다. 마음 졸이며 서랍을 뒤적이다가 저는 깜짝 놀랐습니다. 거기에는 몇 개비의 담배와 라이터가 있었습니다. 가끔 담배 피우는 듯한 느낌은 받았지만 그렇다고 직접 물어보는 것은 어리석은 짓 같았습니다. 아니 어쩌면 "예" 하는 아들의 대답이 두려워서 그걸 피하고 싶어 망설였는지도 모르겠습니다. 그런데 그날 확실히 알고 말았으니 이제 제가 어떻게 해야 합니까. 예전 같았으면 아들이 학교에서 돌아오자마자 닦달했을 텐데요. 물론 남편에게도 일러바치고요. 이제 겨우 조금 회복된 아들과의 관계를 깨뜨릴 수 없어 저는 꾹 누르며 참았습니다. 제가 어떻게 해야 아들과의 관계를 무너뜨리지 않고 효과적으로 대처할 수 있을까요?

이런 경우 아들과 나눌 대화를 연습하기 전에 마음의 자세부터 갖추어야 한다. 문제를 객관화해서 본다.

'고등학교 3학년인 옆집 아들의 책상 서랍에서 담배를 발견했다면 내가 이렇게 불안하고 걱정되고 화가 날까. 우리 아이는 절대로 담배를 피우면 안 되는 걸까. 내 아들도 담배를 피울 권리(?)가 있는 게 아닐까. 그리고 이미 시작된 흡연 습관을 하루 이틀에 뚝 끊기는 어려울 거야. 인내로 기다릴 각오를 해야 해. 옛날 같으면 고등학교 3학년인 우리 아들이 벌써 장가가서 아버지가 되었을 거야. 아들은 더 이상 내가 생각하는 어린애가 아니야.'

이렇게 여러 면으로 생각을 정리한 후에 역할극으로 연습한다. 민호 어머니는 다음과 같이 실행한 결과를 보고했다.

저는 연습한 대로 아들의 기분을 살피며 온화한 표정으로 아들에게 말했습니다.

"민호야, 엄마가 네게 사과할 일이 있는데 얘기해도 될까?"

"뭔데요? …… 하세요."

"으응, 사실은 ……."

“도대체 무슨 일인데 그러세요. 엄마답지 않게.”

조심스럽게 말하려는 엄마의 말을 우습게 보는 듯한 아들이 야속했지만 끝까지 인내로 버틸 각오를 하면서 말했습니다.

“으응, 엄마가 네 방 청소를 하다가 궁금해서 네 허락도 없이 서랍을 열어 봤어. 미안해.”

“엄마는! 그래서요?”

“그런데 담배가 있어서 엄마는 가슴이 철렁했어.”

“엄마는, …… 몰래 훔쳐봤으면 모른 척 넘어가든가, 말을 하지 말든가 하시지.”

‘어? 각본은 이게 아닌데. 미안해 하거나 멋쩍어 하며 알았다고 하든가, 죄송하니 끊도록 노력한다고 하는 거였는데. 이젠 뭐라고 해야하지?’ 저는 당황스러웠지만 제 감정을 솔직하게 털어놓았습니다.

“그래, 그렇지만 엄마는 가슴이 철렁했다는 사실을 네게 알리고 싶었어.”

“알았어요. 아주 답답할 때만 피우고 입시 끝나면 끊을게요.”

저는 ‘왜 하필이면 답답할 때 담배냐? 담배, 그 백해무익한 것을 ……’라고 말하고 싶었지만 꾹 참고 차분하게 말했습니다.

“고맙다, 민호야. 엄마 마음을 헤아려 줘서.”

“(씨익 웃으며) 엄마, 오늘은 좀 이상해요. 어쩐지 제가 어렸을 때 좋아하던 엄마로 돌아오신 것 같네요. 교양 있는 어머니의 아들답게 노력할게요.”

저는 그만 목이 메어 얼굴을 돌렸습니다. 아들이 제 등 뒤로 껴안더라고요. 이렇게 멋있는 아들을, 이렇게 진한 사랑을 지닌 아들을 몹쓸 녀석으로 몰아세우다니, 조금 전 '모른 척 넘어가시지'라고 말할 때 머릿속에서 떠오르는 말이 있었습니다.

'모른 척 넘어가라고? 어떻게 아들이 못된 짓 하는데 어미가 모른 척 넘어가니?'

'담배 피우는 게 뭐가 그렇게 못된 짓이에요?'

'아니, 얘가, 그럼 잘한 짓이야? 고3이 공부할 생각은 하지 않고 담배나 피우는 게 그게 잘하는 짓이야? 담배 피우다 보면 대마초도 피우게 되고 마약에 손을 대기도 하고, 그러다가 더 나쁜 짓도 하게 되지. 누군 처음부터 나쁜 짓 하냐!'

'알았어요. 말이 통해야 말을 하지.'

'쟤가 말버릇 좀 봐! 엄마 말이 말이 안 된다고?'

이렇게 티격태격 말꼬리 잡고 실랑이 했을 거예요. 그런 생각을 하면 아득해요. 결국 아들을 반항하게 하는 건 제 자신이었습니다. 전 그날 아들과 멋있게 대화한 것 같아서 저 자신에게 고마웠어요. 자랑스럽기도 했고요. 그날 해 보니까 저도 마음만 잘 먹으면 꽤 괜찮은 엄마가 될 수 있을 것 같았습니다.

민호 어머니에게 아낌없는 박수를 보내는 수강자들은 부모 자녀와의 갈등을 잘 해결하려면 무엇보다도 부모가 '내 탓이오'할 때 풀릴 수 있음을 다시 한 번 깨닫게 되었다.

중고생의 담배 문제에 대해서 성우네 얘기도 들었다. 성우 어머니는 아들의 책상을 치우고 정리하다가 책갈피에 꽂힌 아들의 사진을 보게 되었다. 사진에 있는 아들은 담배를 피우고 있었다. 성우 어머니는 기가 막혔다. 성우만은 담배를 피우라고 권해도 피울 것 같지 않더니, 어렸을 때 담배 피우는 아빠를 얼마나 싫어했는지 담배 냄새만 나도 코를 꼭 쥐고 도망갔었는데, 이를 어쩐담. 마음 내키는 대로라면 학교에서 오자마자 혼내 주고 싶은데. '아니야, 감정적으로 대항하지 말고 이성적으로 대처해야 해' 하며 성우 어머니는 자신을 진정시켰다. 어떻게 할까. 사진을 보이면 소지품 뒤졌다고 펄쩍 뛸 테니까 우선 아들의 담배 피우는 현장부터 잡아야지. 그 후 성우 어머니는 주의 깊게 아들의 행동을 살폈다. 그러던 어느 날, 밖에서 들어오는 아들에게서 담배 냄새가 진하게 났다.

"너 담배 피웠구나."

"아뇨. 오락실에 잠깐 들렀는데 오락실에서 밴 냄새일 거예요."

"성우야, 아빠가 담배를 피우기 때문에 엄마는 잠시 몸에 밴 냄새인지 직접 피운 냄새인지 구별할 수 있어. 언제부터 피웠니?"

"5개월 정도 됐어요. 아버지께는 비밀로 해 주세요."

"글쎄, 엄만 지금 너무 놀라서 아빠에게 얘기해야 할지 말아야 할지 잘 모르겠어."

"부탁이에요. 아빠에게는 절대로 안 돼요. 아빠가 제게 실망하시면 전 살 의욕이 없어져요. 엄마가 얘기하면 전 집을 나갈 거예요."

"그럼 오늘부터 담배 끊을 수 있겠니?"

"…… 생각해 볼게요."

'생각해 볼게요? 뭘 생각해 봐, 뭘! 당장 끊겠습니다, 해야지!' 하고 소리 지르려는 자신을 간신히 막았다.

성우는 방으로 들어갔다. 아들은 평소에 아버지가 자기에게 거는 기대가 크다는 걸 잘 안다. 그래서 아버지의 기대에 알맞게 행동하려고 애쓴다. 며칠 후 그날은 마침 남편이 출장 중이라 성우 어머니에게는 아들과 조용히 얘기를 나눌 적절한 기회였다. 어떻게 해야 할까. 성우 어머니는 밤이 늦었지만 아들의 방문을 두드렸다. 문을 열어 주는 성우는 기운이 빠진 채 저자세였다.

"성우야, 엄마는 너를 나무라려는 게 아니라 도와주고 싶어. 네가 담배 피우게 된 동기를 알고 싶기도 하고."

"그냥 피우게 되었어요. 우연히 친구들이랑 장난으로 한두 번 피웠는데, 답답할 때 피우고 나면 속이 후련해지는 것 같아요."

"그래, 그래서 선뜻 끊겠다는 말을 하기가 어렵구나. 그런데 엄마는 네가 담배 한 개비를 피울 때마다 네 몸이 망가진다는 생각을 하면 견딜 수가 없어. 잠깐 엄마 얘기를 들어 줄 수 있겠니?"

"무슨 얘긴데요?"

"엄마랑 안방으로 가자."

성우 어머니는 안방 장농에서 비디오테이프를 꺼내며 조심스럽게 말했다.

"혹시 네가 어떻게 생각할까 망설였는데…… 이거 네 아버지랑 함께 보려던 금연 비디오야."

성우는 순순히 30분 정도 금연 비디오테이프를 함께 보았다.

"담배 끊는다는 약속을 해 줄 수 있니?"

"노력할게요."

'오늘부터 피우지 않겠습니다' 대답을 듣고 싶었던 성우 어머니는 아쉬웠다. 그러나 성우가 신중해서 그러려니 하고 생각하니 오히려 미더워서 위로가 되기도 했다. 그러면서도 서운한 것은 왜일까.

성우 어머니는 아들의 담배 문제를 인내로 버티기로 작정했다. 그렇게 3, 4주일이 지난 어느 날, 남편이 집에서 차 한잔을 한다며 친구를 데려왔다. 그때 마침 독서실 간다고 나서던 성우와 현관에서 마주쳤다.

"안녕하세요?"

성우가 반갑게 인사를 했다.

"그래, 성우구나. 그런데 너 요즘 담배 피운다면서?"

"아, 네 ⋯⋯ 그냥 ⋯⋯."

"자, 자, 어서 들어와."

성우의 일그러진 표정과 아내의 황당한 모습에 눌린 성우 아버지가 얼른 친구를 안내하며 긴장감마저 감도는 분위기를 얼버무렸다. 손님이 아버지를 따라 방으로 들어가자 성우는 손님을 맞이하던 어머니를 불을 뿜듯 싸늘한 눈빛으로 쏘아보며 그냥 방으로 들어가 버렸다. 무언가 무너지는 허탈감으로 성우 어머니는 맥이 풀렸다. 남편에게 약속을 지켜야 한다고 그렇게 다짐시켰는데. 성우의 지금 심정을 알 것 같다. '이게 뭐람. 어머니로서의 자존심과 신뢰가 한꺼번에 무너지다니, 아들에게 무슨 망신이람.' 조바심으로 손님을 어떻게 대접했는지도 모른다. 그러나 정신을 차리고 손님이 가시자 바로 아들 방문을 노크했다. 성우는 기다렸다는 듯이 문을 벌컥 열며 강경하게 소리쳤다.

"엄마가 아빠에게 얘기했죠!"

"미안해, 그렇게 됐어. 너랑 약속했는데 정말 잘못했어. 상황이 어떻게 그렇게 됐어. 너를 실망시켜서 창피하고, 네게 어떻게 사과해야 할지 모르겠어."

궁지에 몰린 채 겁먹은 듯한 어머니의 얼굴을 대하자 화났던 기운이 조금은 풀리는지 말이 없다. 성우 어머니는 내친김에 다음 말도 계속했다.

"엄만 정말 네가 걱정됐어. 엄마는 아빠께 담배 시작해서 5개월이면 끊기가 힘드냐고 물었었어. '끊기 힘들걸' 하고 아버지는 싱겁게 대답하셨어. 그런데 잠시 후 다그쳐 물으시더라고. 혹시 성우 얘기 아니냐고. 엄마는 많이 망설였어. 자식 키우는 일은 부부가 함께 하는 중요한 일인데 나 혼자 끙끙대다가 잘못되기라도 하면 어떡하나 하고. 네 아버지는 너희들을 유별나게 사랑하시는데. 물론 네가 말할 때까지 말하지 않기로 약속했었지만. 그리고 그동안 엄만 네가 '이젠 담배 끊었습니다' 라고 말해 주길 바랐어."

"그날이 오늘이었어요. 독서실 다녀와서 말하려고 했어요. 담배 끊는데 얼마나 힘들었는지 제 친구는 잘 알 거예요. 오늘 그 얘길 하려고 했는데 ……."

"그랬었구나. 정말 미안하고 또 고맙다."

남편이 노크하고 성우 방으로 들어왔다.

"여보, 약속 지키지 못해서 미안해. 성우 너에게도 미안하고. 사실은 아까 그 친구 아들이 중학생인데 담배 피우는 걸 목격하고 심하게 때려 주었대. 친구 위로하느라고 우리 집 애기 하면서 아들 잘 도와주라고 했는데 얘기가 그렇게 되어 버렸어. 성우 너, 엄마에 대해서 실망이 컸을 텐데 엄만 그런 사람이 아니야. 아빠 때문이지.”

“여보, 우리 성우 담배 끊었대요.”

“야, 우리 성우, 역시 멋있어. 피운 지 5개월이면 끊기가 상당히 힘들었을 텐데. 애썼다. 역시 내 아들 최고야.”

남편은 아들을 얼싸안았다.

어머니의 짧은 한마디에도 예민하게 대응하던 성우가 요즘은 사랑이 가득한 눈으로 윙크한다. 성우 어머니는 요즘 아들의 사랑에 흠뻑 젖어 있다고 한다. 그래서 비 온 뒤 땅이 더욱 굳어지고, 유능한 항해사는 거친 풍랑을 많이 만난 사람이라고 했나 보다.

인내의 뿌리 위에 맺히는 열매

"아! 꿩이다."

우리들의 함성이 일제히 터졌다. 저만치 앞에서 길을 가로질러 뛰어오는 꿩이 신기하기도 하고, 달리는 우리 차에 치일까 봐 아찔한 기분도 들었다. 운전석 옆에 앉은 나의 오른발은 벌써 브레이크에 가 있는데 자동차의 속도는 여전했다. '속도를 좀 늦춰요!' 속으로만 외쳤다. 내 마음속의 외침을 알아들었는지 자동차가 주춤했다. '아, 다행이다.' 하고 마음을 놓는 순간 '탁' 하는 둔탁한 소리와 함께 지나쳐 온 길 한가운데에 축 늘어져 있는 꿩의 모습이 백미러로 보였다.

"아니? 좀 천천히 가지 그랬어요."

내 억양에 힘이 들어갔다.

"꿩이 날아갈 줄 알았지."

'날아가긴. 뛰어오는 꿩이 어떻게 갑자기 날아가요?' 하고 말도

안 되는 소리라고 반박하고 싶었으나 입을 다물었다

"아버지는 피할 수 없는 상황이었어요. 꿩이 차를 향해 달려들었는데요."

'뭐? 피할 수 없는 상황? 꿩이 달려들어? 자동차가 멈추어도 꿩이 차에 치이니?' 아들에게도 소리치고 싶었지만 말을 삼켰다. 차 안이 조용했다. 에어컨을 켰지만 고온다습한 공기가 무겁게 깔려 있었다. 세 부자는 운전석 옆에 앉은 내가 무슨 말을 할지, 나는 또 남편이 무슨 말을 할지 지켜보면서 서로 말이 없다. 폭풍 전야 같은 긴장감이 차 안을 가득 메우고 있었다. 나는 내 안의 불길한 감정들을 정리하기 시작했다.

여름방학을 앞두고 가족이 함께 여행하자는, 대학생이 된 두 아들의 제안을 기쁘게 받아들였다. 그동안 대학입시 공부하느라 미뤄

왔던 오랜만의 가족 여행이었다. 2박 3일 일정으로 지리산을 다녀
오는 길이었다. 이틀 동안 길에서 본 자동차 사고 현장들이 어수선
하고 끔찍했다. 그때마다 나는 우리의 여행이 끝날 때까지 무사할
수 있도록 지켜 주십사 기도했다.

　여행의 마지막 날인 사흘째 오전 10시쯤, 우리는 정겨움이 가득
한 국도를 타고 서울까지 가기로 했다. 아기자기한 산길을 신나게
달렸다. 20분이나 지났을까. 꿩과 부딪치는 사고를 내게 된 것은.
모두가 침울해졌다. 그러나 이제 이 답답한 기운을 시원하고 편안
하게 바꾸어야 한다. 아버지의 난처한 입장을 변호하려는 큰아들,
분위기를 바꾸기 위해서는 시간이 필요하다고 입을 다물고 기다리
는 작은아들, 그리고 운전한 장본인인 남편. 아득했다. 지금 내가
할 일이 무엇인가. 우선 남편의 마음부터 위로하고 감정의 홍수를
내려 보자. 나는 그때까지도 얼떨떨한 마음을 달래면서 남편에게
말했다.

　“여보, 꿩이 죽어서 몹시 언짢죠.”

　“그래, 난 날아갈 줄 알았는데.”

　“그러게요.”

　“……”

　잠시 침묵이 흐르는데 큰아들이 말했다.

"인간 세상엔 과학이 발달해서 삼척동자도 차에 치이면 죽는다는 걸 아는데 아직 꿩의 세계에선 그걸 모르나 봐요."

나는 시원한 기분으로 아들의 말에 맞장구를 쳤다.

"그러게 말이야."

"그래, 내가 저만큼 꿩이 보일 때부터 속력을 완전히 줄였어야 했는데 …… 미안해."

남편의 대답에 자동차 안의 분위기는 한결 편해진 듯했다. 그러나 나는 아리송한 불안감을 떨쳐 버릴 수가 없었다.

"아침기도를 못했는데 우리 다 함께 기도할까?"

나의 제안으로 우리는 아침기도를 시작했다.

"하늘에 계신 우리 아버지……."

"천주여, 나를 사랑으로 내시고……."

"……."

"……."

우리는 교회 예식으로 하는 아침기도를 마쳤다. 나는 평소에도 별로 하지 않던 자유기도를 했다.

"늘 저희 가족을 사랑으로 돌봐 주시는 하느님 아버지, 오늘도 이렇게 아름다운 시간을 허락해 주심에 감사와 찬미를 드립니다. 지극히 인자로우신 하느님 아버지, 저희가 세상을 살아가면서 지은 모든 죄를 용서하여 주시고 우리의 모든 언행이 주님께 영광 드리는 도구로 쓰일 수 있도록 이끌어 주소서. 이 간절한 기도를 들어주시고, 저희가 집에 돌아갈 때까지 주님께서 함께하여 지켜 주시기를 우리 주 예수 그리스도의 이름으로 비나이다. 아멘."

나는 기도를 끝내고 몇 마디 덧붙였다.

"사람은 알게 모르게 어떤 희생 위에서 살게 되나 봐. 꿩의 희생으로 운전하는 데 조심하라는 경고를 받게 된 걸 보면. 꿩에겐 미안하고 고맙고 ……."

"그래, 조심해야겠어. 설마 날아가겠지 하고 방심했는데, 설마가 아니야. 조심해야지."

"저희들도 조심할게요."

"고맙다."

승용차 안의 어두운 기운이 그렇게 깨끗이 걷힐 수 있을까. 창문을 열자 무더운 기운이 차 안으로 쏟아져 들어왔다. 그것은 들녘의 곡식과 열매들이 영글고 익어 가는 달콤한 냄새였다.

"아버지, 이 음악 들으시니까 시원한 맥주 한잔 생각나지 않으세요?"

"형, 어떻게 내 마음을 그렇게 잘 알지?"

"좋~지, 좋고말고. 운전은 엄마한테 맡기고 우리 어디쯤 가다가 한잔하고 갈까?"

세 부자의 정다운 대화가 내 코끝을 찡 울렸다. 엊그제 유치원생인가 했더니 어느새 술 얘기를 터놓고 나누는 성인이 되다니. 이렇게 세월은 또 훌쩍 뛰어넘겠지.

운전 얘기가 나왔으니 말이지만 남편이나 아내가 운전하는 차를 타고 가면서 기분 상한 일이 한두 번 없는 부부가 있을까. 그것도 부부가 모두 운전면허증을 갖고 있을 때는 더더욱 그렇다. 나 또한 그렇다. 나는 면허증이 없을 때도 남편 옆에 앉아 잘 종알거렸다.

가령 끼어들겠다는 깜빡이 신호 없이 갑자기 끼어드는 차를 보면
남편은 벌컥 화를 낸다.

"아니! 저 녀석이, 저게 제정신이야! 저게 환장했나!"

"왜 그렇게 화를 내요. 당신이 좀 천천히 가면 되지."

"아니? 내가 빨리 간단 말이야? 저 녀석이 함부로 끼어들었지."

"화 좀 안 내고 끼워 주면 안 돼요?"

"자기가 깜빡이 켜고 적당히 들어오면 다 끼워 주지. 깜빡이도
없이 제 맘 내키는 대로 불쑥불쑥 쳐들어오니까 그렇지."

"어떻게 다 규칙대로만 돼요. 바쁠 때는 빠질 수도 있지. 당신은
다 규칙대로 해요?"

"아니, 이 여자가. 당신 도대체 누구 편이야?"

"누구 편이긴요. 그걸 말이라고 해요?"

"아, 알았어!"

이쯤 되면 둘은 말없이 목적지까지 간다. 기분이 엉망이다. 비슷
한 경험을 여러 번 했던 나는 싸우지 않는 방법을 생각해 보았다.

"아니? 저 녀석이 저게 제정신이야!"

"그래요. 제정신이 아닌가 봐요. 쫓아가요, 쫓아가. 저런 차는 쫓
아가서 꽝 들이받아야 제정신이 번쩍 들 거예요."

"받을까, 받아? 쫓아가?"

"그럼요. 쫓아가요. 저런 녀석은 아예 탱크로 싹 쓸어야 해요."

"좋았어, 쫓아가지."

둘이서 신나게 맞장구를 치며 한바탕 상대방을 납작하게 만들어
놓으면 속이 후련했다. 둘은 싸우지 않아도 되었다. 그러나 잠깐 시

간이 지나면 왠지 개운치가 않았다. 그러다가 내가 배운 대화방법
으로 바꾸었다.

"아니? 저 녀석이 저게."

"가슴이 철렁했죠. 당신 운전하면서 정말 신경 많이 쓰이고 힘들
겠어요."

"가끔 엉뚱한 녀석들 때문에 그렇지 뭐. 초보자들이 많아서 그만
한 각오는 해야지."

"당신의 넓은 마음이 부러워요."

"뭘, 그만한 일을 가지고."

이러한 대화가 오가면 승용차 안 분위기는 밝고 편안해진다. 그
러나 때때로 감정을 처리할 능력이 마비될 정도로 엉망이 되어 버
리는 사건도 생긴다.

남편은 전철로 출퇴근을 하고 승용차는 주로 내가 사용한다. 그
래서 그런지 주말에만 차를 사용하는 남편이 운전할 때는 약간 불
안해진다. 작년 5월쯤이었다. 그날도 시동생네 가는 길이었는데 뒤
차가 왜 빨리 안 가느냐는 표시로 불을 번쩍거렸다. 남편이 속력을
내기 시작했다. 조마조마했지만 꾹 참다가 한마디했다.

"여보, 급한 일로 시간 맞추어 가는 길도 아닌데요."

"왜, 내가 하는 운전 못 믿겠다는 거야? 저 녀석이 빨리 가라고
하잖아."

"미안해요."

나는 마음이 편치 않았지만 뒤차의 신호에 자존심이 상한 남편
마음을 더 이상 상하게 하지 말아야겠다는 생각이 들어 미안하다는

얘기로 말을 맺었다. 곧바로 만난 곳은 내리막길이었다. 직진하는 두 차도에는 차가 길게 가득 늘어서 있었고 우리가 가는 좌회전 차도에는 저만큼 앞에 한 대 있을 뿐 텅 비어 있었다. 남편은 내리막길을 거침없이 달렸다.

'천천히 가요!' 라고 소리치고 싶었지만 꿀꺽 삼켰다. 직진 차도의 차가 언제 어디서 튀어나올지 몰라 등골이 오싹했다. 나는 오른발로 빈 브레이크를 힘껏 밟았다. 손잡이를 꼬옥 붙잡았다. 눈을 감았다. '끼이이익!' 고무 타는 냄새를 진하게 피우며 우리 차는 중앙선을 넘어 멈췄다. '죽으려면 혼자 죽던가. 왜 물귀신처럼 나를 끌어들이지.' 터져 나오려는 말을 삼키고 입을 다물었다.

"저 자식이, 정말 미쳤어!"

남편은 끼여들겠다는 신호도 없이 직진 차도에 있던 차가 휘익 머리를 돌려 좌회전 차도로 튀어나오는 바람에 어떻게 손 쓸 시간이 없었다. 신호를 기다리던 주변의 모든 차에서 고개를 내민 사람들의 시선이 우리에게로 쏟아졌다. 창피했다. 잠시 후 신호가 바뀌어 차들이 떠나고 우리를 경악하게 했던 작은 승용차의 젊은 운전자도 손을 들어 미안하다는 인사를 남기고 사라졌다.

남편은 욕할 기운도 없는지 조용했다. 밖은 대낮인데도 차 안은 침침했다. 나는 생각했다. 이 냉기를 그대로 둘 것인가, 거두어 낼 것인가. 내가 효과적인 대화방법을 강의한다고 하면서 이만한 일을 처리하지 못한다면 수강자들을 만날 자격이 있을까. 나는 자신에게 말했다.

'그렇지, 죽음의 두려움 앞에서 정신 차리기가 쉽지 않지. 그러나 아슬아슬했지만 중앙선을 넘은 차가 무사하지 않았는가. 그리고 남편과 나 모두 무사한데. 그렇지, 오! 감사합니다.'

그러고 보니 당사자인 남편은 얼마나 충격이 컸을까. 나에게 가득 했던 공포의 홍수가 빠지자 차츰 남편의 내면도 보이기 시작했다. '당신, 아까는 너무너무 놀라셨죠?' 하고 말할까. 아니야. '충격이 컸죠?' 라고 말하는 게 나아. 아니야. 그건 당연한 애기야. 그럼 뭐라고 말하지. 나는 생각을 다듬어서 말했다.

"여보, 운전하시기 괜찮겠어요?"

"(의외인 듯 작고 부드럽게) 괜찮아."

"그런데 당신 대단하던데요. 그 급박한 상황에서 어떻게 브레이크를 두 번이나 밟았어요. 한 번만 밟았으면 틀림없이 부딪혔을 텐데요."

"(생기 있게) 아, 그럼! 중앙선 반대편에서 차가 오나 안 오나, 그것도 봤는데."

"(운전하는 사람이 앞에서 차가 오나 안 오나 보는 것은 운전의 기본 자세인데 그것을 자랑으로 말하다니. 그래, 그래도 그 상황에선 대단하다고 생각하며) 그래요. 그 급박한 상황에서 한꺼번에 몇 가지를 했네요. 그러니 무사했죠. 당신이 아차 했으면 큰일날 뻔했는데."

"내 잘못이지. 내리막길인데 속력을 내다니. 요즘 초보 운전자가 많아서 아무 데서나 불쑥불쑥 튀어나오는데."

"그래요, 늘 방어운전을 해야겠더라고요. 오, 하느님. 저희들을 지켜 주셔서 감사합니다."

"아멘."

남편의 우렁찬 응답에 내 마음도 활짝 갰다.

2주일 후 그 길을 다시 가게 되었다. 남편은 브레이크를 여러 번 밟으며 조심스럽게 내려갔다. 나와 시선이 마주친 남편은 한쪽 눈을 찡긋했다. 2주일 전 그날, 불끈불끈 일어나는 감정대로 말했더라면 다시 가는 그 길에서 어떤 기분이 들까. 분명 남편과 나에게 상처를 남긴 길이 되었으리라. 그러나 이제 그 길은 우리 부부에게 아름다운 추억의 거리가 되어 그 길을 지날 때마다 회상에 잠길 수 있게 되었다. 그러나 그 추억의 길은 얼마나 큰 인내의 뿌리 위에 맺히는 열매인지.